小愉儿你好吗

张学鹏～著

九州出版社
JIUZHOUPRESS

图书在版编目（CIP）数据

小愉儿　你好吗／张学鹏著．--北京：九州出版社，
2023.11

ISBN 978－7－5225－2571－6

Ⅰ．①小…　Ⅱ．①张…　Ⅲ．①长篇小说—中国—当代
Ⅳ．①I247.5

中国国家版本馆 CIP 数据核字（2024）第 034502 号

小愉儿　你好吗

作　　者	张学鹏　著
责任编辑	郝军启
出版发行	九州出版社
地　　址	北京市西城区阜外大街甲 35 号（100037）
发行电话	（010）68992190/3/5/6
网　　址	www.jiuzhoupress.com
印　　刷	唐山才智印刷有限公司
开　　本	710 毫米×1000 毫米　16 开
印　　张	14.75
字　　数	226 千字
版　　次	2024 年 3 月第 1 版
印　　次	2024 年 3 月第 1 次印刷
书　　号	ISBN 978－7－5225－2571－6
定　　价	78.00 元

序

一夫

　　承诺为本书写序，这一承诺不打紧，需要我至少拿出几天时间来阅读，应该说，我的时间还是比较珍贵的。而一读不打紧，我读出了一些意外之喜。

　　我感受到了文字中扑面而来的青春气息。最初写信的是 17 岁的高一学生童愉和 23 岁的初中教师绳传言。信中没有老气横秋故作深沉的语言，有的只是天真的求教，真诚的开导。他们谈文学，谈理想，说人生，谈社会，说家人，聊当前苦恼，交流读书心得……信的字里行间充满对知识的追求和对美好未来的渴望，语言中充满着直率、活泼、阳光和真诚。

　　让我们共同感受一下吧："等你的信，就像静静的湖面期待着一条鱼跃，成熟的蒲公英期待着一阵微风，寂寞的荷尖期待着一只蜻蜓……"

　　青春但不幼稚。不仅不幼稚，还透着博学和睿智。从众多的书信看，绳是智者，他善于揣情度理，擅长讲故事，借以说理；愉儿聪明，善解人意，往往一点就透，有思想，有主见。在他们交往的书信里，对中外名言如数家珍，诗文名篇信手拈来，人物评价恰如其分，知识丰富，涉猎广泛，深刻而富有哲理的精警语言随处可见。

　　试选几处。

　　什么是一见钟情？无非是两个相似的灵魂彼此认出了对方。

　　痛苦，不就是能力小想法多吗？

　　威权，最喜欢奴颜婢膝，最怕的当然是思想。

　　我更看好全书精巧而独特的结构。小说由三章组成。第一章，生活如诗如歌。表面形式是直录的 111 封信。两人因一篇报道结缘，成为笔友，交往了九个学期，由相识到交心，从敬爱到爱恋，从爱恋到热恋，极有分寸感、层次感。随着情感的升温，书信形式也由散文而诗以至歌曲。而他们的恋爱关系在即将团圆的前夕，戛然而止，留下了极大的悬念。

第三章，照理说是第一章的后记。20多年后，通过失而复得的第112封信，绳传言来到了千里之外童愉曾经生活、学习、工作的地方。在那里，见到了望花湖中学老校长，通过他的介绍，读了童愉留下的信，传言了解了当年分手的真相和童愉工作、生活的一些情况。可此时的童愉已离职外出，不知去向。前缘难续，寻梦断魂，为他们的爱情悲剧画上了一个并不圆满的句号。我猜想，读完第三部分，很多读者会重读第一部分，因为，你想知道前文中是怎样设下一处又一处"扣子"的。

那么，第二章就是与前后两章没有瓜葛，强行插入的私货吗？

不。不仅不是，反而是密不可分的存在。不过要发现其间的联系，需要认真地发现、领会和体验。

一般来说，一个男人失恋失意后会做什么？喝酒。酒入愁肠化作相思泪。除了喝酒还得生活，包括工作和交往。交往，联络感情需要什么？喝酒。绳传言当然会有中篇小说《人在酒场》的种种经历，有过"好人"那样的遭遇。生活亦如酒，酒场并非纯粹的喝酒的场所，酒场也是名利场，是社会众生相集中表现的地方。透过《人在酒场》，读者可以了解27岁以后的绳传言是怎样生活的。

这一章的第二部分还是酒场，没有标题，取酒场特点，我称之为"高谈阔论"。绳传言与两个亦师亦友的故交在一起喝酒，其中一个是新上任的县委书记。后来这个屋子里又来了一桌人，其中的核心人物"郭委员"。这桌人的"高谈阔论"，装腔作势，那语言极其丰富，话语中无中生有的小道消息，带来了朋友和传言间的嫌隙。当那些人注意到同一室内还有县委书记陆显夫或他们的"鬼话"的当事人时，仓皇作鸟兽散。

第三部分紧承上文，借了解的一桩贪腐案，揭穿了酒场"鬼话"的真相，为绳传言正了名。绳传言还参与了县委书记和纪委书记的一场官场对话，除了谈反腐的认识和实践之外，陆显夫有一段话，特别值得咀嚼回味："我们的各级领导干部也应该偶尔遭遇不公，这样，我们才能懂得公平的价值；遭遇背叛，这样，我们才能领悟到忠诚的重要；感到孤单，这样，我们才不会把朋友当作理所当然；运气不佳，这样，我们才会珍惜机会；被人忽视，这样，我们才能懂得倾听，不会轻易打断别人的话头；感受痛苦，这样，我们才能对别人有同情和理解，才能设身处地，感同身受。"这段忠告，是对前文所记事情的解释，更是全书第三部分的总纲，总的指导思想。这番话也为望花湖之行了解真相提供了动力，为理解小愉儿的苦衷奠定了基础。真的是金玉之言！

　　由此看来，第二章的三个部分同样是紧密相连，环环相扣的。第二章在全书中既起承上启下的作用，又是全书的点睛之笔，还扩充了小说反映的社会生活范畴。

　　当然，一本书的好坏更主要的是它的艺术成就和教育作用。我想，一方面，应该少不了生活气息和乡土气息浓厚，人物形象鲜明突出，结构巧妙独特，语言优美几项，这些大家都不难体会；另一方面见仁见智，不求统一。但开阔视野，增进知识，提高认识是大概率的事。关于本书的主旨，我认为不是谈情说爱，而是告诫人们，社会是复杂的，人更复杂，与人相处要多了解，力争求得真相，要能够设身处地为别人着想，理解和宽容很重要。相信每个人读后都会有自己的心得。

　　是为序。

一夫

2022 年 7 月 31 日

目 录
CONTENTS

第一章 **01**

| 童小愉和绳传言的 |
| 111封信 |

（一）

1

第一次看《青年导报》，便结识了照片上的你。

看上去，你刚毅的脸上明显地写着忧郁。你像一位刚刚历尽千难万险归来的行者，战胜了外界，却无法战胜自己。你对世俗不满，可你却无可奈何。你知道，你没有能力改变这个社会。为了生活的"好"，你不得不去委屈自己，逼着自己随遇而安，努力适应这个社会。但即便如此，你仍然尽可能地按照自己向往的方式去生活。不是吗？难道不是吗？

你说话犀利、幽默，对朋友你热情似火，可以一句话让别人打个"闷炮"。有时候你侃侃而谈，口若悬河——这时的你不一定就是真实的你，你也和许多大男孩一样，有表现自己的虚荣；有时候你默默无言、静若处子，你不必再装饰自己，让自己的思绪像田野间的风一样无拘无束地飘过——表面上看，你把自己锁了起来，只有你自己知道，你此时的心。

你的性格，在别人看来是那种开朗的、沉稳的；你的表面，在别人看来是潇洒的。只有你自己知道，这潇洒的外表下面裹着的是一颗孤寂的、忧郁的心灵。

"一个人可走的路有许多条，一个人正走的路却只有一条。"

这是你说的话，我总觉得这句话说出了你对自己正走着的这条路的无奈和不甘，因为它太坦然，没有你幻想中的浪漫与刺激以及传奇式的故事。

我相信你终究会战胜自我。

美国作家约瑟夫·坎贝尔说过："最坏的生活可能是没有选择的生活，

对新事物没有任何希望的生活，走向死胡同的生活。"相反，最愉快的生活是具有最多机会的生活。相比于只有一条独木桥可走的我，有许多条路可走的你难道不令人称羡吗？祝你早日走出一条属于自己的人生之路。

绳同志：

以上是我看到《青年导报》上你的照片和你那几句"凡人智语"所发之感想，我希望自己的第六感是对的。若有错误，请莫见怪。

做个谈心的朋友，好不好？我知道年轻的老师是最好的谈心朋友。说不定将来我会是你的同行。

我挺喜欢学校这个环境，和学生们在一起，可以使人觉得年轻。不过，我想我不会做得太久。我是社会上很不稳定的一分子。我不会一辈子只做一种工作。我野心很大。我什么都想尝试。别人能做的，我为什么不能？我不把自己当成一个女孩子，也不把自己当成一个男孩子，我没有"性别"，让你见笑了。

再见！（能吗?）

童愉
1991 年 3 月 16 日

2

童愉：

陌生人的初次写信，大多是试探的，旁敲侧击的，若有若无的，正如两个陌生人的初次交往。对你，却没有丝毫的陌生感，如邻家小妹般的——抱歉，给了你一个性别，因为一个女孩子会说自己是假小子，而没有一个男孩子会说"我不把自己当成女孩子"的——一个调皮的眼神，一个不满的皱眉，一串呵呵的笑声，无不充盈着亲近、亲切。

读你的信，我很惊讶。从你的来信地址上能看出你是一个高中一年级的学生。作为一名高中生，能有如此流畅优美的文笔，能有洞彻人心的见地和不墨守成规的率性，令人钦佩。其次，与其说你在凭第六感猜测我，毋宁说你在借猜测为名书写自己的忧郁和孤独。在高中紧张的学习中，尚能揣度人心，闲庭信步，该有着怎样良好的心理素质啊！

一个人身上往往存在着互为矛盾的两个方面——善与恶，自卑与自傲，不愿努力却幻想成功，能力不大却想得太多。人世间的痛苦，概莫如此。还比如，一个人时觉得孤单、无聊；但真要一群人在一起时，便又感到有的人言谈低俗，面目可憎，任凭要回到一个人的状态。当然忘记哪位名人所言的"只有弱者才会惧怕孤独，而强者，都是享受孤独"，是我辈凡夫俗子远达不到的境界。

福尔摩斯死后上天堂，把守天堂大门的圣彼得问："你在人间有什么名衔?"

福尔摩斯说："人们都称我为世界上最伟大的侦探。"

"如果你是最伟大的侦探，那你得经过考试才能进入天堂。这儿有数百万人，你能从中找出亚当和夏娃，才能进入天堂。"

福尔摩斯蛮有把握地答道："小事一桩，那两个没有肚脐的就是了。"

笑了吗? 学习愉快！

传言
1991 年 3 月 28 日

3

传言：

How are you!

这样称呼是否合适? 上次，我可是费了一番脑筋。原打算用"先生"，又想，这"先生"一词在我们内地还不太常见，再说啦，看起来、念起来，都挺别扭，你一定不会喜欢。想叫你"Teacher sheng"，照片上的你却活脱脱一个学生模样，哪里有二十三岁的影子? 十八岁还差不多（Sorry）。掂来掂去，只好以"绳同志"相称。现在看来，既然我俩心意相通，年龄相仿，直呼其名岂不更好？

传言，你有个"老师"的头衔，我总觉挺唬人的。再说，我还是学生，对"老师"一词确实有些敏感的——你知道，任何学生在老师面前都不会完全放开手脚。怎样才能消除这种心理？这就要看你的了——其实，保持这种心境也好，"学生"说话会小心的，即使偶尔不小心冒出两句"随便"的话来，"老师"也会饶恕的，是不是，传言？

你一下子便猜出我是女孩子，确实令我刮目。这也更加印证了我看到你照片时的直觉——你不是一个顽固不化、拘泥形式的书呆子。至于我，我确实不太看重自己的性别。有些女孩子只因为自己是女的，就不去做许多自己本能够做好的事情，以至于失去很好的机会。我知道我是很平常、很平常的女孩子，平常得满街都是我这样的姐妹们。但是，我又不甘平庸地度过我的一生。我知道我不具备你说的"非常的才气"，我必须靠自己的努力去开创生活的新局面。不追求生命的辉煌，只要求无憾的人生——只要努力过，执着地追求过，即使默默无闻，即使到头来头破血流，那又算得了什么呢！毕竟没有枉此一生！

其实我曾无数次地困惑过："我"的出现是多么的偶然啊！万千种偶然才造就出现在的"我"。同样，人的生命又是多么的难以捉摸呀，说不定哪一天就变成一缕轻烟，永远永远地消散了。我有时甚至想，无论你是刻苦地追寻一生，拼搏一生，还是懒散地、消极地走一趟人生之旅，不都是活过那一段时间吗？流芳千古如何？遗臭万年又如何？呵呵，不说了，尼采老人家说："上帝又开始发笑了！"

任何人，都是矛盾的组合体，别看我只有十七岁，在选择将来的路而进退维谷时，也是矛盾重重。"人"字，不就是两笔——一左、一右，背道而驰吗？

每个人都有两个形象，一个是属于众人的，一个是属于自己的。如果这封信被我的同学、老师、母亲看到了，他们一定不会相信，这是我写的——那个大大咧咧的，"少年不识愁滋味"的小愉儿。

好了，不说这些了。

传言，你是不是住在永州市西边的那个西坪县？我们相距可真不近，足有上千里吧？你在咱省的最西边，我在咱省的最东南。原来我想，都在一个省，相距不太远，假期时可以见见面，谈谈心。你为人师表，又比我大几岁，一定会理解人。可现在看来是太不容易了，只有暂时笔谈。

传言，你有特别的爱好没有？像唱歌、跳舞、下棋、摄影之类的？我的爱好特广泛。不过最爱好的，也略通一点的要数音乐。你爱好什么，来信告诉我，好不好？

传言，你的学生，听不听话？是不是一个一个的小淘气包？现在的学生没过去的老实，是不是？春天了，你们去春游了吗？"惜春常怕花开早"，看这诗句，就已是美得一塌糊涂。春光真好，明媚的阳光直诱惑人。从地图上看，你们西坪县在山地与平原的交界处，山多不多？大不大？是不是山清水秀的，山高水长的？我们这里一马平川，到处是水，水里面长满了荷花。就像李白写的《越女词》那样——"耶溪采莲女，见客棹歌回。笑入荷花去，佯羞不出来"。他日你若来，我也会"笑入荷花去，佯羞不出来"呢！

晚自习早就放学了，我也啰嗦了这么多，烦不烦呢？这次我就说到这里，你接着叙，怎么样？

小愉儿

1991 年 4 月 12 日

4

小愉儿：

我教学的城郊乡，环在县城周围。特殊的地理位置，决定了学校选址的特殊性。他们在县城的西南部、东部、北部各建一所初中。我所在的学校，来信中你已经知道了，叫"晋柏初中"，就是位于县城北部的一所学校。这里最早是一个晋公祠，后来改作一个学校，再后来，晋公祠坍塌了，学校倒是一直办了下来。校园里有一棵晋朝时栽植的柏树，空了一半的树干能容下两个人，却仍是枝繁叶茂，见证了这千年的沧桑巨变。城郊的这三所初中规模都不大。我在的这所学校共五个班级。一年级两个班，刚开学的时候每个班有六七十人，然后就逐步减少，有转到县城学校的，也有交不起学杂费或学不进去就此辍学的。交不起学费的，每学期都有三五人，有的过几天凑齐了，有的便不再来学校了。去年秋季我们一（甲）班有个男孩，爱学习，但是家长又凑不来钱，后来还是我到总务处替他交了学费，帮他找的旧书。当然，对这个学生我说的是学校减免了他的学费，否则，当地人心地实在，让不粘亲不带故的老师掏腰包，学生家长是负不起这份良心债的。这个学生成绩很好，也很懂事。还有一件事，前天我到一个学不进去而辍学的学生家中家访，学生家长听我说半天，反而劝我道："老师，就我家孩子，现在已经是我们祖祖辈辈中学问最大的人了。我们这种人，就是除了不能吃读书的苦，其他的一切苦，我们都能吃。"这两天，这个家长的话一直在我耳边萦绕，我一直不能理解的是读书这么幸福的事，怎么能成吃苦了呢？扯远了，打住。二年级也是两个班，不过每个班只有五十多人了。三年级的时候合成一个班，也只是六七十人的规模，到中招考试的时候，能有五十多人就不错了。

　　说是城郊乡，其实学校之间差距很大。近的地方已和县城连在一起。远的地方，特别是北部这几个村，最远的距县城有三十多里，且地势上已成浅山丘陵区。我们学校的张老师，爱人在县袜厂上班，春节期间和爱人朋友两家一起吃饭。朋友的丈夫在县电业局上班，两人喝着酒唠着嗑，"电业局"拿着腔调问张老师："老弟是干什么的呀？"张老师像课堂上回答老师提问的学生那样，毕恭毕敬地答道："教书。""电业局"又问："在哪儿教书呀？"诚惶诚恐地："城郊。"鼻音很重地："城郊哪所学校啊？""晋柏初中。"疑惑地："没有听说过，具体在什么位置呀？""煤建公司往北。""煤建公司往北没有学校啊？"底气不足地："往北二十多里。"拖着长腔："乡——下——呀！"

　　张老师讲的故事当然还有后话。一个星期天，张老师一家在街上闲逛，看到"电业局"趴在高高的电线杆上接电线。再见到时故作吃惊地问："那天看你爬到电线杆上干什么呀？""电业局"吭吭哧哧地说："我们电工班干的就是这个活呀！"张老师看着他涨红的脸，补了一枪："我还想着你们电业局的人都是喝茶看报睡大觉呢！"

学校经常停电，总务主任刘老师便挨个住室发蜡烛，每个老师一根，到我这里，说我爱看书，总要多发上一根。还总是有意无意地说他的女儿，聪明、善良、容貌好，就是学习跟不上，否则也上个师范，和我一样当老师多好啊！现在在药厂上班，虽说工资也不低，总不如当个老师文气——这个可爱的小老头儿。教毕业班物理、化学的边老师，是个民办老师，课教得好自然不提，妙的是他会唱许多戏曲段子，特别是他在师生迎新春联谊会上演唱的《撵刘秀》片段，绘声绘色，活灵活现：

> 老边生来运不通，
> 一年四季都是穷，
> 走哩慢了穷撵上，
> 走哩快了撵上穷。
> 不紧不慢走两步，
> 一头栽进穷人坑，
> 左手抓个穷蝎子，
> 右手抓个穷马蜂。
> 蝎子蜇、马蜂拧，
> 疼得我老边活不成
> ……

还有可笑的呢。我们校长姓孙，是个马上就到退休年龄的瘦瘦高高的老头儿，他敬业精神强，争胜心强，样样工作不甘人后。一次乡里组织歌咏比赛，校长亲自指挥，为了营造氛围，故意蓄起长发。比赛指挥时，长发一甩一甩的，煞是出彩。后来，有一个动作过大，一下子把眼镜甩出去老远，博得满场喝彩，我们学校毫无悬念夺得第一名。我们几个年轻老师看他有时表情严肃，就故意走到他面前，模仿他指挥时的样子，双手打着拍子，头向后一甩一甩的，他便像被人挠了痒痒一样，呵呵呵地笑个不停。

十九岁师范毕业，走出校门又走进校门，昔日孩子气的师范学生在这新的一方天地之下不知怎样走路说话才像个老师模样，只知道装模作样，把幼稚的面孔装得深沉严肃，用在学生面前的不苟言笑来抵御内心的空虚紧张。你只道"任何学生在老师面前都不会完全放开手脚"，却不知有老师在学生面前同样是缩手缩脚、畏首畏尾的呢！当然，这都是刚教学时的情况，很快就自如多了。我们几个要好的年轻人，有时还会互相打趣对方刚教学时的"窘言窘事"，好笑着呢！

也许是自己小，便觉得学生大。尤其刚教学的时候，感觉有的学生简直和自己同龄人一般。当老师，有许多暖心的时候。去年有一天，我走进办公室，看到办公桌上放着一个甜瓜，下面压着一张纸条："绳老师：谢谢您！这是学生送您的甜瓜，请品尝！"有一个学生，叫叶遂军，他的父亲隔一段时间就会到学校来，把自行车靠在教室外面的墙上，找到我，殷切地说："自己孩子，该打就打。"我实话实说地告诉他，他的孩子非常懂事、听话、努力，是个非常难得的好学生，他仍是热切地看着我，嘱托我"不打难成才，该打尽管打"。特殊的是这里的一些女生，由于地处浅山丘陵，民风淳朴，说话耿直。我曾亲耳听到一个女生离老远儿对另一个女生笑喊道："正在说你呢，你就来了——晋公的地气真是邪，说个王八来个鳖。"另一个女孩大音大嗓回道："你娘的个脚，将来出门了，生个小孩没屁眼儿。"她们说得自自然然，完全不像十二三岁小女孩说的话，倒是听得我一愣一愣的。

爱好么，乒乓球得过全乡教职工比赛的冠军；音乐上自以为水平较高，能听歌知谱，他日你若写得歌词，我便斗胆谱上一曲。闲来拨弄吉他，纯属自学，自娱自乐而已。最爱的要数看书，钱钟书的《围城》、林语堂的《生活的艺术》，以及《小说选刊》《读者文摘》《青年文摘》等，可以说手不释卷。就像法国作家雨果说的那样："书籍，引领我散步在别人的灵魂中。"偶尔也写写文章，可惜才气不足，写的不多，发表更少。

你信中问到的山嘛，好像我们的学校就是一个分界岭。学校向南，丘陵、浅丘陵，然后是一望无际的平川；学校向北呢，浅山，高山，深山，峰峦叠嶂，郁郁苍苍。你在地图上就能看到，此山绵延八百里，因状如卧佛，故称卧佛山，越往里面走，越是人烟稀少，处处流泉飞瀑，鸟语花香，可以说大气磅礴与自然幽婉交融，浑厚粗犷与清秀玲珑并茂。离我们学校不远的一些山，并不很高，但林深谷幽，钟灵毓秀，奇山美景数不胜数。

至于你那里遍地都是的莲花，一直是我的甚爱。我在一个资料上看到，据印度史诗中说，从毗湿奴的肚脐里长出了一朵莲花，上面坐着创造世界的梵天，然后梵天开始创造人类。因此，在寺庙的基座上一般都雕刻有莲花的图案，视莲花为世之初、位之基。同时，在佛教中，莲也是佛祖诞生的象征，据说佛祖出世后就能下地走路，他走了七步，步步生莲。所以在佛教中以莲为喻的词语数不胜数。佛座被称为"莲花座"或"莲台"；佛国被称为"莲花国"；佛教庙宇被称为"莲刹"；念佛之人被称为"莲胎"；释迦牟尼的双手被称为"莲花手"；僧尼受戒被称为"莲花戒"……可以说，在佛教中，莲即是佛，佛即是莲。

正是因为莲在宗教领域里的特殊的地位，形成了独特的莲文化。人们认为莲是纯洁和美丽的，将其作为善良、和平、兴旺、幸福的象征。人们把莲花出于污泥、成就美丽、洁身自好、造福世间的品质作为鼓励人们追求纯真生活的动力，相信莲是在身体力行地告诉人们，即使生活在淤泥之中，经过努力也能够绽放出美丽的花朵，结出纯洁丰硕的果实。因此，使莲在民间有着广泛的应用。可以说，在中华文化中，诗词歌赋、绘画、服装图案、建筑装饰、雕塑工艺、生活器皿等，到处都有莲的形象和痕迹。

写入文学作品中的，更是不胜枚举。仅选入中学语文课本中，比较著名的就有李清照的《如梦令》、周敦颐的《爱莲说》，还有你上学期刚刚学过的朱自清的《荷塘月色》以及李渔的《芙蕖》。

至于意境嘛，你提到的"笑入荷花去，佯羞不出来"以及曹寅的"湖边不用关门睡，夜夜凉风香满家"等句，真是妙处难与人言啊！如若一个人的一生，能有像"小荷才露尖尖角，早有蜻蜓立上头"似的少年，"塘中莲包攥红拳，水面荷叶伸绿掌"似的青年，"满目荷花千万顷，红碧相杂敷清流"似的壮年，"菡萏香消翠叶残，西风愁起碧波间"似的暮年，然后，就这样一位饱读沧桑冷暖的老人，带着一种百折不挠的神韵，一股宠辱不惊的气场，一副洞彻一切的淡定，看着满塘凋零的清骨瘦影，吟道——一朵残荷谢流年。如此乎，岂不快哉？

打住，打住——昔有班门弄斧，今有童门说莲了。

1991 年 4 月 28 日

5

看着你长长的来信，我思绪万千。

你旁征博引，娓娓道来，时而像个可敬的长者，时而像个温厚的兄长，时而又像个可爱的小弟弟——哈哈，恕学生无礼了。

我真庆幸我能看到那份载有你文章的《青年导报》；庆幸我看到你照片时的怦然心动；庆幸我第一次给远方陌生人写信的那份冲动与果敢；庆幸我寄走那封信时的义无反顾。

难道这一切，都是冥冥之中的安排？

一天，正在听老师讲课，也有可能在走路，在骑自行车，在发呆，在睡觉，可能正忙忙碌碌，也可能正百无聊赖，就那么不经意间，没有任何征兆地，一个奇思妙想闯入你的脑海——有可能是一个奇妙的构思，有可能是一个精辟的感悟，也可能是一段天籁般的音乐——她让你心潮澎湃，浮想联翩，只感觉前绝无古人，后难有来者，可是，这时候，也许是一个惊动，又或者是另一个念头的冲撞，也可能是半梦半醒之间又迷糊了过去，总之，当你再想找回那段灵感时，一切已倏然不见——就像在暗夜中划过的那颗流星，早已湮灭在茫茫的夜色之中，没有留下任何的痕迹。

也可能你记住了某一灵感，可随后再去回味的时候，却怅然若失，味同嚼蜡。就好像那个鲜活的有生命的灵感已死去一样。

你有过这样的体验吗？

天才，大概就是抓住灵感的那些人吧！

牛顿之所以看到苹果落地进而产生灵感，发现万有引力，是因为他原本就积累了丰富的物理学知识。同样，作为现阶段的我，还是要尽可能多地掌握知识，这样，灵感来临的时候，才有可能不错失良机。

就像一个人不能确定下一时刻自己的思绪会在哪里一样，谁又能说清下一个灵感是什么、下一次灵感在哪里呢？

不过，可以确定的是，寄走这封信，我就开始牵肠挂肚地期盼你的来信了。

1991 年 5 月 11 日母亲节前夕

6

灵感，是思绪的高级存在形式，是思绪的"火花"、精华和魂魄。她，源于青春飞扬，始于激情澎湃，系于魂牵梦萦。她，虚无缥缈，可遇而不可求；她，冰清玉洁，可远观而不可亵玩。

你仔细想想，是否如此？

我当然祈求灵感常驻。

只是，这种单调的生活，无时无刻不在消磨着我的斗志，我甚至可怕地发现，有时候，我居然会产生——沧桑感。

我才 23 岁，我还一事无成呢。

不感慨了。

教学这几年，我发现，在我们学校，有一少半的老师，除了教课用书，其他的书，是不看的。

这样，枯燥乏味地照本宣科，自然成为大概率事件。

从这个角度来讲，让学生厌学，才是一个教育工作者最大的失败。

老师们经常说：要想给学生一杯水，老师就要有一桶水。

对于渴求知识的学生，老师如果能够成为涓涓溪流，不是最好不过的事吗？

老师，是最应该多读书的人———一个老师，在拿书本垫高自己的同时，也使孩子们通过老师，有了更开阔的视野，有了更宽广的心胸。

无论哪一科，当一个老师，站在讲台上，信手拈来，循循善诱，娓娓道来，旁征博引，循序渐进，曲径通幽，就好像音乐的起承转合，抑扬顿挫，高山流水，一泻千里，这种知识之美，会在一个懵懵懂懂的学生心目中留下多么美好的印记啊！

若能有幸促成一个学生"恍然大悟"的那一"悟"，"茅塞顿开"的那

| 13

一"顿","醍醐灌顶"的那一"灌","四两拨千斤"的那一"拨",作为一名老师,岂不令人心旷神怡乎?

1991 年 5 月 22 日

7

年轻

塞缪尔·厄尔曼

年轻,并非人生旅程的一段时光,也并非粉颊红唇和矫健的体魄。

它是心灵中的一种状态,是头脑中的一个意念,是理性思维中的创造潜力,是情感活动中的一股勃勃的朝气,是人生春色深处的一缕东风。

年轻,意味着甘愿放弃温馨浪漫的爱情去闯荡生活,意味着超越羞涩、怯懦和欲望的胆识与气质。而 60 岁的男人可能比 20 岁的小伙子,更多地拥有这种胆识与气质。

没有人仅仅因为时光的流逝而变得衰老,只是随着理想的毁灭,人类才出现了老人。

岁月可以在皮肤上留下皱纹,却无法为灵魂刻上一丝痕迹。忧虑、恐惧、缺乏自信才使人伛偻于时间尘埃之中。

无论是 60 岁还是 16 岁,每个人都会被未来所吸引,都会对人生竞争中的欢乐怀着孩子般无穷无尽的渴望。

在你我心灵的深处,同样有一个无线电台,只要它不停地从人群中,从无限的时间中接受美好、希望、欢欣、勇气和力量的信息,你我就永远年轻。

一旦这无线电台坍塌,你的心便会被玩世不恭和悲观失望的寒冷酷雪所覆盖,你便衰老了——即使你只有 20 岁。

但如果这无线电台始终矗立在你心中,捕捉着每个乐观向上的电波，你便有希望超过年轻的 80 岁。

传言，看到你的"沧桑感"，我吓了一跳，我知道你是调侃之说，我相信，即使到耄耋之年，我们依然会永葆青春，年轻依旧！

不是吗？难道不是吗？

1991 年 6 月 4 日

8

成语，言简意赅，意近旨远。作为约定俗成的语言，既是历史长河的记录者，也是善恶美丑的见证者，闲暇品读成语，感触良多。

基辛格在《论中国》中说：中国人总是被他们之中最勇敢的人保护得很好。

是啊，中国从不缺家国天下、济世报国之人。

从成语来看，有德高望重、大公无私、壮志凌云、舍生取义、德才兼备、廉洁奉公、鞠躬尽瘁、见义勇为、奉公守法……这些成语，书写着大义凛然，体现着浩然正气，它们的拥有者，自然而然称得上是民族的脊梁、民族的骄傲。

但是，中国人也经常被他的同胞狠狠地伤害着。

从成语来看，有人面兽心、五毒俱全、衣冠禽兽、佛口蛇心、穷凶极恶、鬼蜮伎俩、贪得无厌、丧尽天良、恩将仇报……它们的使用者，这些讨厌的东西，硬是把自己的人生活出了蛆和苍蝇的双重境界。

一个人，要有怎样的勇气，才忍心把自己仅有的一次的宝贵人生，活成龌龊的样子、卑鄙的样子、无耻的样子、丑陋的样子、畜生的样子、魑魅魍魉的样子？

这些"狗彘不食其余"的东西，说它们禽兽不如，实在是对禽兽的侮辱。

我从来不认为骂人是素质低下的表现，就让我们用尽世上最恶毒的语言来诅咒它们吧!

这与我们平时提倡的"与人为善""助人为乐"并不矛盾。因为,"与人为善""助人为乐"的前提是"人",对象也是"人",对不是"人"的东西,你还要"与它为善""助它为乐"吗?

以德报怨,以何报德?

1991 年 6 月 15 日

9

看似平凡的成语,在你的笔下居然能"升华"至此,晚生实在是佩服得紧!

转眼这一学期就要结束了,想到千里之外有一个知心朋友,就感觉幸福满满!

传言,我的母亲在一个小镇初中教学,我不想你的来信寄到那所学校时人们探究的眼神,闪烁的目光以及人们自以为是的猜测。

传言,你是我内心最隐秘的存在,最温馨的存在,最浪漫的存在,我不愿那些目光和猜测亵渎这份感情。你能理解的,是吗?

所以,暑假我们的"笔谈"就要暂停一段时间啦。不知道你怎么样,我是肯定会思念你的——不过,点点滴滴的思念,难道不是一种幸福吗?

看看窗外,天好蓝,云好白,风虽小,可也带来阵阵凉意。

传言,不知道这个夏天能不能梦到你?

我倒是祝你好梦连连啦!

下期再见!

小愉儿
1991 年 6 月 27 日

（二）

10

传言，我是在老师和同学们的一片惋惜声和唏嘘声中踏入文科班的。

他们认为，我的数学和理化成绩名列前茅，理所当然该学理科。

我选择文科，其实也没别的意思，我相信理科成绩好的我，学文科同样能取得好成绩。

当然，还有的一点是，我结交了一个爱好文学的朋友，我不想他日相见的时候，你说文，我说理；你说东，我说西；你说狗，我说鸡，鸭说鸭话，鸟说鸟语，风马牛不相及。

是不是我太幼稚了？

小事一桩，不说它了。

整个暑假我都在看书，生吞活剥地，囫囵吞枣地，走马观花地。你看过的书，钱钟书的《围城》、林语堂的《生活的艺术》以及《读者文摘》《青年文摘》《小说选刊》等，我也来看，在我的感觉中，就好像我们到同一个景点去旅游，到同一户人家去做客，到同一个花园去观赏，到同一家饭店去吃饭，或者去爬同一座山，去游同一片湖，去走同一段路。

尽管不是同一个时间点，但至少是，就好像是，你去过的地方，我也正在去；你高兴的地方，我也在高兴着；你辛酸的地方，我也在辛酸着；你难过的地方，我也在难过着。

暑假中的一天下午，我和几个伙伴在望花湖里荡舟嬉戏。后来，我们都走散了，能听见彼此的笑声、歌声，却看不见彼此的身影。我站在船上，放声高歌：

> 荷花娃娃，小红脸儿；
>
> 撑着一把，小绿伞儿；
>
> 将头露出，伞外边儿；
>
> 它要亲亲，小雨点儿。

我正在唱着，却惊奇地发现，你居然在船上，正一脸陶醉地听着我的歌唱，我走到你跟前，用双手拉着你的左手，奇怪地问："你什么时候来的？"你笑着，用右手拍了拍我的头，又在我的发间留恋地停了一会儿，说："傻丫头，我早就在这里了。"我更奇怪了，"早就在这里了"，我怎么没看到呢？我自责极了，自责极了，又懊悔极了，后来，便醒了过来。梦醒后，我仍在奇怪，我好歹还在《青年导报》上见过你的小照片，而你，是从来没见过我的，在梦中，却也没有一丝一毫的陌生的感觉，倒像是相熟多年的老友那般。不过，真该照几张相片了。

昨天在照相室的时候，我先是自己日常形象照了两张，为了显得老成，我又戴上相室的墨镜，穿上相室里花红柳绿的衣服照了几张。大概是耽搁了一个带着小孙子的老太太照相，摄影师给我照的时候，她就火急火燎的，恶言恶语的。看她没有教养的样子，我只好又多照了几张，多耽误了一些时间。后来，我磨磨蹭蹭走出相室门，就听到那个老太太恶狠狠地说："小妖精，崇洋媚外。"我愣了一下，我是小妖精？我崇洋媚外？在去学校的路上，我像一个捡了大便宜的疯子一样，独自一个人笑了一路。

传言，暑假过得怎么样？和朋友们玩得开心吗？又创作了什么作品了吗？

最最重要的，你梦到我了吗？

教师节就要到了，随信寄去一个我自制的贺卡，祝你心想事成啦！

1991 年 9 月 1 日

11

　　暑假，"老三"从上海回来了——"老三"的父亲和我的父亲都在二郎坪水库工作（父亲去年已经退休了，但我家在县城府右小区买的单元房明年才能交房，加之他对工作了大半辈子的水库也很有感情，所以仍暂住在此），他在华东师大上学，是我最好的朋友，我俩整日形影不离，一起打乒乓球，一起到水库游泳，一起找同学玩——我的同学或他的同学，骑着自行车到处转悠。

　　当然也看书。

　　当然也时常地想起你，我远方的朋友，可爱的小愉儿。

　　看到你装小大人，把那个老太太气得发晕，想想就好笑。

　　不过现在有些人，动辄说别人崇洋媚外。

　　一句话，就把这个人打入"假洋鬼子"的行列，归入"汉奸败类"的同伙。

　　他还会理直气壮地说：外国的月亮就比中国的月亮圆吗？

　　外国人民不是生活在水深火热之中吗？

　　自由、民主、公平、正义，不是西方的价值观吗？你身为一个中国人，提什么自由、民主？说什么公平、正义？

　　他们是克莱登小学毕业的吗？我真为他们感到汗颜。自由、民主、公平、正义，难道不是我们中华民族孜孜以求的价值取向吗？

　　古希腊神话中，作为法律和正义的女神忒弥斯的形象通常是——身披白袍、头戴金冠，左手提一秤，右手举一剑，倚束棒的蒙眼女神。束棒缠一条蛇，脚下坐一只狗，案头放权杖一支、书籍若干及骷髅一个。白袍，象征道法无瑕，刚直不阿；蒙眼，因为司法纯靠理智的感官印象；王冠，因为正义尊贵无比，荣耀第一；秤，比喻裁量公平，在正义面前人人皆得所值，不多不少；剑，表示制裁严厉，决不姑息；束棒，原是古罗马最高执法官的标志，是权威与刑罚的化身；蛇与狗，分别代表仇恨与友情，两者都不许影响裁判。

最显眼的是，她一手持有衡量权利的天平，另一手握有为主张权利而准备的宝剑。

无天平的宝剑是赤裸裸的暴力，无宝剑的天平则昭示着法的软弱可欺。

胡适曾经说过："去争你们自己的自由，才能为国家争自由。自由的国家绝不是一群奴隶建立起来的。"

其实，自由、民主、公平、正义，莫不如此！

而这一切，无不仰仗教育。

如何夸大教育的作用，都不为过；如何重视教育，都显不足。

难道我说得不对？

1991 年 9 月 12 日

12

看到你的克莱登小学，我忍不住笑了。难得你把方鸿渐的"学校"巧用至此，真是妙处难与人言啊！

有默契的两个人，不就在于那"会心一笑"的"一笑"之间吗？我俩虽然暂时不能相见，但隔空我都能感受到你睿智地调侃。

据心理学家说，男女有别，一个男人即使到了八十岁，有时仍难免有淘气的地方；而一个女人，即使在小姑娘的阶段，也往往拥有一颗慈母胸怀。你虽然比我年长几岁，但是我倒更希望能时时感受到你的"淘气""痴气""邪气"。

随信寄去"崇洋媚外"的几张照片，特意找了成熟一点的，好显得与你年龄差距不大。我怕选中天真烂漫小姑娘形象的，会吓住你这个老师哥哥。

给我寄几张你的照片，好吗？——报纸上你的照片还是太小了，我想把你的形象熟记于心。

否则，一旦哪一天我跑到你的学校，见到你，问道："请问绳传言老师在吗？"

你回答道："在，在，我就是。请问，你哪位？"

你说，岂不好笑乎！

1991 年 9 月 25 日

13

在意大利亚平宁半岛西南海岸那不勒斯湾的顶端，有一个港口。有一天，一个人在咖啡厅喝咖啡的时候，想到有的人喝不起咖啡时的窘态，突发奇想，在结账的时候，多付了一杯咖啡的钱，告诉服务生，把这杯咖啡挂在墙上，给任何一个付不起钱而需要咖啡的人。此后不断有人加入这个活动中来，那些一时窘迫喝了墙上的咖啡的一些人经济好转之后也会主动把付过钱的咖啡挂在墙上。这一暖心的举动随后流传到世界的许多地方。

挂在墙上的那杯咖啡，你付钱了，但并不知道、也不需要知道谁会享用它。享用它的人，也无须放下自己的尊严，他只需要看一看墙上。

原来，这就是有温度的爱啊！

有的人做了一丁点儿好事，就像下了蛋的母鸡一样"咯咯"不停，忘了谁说的，"人干点好事总想让鬼神知道，干点坏事总以为鬼神不知道"，倒让我想起那句古语："善，欲为人知，不是真善；恶，不为人知，必是大恶。"

当然，"欲为人知"的"善"，比起"不为人知"的"恶"，又是天壤之别了。

小愉儿，不管别人如何，我们就付挂在墙上的那杯咖啡钱好了！

看到你的"崇洋媚外"了。干练的假小子式的短发，瘦瘦的身材，调皮的微微上翘的嘴角，以及那若隐若现的酒窝——和我想象中的居然完全一致，真是奇之又奇。随信寄去我的几张照片，和你这个青春美少女相比，是否显得我这个老先生有点"老态龙钟"了呢？

1991 年 10 月 8 日

14

就像"盲人打灯"那则寓言中说的那样：

漆黑的夜里，提着灯笼出门的盲人从来没有被其他人撞倒过。

因为这盏灯照亮了别人脚下的路，也让别人注意到了在黑夜中前行的"盲人"。

周国平曾经说过："如果你是一个善良的人，你得到了别人的善意对待和帮助，心中会产生一种自然的情感，这种情感就叫感恩。"

近朱者赤，近墨者黑；

狼一伙子狗一群；

兵家儿早使刀枪。

所有这一切，无不昭示着一个道理——见样学样。

孟母三迁，不就是想给孩子找一个理想的环境吗？

爱是会传染和流转的，施及别人，终会惠及自己——正如那杯挂在墙上的咖啡。

其实——

恨也是！

恶也是！

施及别人，自然会返及自己。

"老态龙钟"的哥哥，不是吗？难道不是吗？

1991 年 10 月 20 日

15

要说感恩，《渔夫和金鱼的故事》应该说写得最好。渔夫把金鱼放了，老太婆骂道："你怎么不要点东西回来？"之后老太婆要新木盆，给了；要新房子，给了；要当贵妇人，当了；要当女王，当了。到目前为止，作为小金鱼，真的可以称得上是知恩图报的典范。至于后来老太婆要当海上的霸王，让小金鱼亲自伺候她，实属太过。不过，即使如此，小金鱼也仅仅是让他们回归到原来的生活，对于"人生就是体验"的"体验派"来说，他们还可以在以后的岁月中吹嘘曾经有过的"奢华"，倒也不算是一无所获。

人生在世，施恩也好，受惠也罢，只要有人际交往，自然是在所难免。古语说"人为善，福虽未至，祸已远离；人为恶，祸虽未至，福已远离。""行善之人，如春园之草，不见其长，日有所增；作恶之人，如磨刀之石，不见其损，日有所亏。""积德无须人见，行善自有人知。""多做些善事，少生些贪心。"无非就是奉劝人们多行善、少作恶罢了。

古语还说："施恩莫念，受惠莫忘。"我认为，施恩的人，念不念，在人家。不念，是人家修养高，大度；念着，也实属正常。倒是咱"受惠"的人，咱不能揣着明白装糊涂啊！所以有"滴水之恩当涌泉相报"这一说。这句话，听着就过瘾，有一种酣畅淋漓的愉悦感，对善良人性的认同感。其实，倒也不一定非要涌泉相报，有一颗报恩之心，留一个报恩之念，自然会有报恩之时。至于"受恩推恩"，一颗心推动另一颗心，一个善推动另一个善，自然是更高一层的境界了。

但实际生活中，不说"滴水之恩当涌泉相报"，"涌泉之恩能滴水为报"就已不易，"短把儿镰"甚至"没把儿镰"的人倒是随处可见。别人付出的"好"，就像吃过的糖块一样，吃过就吃过了；别人偶尔的一点点"恶"，就像疤痕一样，留下就永远留下了。

社会系统学派创始人巴纳德在1938年提出了"有限理性"假设，即作为知识、智力、信息都不是完全充分的普通人，不可能对问题做出准确的判断和决策，有可能将问题放大，也可能将问题缩小。这样就很容易导致在处理个人恩怨时，将别人对我们的恩看淡，将别人对我们的仇看重。所以，有太多的人，既不懂得感恩，又不懂得宽容，正是"有限理性"在作祟。

正如"比起诬陷来说，诋毁是最美好的语言"一样，比起"恩将仇报"，遇到"知恩不报"的人简直应该烧高香。

也许对受恩者来说，有恩不报会产生一种心理负担，使自己处于道德劣势——但又不愿或不舍得去报恩。为了摆脱这种劣势，干脆就选择忘恩负义。

《唐国史补》记载道，唐朝的时候有个叫李勉的官员救了一个死囚。后来李勉被贬往外地，在河北遇到这个囚犯，囚犯热情接待，等其休息后，囚犯跟老婆商量怎么报恩，其妻说偿缣千匹可行，囚犯说不够。妻子又说再给千匹，囚犯依然说不够。其妻说，既然无法报恩，那就杀了吧。囚犯仔细一想，也是。只是家里的仆人听到后，不忍下手，暗中通知李勉跑掉了。

英国作家萨克雷说："如果一个人，被人帮助之后又和帮他的人反目的话，他要顾全自己的体面，一定比不相干的陌路人更加恶毒，他要证实对方罪过才能解释自己的无情无义！"

狼被救之后要吃东郭先生，对评理的老人说："刚刚他将我放在袋子里，上面压了那么重的书。和赵简子说话的时候又那么慢，分明是想把我压死在书袋之中，我又怎么能放过这种人呢？"

画虎画皮难画骨，知人知面难知心。你永远难以知道你面前的人究竟有着一颗怎样的内心！

有一则笑话说得好，说世界上有三种人，第一种，良心被狗吃了的人；第二种，良心正在被狗吃了的人；第三种，良心连狗都不吃的人。

小愉儿，管他呢，"但行好事，无愧于心"，如何？

1991 年 11 月 2 日

16

《渔夫和金鱼的故事》里那个老太婆贪得无厌，当属极致。类似事例，不胜枚举。

有外国的。《读者文摘》1990 年第 9 期登了一个小笑话，说一个售票员看到一个小男孩在公园门口的车站上哭，这已是最后一班公交车了，便关切地问道："发生什么事了？""妈妈给了我 10 便士，让我在公园里踢完球后坐公交汽车回家。"小男孩呜咽着说，"可是我的钱丢了。现在我只好一路走回去了。""那不要紧。"售票员说，"上来吧，我们带你回家。"小男孩谢过售票员，上了车。"你到什么地方下车？"售票员又问。小男孩告诉了自己家的地址，大约有两站路远。如果他有钱的话，车票得花 3 个便士。车子开动了，小男孩又哭了起来。"现在又怎么了？"售票员奇怪地问。小男孩回答说："可是我的零钱呢？你还没有找给我呀。我原先有 10 便士呢。"

也有中国的。阿瑟·亨利·史密斯《中国人的性格》里有一个小故事，说一个生活在中国的外国传教士应当地绅士的请求，帮助一个完全失明的贫穷乞童，为他治眼，后来，乞丐的眼痊愈了。于是，那些绅士又找到传教士，说乞丐之所以能讨来饭，就是因为人们同情他双目失明，现在传教士治好了他的双眼，使他失去了靠失明乞讨这一活路，因此，传教士理应养活他，对他的生活负责。

当然也有动物的。狼在被东郭先生救前、救后那截然相反的态度栩栩如生。

人性中——呃，不只人性，还有狼——对了，能否这样说，人性中多有兽性的成分，而兽性中大约都有这种得寸进尺的特性。谁知道呢？

我有时在想，《皇帝的新装》里那两个织工说：任何不称职的或者愚蠢得不可救药的人，都看不见这衣服。看不见这衣服的人说那两个人是骗子，但是，会不会那两个人不是骗子，而是这世上的人，要么是不称职的，要么是蠢不可及的——仔细想一想，难道没有这样的可能吗？

传言，是否人性中本就有许多不要脸的成分——人云亦云，落井下石，捕风捉影等——西施皱着眉头都夸好看，东施皱一下眉头就被人耻笑千年，说东施效颦——人家东施就不能有颦的权利吗？

1991 年 11 月 15 日

17

小愉儿：

有人说，一个社会，只要教师、医师、律师这三种人恪守职业道德，这个社会就有希望。

我深以为然。

这三种职业，一个涉及人类灵魂，一个事关人的健康，一个关乎社会正义。灵魂、健康和正义，难道不是人存活于世的基本保障吗？

前天看到一个新闻，一个医生星期天和妻子在逛街的时候，救了一个晕倒在地的病人，被授予"见义勇为"称号，予以表彰奖励。

做了好事应该表彰，这没有什么。

可总感觉哪里不对劲。

一个社会把一件本属正常的事情大力宣传推广的时候，说明了什么？

一个医生居然救死扶伤，一个教师居然兢兢业业教学，一个律师居然维护了正义？

我们在日常生活中，也确实听到了太多的抱怨，有"大盖帽两头翘，吃罢原告吃被告"的；有"说你行你就行不行也行，说不行就不行行也不行"的，这些广为流传的顺口溜、民谣，难道不能反映出来一些问题吗？

可是，在抱怨的同时，有谁反思过自己是如何做的吗？

社会风气，难道不是社会上的每一份子共同作用下的风气吗？

有人会说，在社会的洪流中，个人充其量是一片随波逐流的树叶，你能改变洪流的走向吗？

树叶多了呢？

1991 年 12 月 1 日

18

见与不见

作者：扎西拉姆·多多

你见，或者不见我

我就在那里

不悲不喜

你念，或者不念我

情就在那里

不来不去

你爱，或者不爱我

爱就在那里

不增不减

你跟，或者不跟我

我的手就在你的手里

不舍不弃

来我的怀里

或者

让我住进你的心里

默然相爱

寂静欢喜

小愉儿

1991 年 12 月 13 日

19

小愉儿：

　　我想，肯定有太多人是想当官的，光宗耀祖、光耀门楣、衣锦还乡、颐指气使、高高在上等等。

　　但肯定也有许多人是不愿当官或最起码是不喜欢当官的——你能想象钱钟书想当文化局局长吗？杨绛想当妇联主席吗？我想当校长吗？

　　美国著名评论家、诗人埃兹拉庞德有一句令世人赞不绝口的墓志铭："如果我哪天活够了，请在我的墓碑上写下这样一句话：'他早在成名之前，便已厌倦了名声'。"

同样，也肯定会有许多富翁，在他有钱之前，就已经视金钱如粪土。

这些话，对于那些渴望荣华富贵、视财如命的人，是看都看不懂的。

罢了，由他去吧！

平安夜了，祝你在新的一年里

平安顺利，学业有成！

1991 年 12 月 24 日

20

"我的志愿——我有一天长大了，希望做一个拾破烂的人，因为这种职业，不但可以呼吸新鲜的空气，同时又可以大街小巷地游走玩耍，一面工作一面游戏，自由快乐如同天上的飞鸟。更重要的是，人们常常不知不觉地将许多还可以利用的好东西当作垃圾丢掉，拾破烂的人最愉快的时刻就是将这些蒙尘的好东西再度发掘出来，这……"

念到这里，老师顺手丢过来一只黑板擦，打到了坐在我旁边的同学，我一吓，也放下本子不再念了，呆呆地等着受罚。

"什么文章嘛！你……"老师大吼一声。她喜怒无常的性情我早已习惯了，可是在作文课上对我这样发脾气还是不太常有的。

"乱写！乱写！什么拾破烂的！将来要拾破烂，现在书也不必念了，滚出去好了，对不对得起父母……"老师又大拍桌子惊天动地地喊。

"重写！别的同学可以下课。"她瞪了我一眼便出去了。于是，我又写：

"我有一天长大了，希望做一个夏天卖冰棒、冬天卖烤红薯的街头小贩，因为这种职业不但可以呼吸新鲜空气，又可以大街小巷地游走玩耍，更重要的是，一面做生意，一面可以顺便看看，沿街的垃圾箱里，有没有被人丢弃的好东西，这……"

相信你早就看出来了，这是三毛《拾荒记》里的片段。

其实，在我的心里，早就住着一个三毛，她的流浪，她的才华，她的爱情，她的孤独，无一不在打动着我，吸引着我，震撼着我。

去年三毛辞世的时候，我难过了很长时间，我难以理解的是，这么一个乐观洒脱热爱生活的三毛，这样一个顽强美丽犹如沙漠之花的三毛，这么一个尽管年龄比我母亲大但感觉就像小姐姐一样的三毛，怎么就会以此种方式辞世呢？

如果有来生，要做一棵树，

站成永恒。

没有悲欢的姿势，

一半在尘土里安详，

一半在风里飞扬，

一半洒落荫凉，

一半沐浴阳光。

非常沉默、非常骄傲。

从不依靠、从不寻找。

······

在西班牙留学的日子里，正在上大三的三毛在朋友家里遇见了小她 8 岁的荷西。荷西当时在她学校附近的一所高中就读，对三毛一见倾心，并展开追求，经常逃课来看三毛。有一天荷西说："Echo，你等我结婚好吗？六年，四年大学，两年服兵役，好不好？"

现在，轮到三毛对去世 12 年的荷西说：你已等我 12 年了，现在，我来了。

不要问我从哪里来

我的故乡在远方

为什么流浪

流浪远方

流浪

为了天空飞翔的小鸟

为了山间轻流的小溪

为了宽阔的草原

流浪远方

流浪

还有　还有

为了梦中的橄榄树

橄榄树

……

心，无处栖息；灵魂，无处安放。于是，只能流浪，唯有流浪。

好的是，三毛和荷西又能结伴前行了。

童愉写于三毛周年忌日

谨以此文献给在天堂的三毛与荷西

21

　　三毛总是给人洒脱不羁的感觉，其实，她更有柔情似水的一面，脆弱的一面，无助的一面。她在《秘鲁纪行——索诺奇雨原之一》中写道："世上的欢乐幸福，总结起来只有几种。而千行的眼泪，却有千种不同的疼痛。总打不开的泪结，只有交给时间去解。"她在《背影》中写道："爱到底是什么东西，为什么那么辛酸那么苦痛，只要还能握住它，到死还是不肯放弃，到死也是甘心。"她还说："心若没有栖息的地方，到哪里都是在流浪。"她在许多的文章中都流露出无奈、无助的思绪。也许她只是用表面的洒脱掩饰她那深植于内心的悲伤和忧愁。

　　"心，无处栖息；灵魂，无处安放。于是，只能流浪，唯有流浪。"你在信末的总结实在是太好了。

　　苏东坡的朋友王定国，受"乌台诗案"牵连，被贬到穷山恶水的岭南。王定国有一位名叫宇文柔奴的歌妓，毅然随行，不辞辛苦，不离不弃，一路追随在王定国身边。五年之后王定国才得以北归京师。一次与苏东坡喝酒，王定国吩咐柔奴为东坡敬酒，东坡问她岭南生活是否艰苦，桑奴只答了一句："此心安处，便是吾乡。"

我想，只要三毛能找到她心安之处，至于生死这等小事，于她，又算得了什么呢？

看到一个材料，说人的一生有三次死亡：第一次是医学上的死亡，即心跳和呼吸停止；第二次是社会关系上的死亡，即办完后事，入土为安，在这个世上再也见不到这个人了；第三次是真正意义上的死亡，即世上最后一个认识他，记得他的人也彻底地忘了他，再也没有一个人知道他在这个世上存在过。

当然有些宵小之辈，活着也仅仅如行尸走肉般暂时没埋，这又是另一种情况了。

我想，有这么多的读者在怀念着三毛，那么，三毛岂不是还活在我们心中？倒是在苏东坡为柔奴写下《定风波》一词的序里，言桑奴"眉目娟丽"，倒令我等凡俗之辈忍不住想要回到过去，去一睹这位才女被一身柔情包裹的侠骨以及她的绝世风姿，让柔奴这样的至情至义之人也能在我们的心中占据一席之地。

已经腊月十三了。我校安排下周期末考试，腊月二十一学生领取成绩单后这一学期就算正式结束了。收到这封信的时候，你应该正在复习考试期间。那么，就提前祝你——

新年愉快，学习进步啦！

下期再见！

1992 年元月 17 日

（三）

22

风　铃

余光中

我的心

像高高低低的风铃

叮咛叮咛

此起彼落

总在敲扣着一个名字

　　读余光中的《风铃》，觉得非常美，短短几行字，道出了我心中想说而没能说出的话，以及心尖儿的震颤——我想文学的魅力和魔力也正在于此。

　　后来，读"红豆生南国，春来发几枝"的时候，想起你；读"君住长江头，我住长江尾"的时候，想起你；读"君生我未生，我生君已老"的时候，想起你；老师讲课的时候，想起你；和同桌讲话的时候，想起你；看到风儿在枝头吹过，想起你；看到鸟儿在天空飞翔，想起你……

　　直到有一天，读到张爱玲在《半生缘》中写的一句话：听到一件事，明明不相干的，也会在心里拐好几个弯，想到你。这时，我才恍然大悟——传言，原来，你早已住在了我的心里。

1992 年 2 月 14 日

23

　　小愉，不知谁说的，"放下执念，即可成佛"。

　　而我，偏偏放不下"写作"这份执念。

　　起初，无非是喜欢阅读。《小说选刊》《读者文摘》等刊物我订有近十种，各种书籍特别是文学类的书籍，我自己买，"老三"从上海给我寄。工作之余，也打球，也胡闹，但最多的，就是看书，可以说我大多数闲暇时间都是和书在一起的。曾经有一个时期，最幸福的事情就是在无所事事的节假日里，一书在手，一茶在握，只须净手，无须焚香，就这么了无牵挂、神游八方、快乐至极。后来，不知怎么的，就动了自己也写一点的想法。其实，有这个想法，写点小文章——二三年下来，我在各级报刊上发表了十几篇"小豆腐块"（其中就有你在《青年导报》上看到、促成我俩"信来信往"的那一篇）——如果就这么苦中作乐着，倒也未尝不可。可是，看了钱钟书的《围城》之后，爱不释手，一再展读，就像《渔夫和金鱼的故事》里那个贪婪的渔夫妻子一样，我竟然狂妄地、无耻地产生了像钱钟书那样也写一部长篇小说的想法——我在所有的亲人、朋友、同学、同事面前都没有流露这一点，你是唯一知道我有这种不切实际想法的人——凭我的能力、才气和阅历，我这纯属痴心妄想，然而，这个想法越来越浓、越来越烈，以至于终日苦思冥想，苦不可言，至此才知道什么叫苦海无涯。

　　"文章本天成，妙手偶得之。"没有那双"妙手"，即使逼死自己，逼疯自己，又徒奈何？

　　痛苦，不就是能力小，想法多吗？

　　盖斯梅尔说过："认为自己比真正的自己好，是相当普遍的现象。"

　　这句话，大概是对的。

　　所以我认为写不出这部长篇小说的主要原因是自己经历少，阅历浅，幻想着有朝一日四海为家、浪迹天涯，至于是大富大贵、光宗耀祖，还是苟且一生、清贫度日，根本就不是我所看重的。有时我甚至想，为了体验百味人生、遍尝酸甜苦辣，即使如欧·亨利笔下《警察与赞美诗》里的流浪汉苏贝那样，只要是不以丧尽天良为代价的牢狱生活，又能如何？

世上有那么多的作家，不在乎有没有我这一个；有那么多的作品，不在乎有没有我这一部——况且，我也不会满足于随手涂鸦，若写不出好作品，消耗自己的精力事小，我断不会让它浪费纸张。

然而，执念至此，无可救药。

此生若写不出来一部好的作品，难道当真会死不瞑目？

1992 年 2 月 29 日

24

大自然真神奇。

我认为，最神奇的，当是水。

它能实现固、液、气三态的完美转化，既可以坚硬如冰，也可以柔情似水，不经意间，又和你捉迷藏般地幻化为汽。

它能以雨、雪、雾、雹、霜、露、汽，能以江、河、湖、海、洋、池、淀、涓、浜、瀑，能以雪山、冰川、冰山、雪原，能以汗、泪、沫等各种各样的形式存在。即使在我们的身体里，也有着 70% 的水分。可以说，水，无所不在，无处不有。

据说，世界上任何一滴水都是相通的。

那么，传言，我身上蒸发掉的一个水分子，能化为雨淋在你的身上吗？能化为水喝进你的肚子里吗？能被你吸收成为你身体细胞——特别是大脑细胞的一分子，然后再和你一起——思念我吗？

1992 年 3 月 16 日

25

4月4日是清明节，所以，前天我利用星期天的时间回老家上坟。我家的茔地，散落着大大小小十几个坟头，有大老爷的，大老奶的，老爷的，老奶的，爷爷的，奶奶的，二爷的，大伯的，二伯的，二娘的。看着这些坟头，想想他们在阴间，没事串串门儿，聚聚会儿，倒也热闹。

大伯是1987年9月不在的，当时我刚参加工作，正在住室批改作业，二姐骑着自行车跑到学校告诉我大伯去世的消息。我花了大伯一辈子的钱，原想着领了第一月工资好好地孝敬孝敬他，不料此想竟成奢望。因此，平时颇能沉得住气的我当时就号啕大哭，着实把一墙之隔的学生们吓一大跳。如今，大伯的音容笑貌犹在眼前，而坟头的那棵柳树已枝繁叶茂。望着大伯的坟头，不由感慨万千。

据说，大伯小的时候天资聪颖，写得一手好字，打得一手好算盘，什么狮子滚绣球的无不滚瓜烂熟，再加上浓眉大眼，是我们绳营和周边数一数二的才俊后生。十七八岁的时候，经人介绍，他到县城一个姓许的老板在湖北老河口开的丝绸庄里当相公。老河口当时是非常繁华的码头，丝绸店、布店、米店、珠宝店、玉器店鳞次栉比。大伯人老实，身子勤，脑子活，深得老板信任器重。

与丝绸店紧挨着的，左边是一家当铺，右边是一个米店。米店生意兴隆，整日人来客往的，一派繁忙景象。米店老板有一个十六七岁的女儿，出水芙蓉一般，米店生意清淡的时候，偶尔会站在米店门口，光光的眼睛这里瞅瞅，那里看看。当然，偶尔也会在大伯的身上轻轻掠过。大伯本是偷偷看着那姑娘的，看到人家望过来，脸一红，头一低，再也不敢向那边看了。后来，大伯经常能感受那目光在自己身上有意无意地逗留一二，心里想，要是能说说话儿，拉拉手儿，该多好啊！

有一天，傍晚时分，劳碌了一天的人们难得清闲了下来，大街上也静悄悄地难见人影。大伯正在店门口守着，看到那个女孩出来了，然后，光光的、毛毛的目光便覆盖了过来。大伯和往常一样，脸红气喘地低着头，后来，一个身影慢慢移到自己身边，一股淡淡的清香就弥漫在空气当中沁人心脾，好像过去了一个世纪，一个很小的声音，像蚊子一般的细小的声音说："你喜欢我吗？"大伯大脑嗡地一下，人就傻了，呆愣愣地，木木地，头都不敢抬一下，就那么一直地低着，低着，又过了大约一个世纪，那个女孩叹了一口气，轻轻地说："死样！"然后，那个身影又在大伯的视线里一点点远去。等大伯终于抬起头的时候，天已经黑透了，米店早已大门紧闭。

后来，那个女孩一直没再露面。一个多月后的一天，天刚麻麻亮，一阵唢呐声把大伯惊醒。大伯急忙穿上衣服，打开店门，看到一顶花轿停在米店门口，吹鼓手正卖弄地吹奏着"百鸟朝凤"，呆头呆脑的新郎官骑在一匹病恹恹的瘦马上。大伯吃惊地看着这一切，看着人们屋里屋外地忙乱着，吵着，闹着，笑着，还有震天的鞭炮声，刺鼻的硫黄味，后来，新娘出来了，头上盖着红色的盖头，下台阶的时候，她用左手把盖头掀了一下，从盖头下射出来的一道目光，没有看脚下，而是准确地射进了大伯的眼里。那道射过来的目光里，满含着哀怨，好像闪电一样，倏地便消失了。

那顶花轿随着唢呐声远去了，那哀怨的目光却缠绕着大伯，一个身影慢慢移到大伯跟前，一个细小如蚊的声音在大伯耳边说："你喜欢我吗？你喜欢我吗？你喜欢我吗？""哇"的一声，一口鲜血从大伯的口中喷射而出。此刻，一笔一画、工工整整，倾注了大伯无限爱意的、已装了一个多月的纸条整整齐齐地躺在大伯的上衣口袋里，那张纸条上写着：我喜欢你！

随后不久，大伯被许老板送回家中，许老板惋惜地对我爷奶说："魔怔了。"据说，那一时期大伯的魔怔是很厉害的，他常常痴痴地望着某处，口里念念有词，时而浅笑嫣嫣，时而面若桃花，又或者泣不成声，泪流满面。

随后大概有两年时间吧，大伯的病情轻多了，爷奶开始张罗着要给他娶一房媳妇，过一屋人。当年的才子成了如今的病秧子，本就不好找，加上大伯铁了心地要么不见，见了也不愿，此事便耽搁了下来，一直到老，打了一辈子"光棍"。

在我看来，大伯就是个善良的老头儿。天还不亮，就满世界捡拾粪便；白天，有活儿就干活儿，没活儿的时候，就蹲在墙根看书——在那个年代的农村，有书的人家可以说是少之又少。我很小的时候，大伯就给我讲故事，有狸猫换太子，有东郭先生和狼，有孙悟空大闹天宫，有人心不足蛇吞象，可以说，像《三国演义》《隋唐英雄传》这些古书，大伯是倒背如流。他还教我打算盘，三下五去二，六上一去五进一，大伯给我演示"狮子滚绣球""九九归一"的时候，手指在算盘上灵活地跳跃，就像钢琴家的演奏一样。那时候都很穷，大伯主要是陪我玩，可以说我的很多技能都是在跟随大伯的玩中得到启蒙的。后来，我小姑随着小姑夫到河北固安的华北石油职工大学后勤处，心疼她大哥，便隔三岔五地给大伯寄钱，有时是五块，有时是十块，逢年过节的时候甚至寄过五十的，这些钱，大多都变成我肚里的零食和我喜欢的图画书了。

1987 年夏天，师范刚毕业的我回家陪大伯住几天。后来，学校就要开学了，我也要准备当老师的相关事宜，就和大伯告别，大伯用业已混沌的眼睛慈爱地看着我，说："遇到喜欢的姑娘，要勇敢！"顿了顿，又说："其实，人这一辈子是很短的。"大伯绳书堂，享年 73 岁，这是他说给我的最后两句话。

大伯，一辈子与世无争，与人无争。他就像一片树叶，落了，就落了；风吹走了，就吹走了；腐烂了，就腐烂了。假如他知道他又一次活在我给你写的信中，我相信，他是会非常高兴的。

只是不知道，那个米店的姑娘有着怎样的人生？她知道她误会了的那个人其实为了她而孤老终生吗？

刘立云在长篇纪实小说《瞳人》写作札记中写道：

我梦中的情人啊

你要好好活着

耐住那百年孤独

其实我们一辈子都在

等一个人……

1992 年 3 月 31 日

26

"君自故乡来，应知故乡事。来日绮窗前，寒梅著花未?"诗末那句"寒梅著花未?"思乡之情跃然笔端。

"君家何处住? 妾住在横塘。停船暂借问，或恐是同乡。"思念家乡，看重乡情，情真意切。

"岭外音书断，经冬复历春。近乡情更怯，不敢问来人。"忐忑心理，显露无遗。

这些思乡佳作，喜欢读，却没有感同身受——望花湖畔的这所学校，就是我关于家乡的一切记忆、感触、体会。

"衣锦还乡"也好，"告老还乡"也罢，我"乡"在哪里?

传承千年的"落叶归根"，我"根"在何方?

传言，我探讨人生的意义，我追寻"我从哪里来"，但在我的人生经历中，从不知清明为何物，"清明时节雨纷纷，路上行人欲断魂"，对我而言，就是一句诗，一个语言游戏，一段文字堆砌。传言，传言，传言，你知道吗? 茫茫大地，竟然没有一个可供我祭拜的坟头，没有一个容我缅怀和思古的地方。

传言，我会告诉你的，我会告诉你的，我会告诉你的。你相信我，有一天，我会把这一切，原原本本地告诉你。

1992 年 4 月 12 日

27

威斯敏斯特大教堂地下室有一块墓碑，上面的墓志铭震撼着每一个来拜谒的人——

当我年轻的时候，我的想象力从没有受到过限制，我梦想改变这个世界。

当我成熟以后，我发现我不能改变这个世界，我将目光缩短了些，决定只改变我的国家。

当我进入暮年后，我发现我不能改变我的国家，我的最后愿望仅仅是改变一下我的家庭。但是，这也不可能。

当我躺在床上，行将就木时，我突然意识到：

如果一开始我仅仅去改变我自己，然后作为一个榜样，我可能改变我的家庭；在家人的帮助和鼓励下，我可能为国家做一些事情。

然后谁知道呢？

我甚至可以改变这个世界。

是啊，一屋不扫何以扫天下。要想改变世界，必须从改变自己开始。

小愉儿，不是吗？难道不是吗？

只是，等我们老了的时候，会有什么样的感触呢？

1992 年 4 月 25 日

28

落雨的黄昏

总是
在落雨的黄昏
独自漫步
传言　你知道
雨是什么吗？
它们
它们都是我长长
长长的

思念啊

1992 年 5 月 7 日

11：20—12：00 于作文课堂上

29

苏格拉底画了两个圆圈，一大一小。

他说，圈内代表已知，圈外代表未知。小的圆圈代表学生的知识，大的圆圈代表他自己的知识。

越大的圆圈周长越长，所接触的外围越广，未知的部分也就越多。

由此可见，知道越多的人，越是谦虚地认识到自己的"无知"。越是无知的人，反而越易"狂妄"！

日常生活中，我们难道不是经常遇到那些无知地以为自己无所不知的人吗？其实，认识到自己的无知，需要相当的知识。

小愉儿，让我们早日认识到自己的无知吧！

1992 年 5 月 19 日

30

如果你是我的丈夫

〔美〕玛丽·格丽娜

一

今天，我结识了一位伟大的人。

亲爱的，如果你愿意，如果有可能，你应该成为我的丈夫。我让我 17 岁的双臂，绕成装饰你颈项的花环。我将给你过度的温存；我将让你深深地了解爱，而并不毁伤了你自己；我会让你的诗人之心甘愿地流血。

二

爱向我召唤的时候，我会跟随他，无论他是个勇士，还是个懦夫；无论他是个善者，还是个恶棍。只要你让我跟随他，我就愿意。

藏在羽翼中间的剑刃即便刺伤我的肉体和我的心，只要你的声音敲碎我虚幻的梦，我就愿意追赶那冬天的寒风，一道踏进荒原。

三

在你的疑惧中，还有心思去寻找爱的和平和逸乐吗？你的世界没有春天，也没有其他季节。而我也不需要不断地变化自己。因为你，我愿意终身枯守单调，只要你能引导我爱的旅程。

四

如果你真的成为我的丈夫，我要把我俩合一，而不会彼此孤独。你会毁掉你的房门，让我自由地进出。你会慈祥地让我坐在那置放油灯的角落，默默地注视你脸上的皱纹。然后我隐失在朦胧的迷雾里，让夏夜的风变成你急促的呼吸。

小愉儿于 1992 年 5 月 30 日

31

苏联，呃，已经是前苏联了，著名教育实践家和教育理论家苏霍姆林斯基说过："无限相信书籍的力量，是我的教育信仰的真谛之一。"

我深以为然。

我认为，用世界上最美好的语言来称颂教育，甚至"谄媚"教育，都不为过。

在教育体系中，教师处于举足轻重的地位。

有一个资料，说西南联大八年，设备条件极其简陋，却比北大、清华、南开三十年出的人才加起来都多。为什么？

据说答案就两个字：自由

集历史学家、古典文学研究家、语言学家、诗人于一身的陈寅恪教授在西南联大上课的第一天就对学生说："前人讲过的，我不讲；近人讲过的，我不讲；外国人讲过的，我不讲；我自己过去讲过的，我不讲。"

不拾人牙慧，不老调重弹，这种标新立异、无拘无束、天马行空般的教育，对于具有较高水平的大学生，自是极佳。可是，对一个嗷嗷待哺的小学生、初中生呢？

大批基层教育工作者，即使个人水平再高，也只能把教育内容、方法放到一个与学生接受能力相适应的地步，甚至，他不得不把诸如"一加一等于二"这样一个个浅显的道理一遍遍地重复给他的学生，就像一支蜡烛，燃烧自己，照亮别人。

"春蚕到死丝方尽，蜡炬成灰泪始干"，不正是对老师奉献精神的真实写照吗？

老师被誉为人类灵魂的工程师，也足见教育的重要和教师地位的神圣。一个老师，对学生知识的传授、智慧的启迪、人生航程的指引、健康人格的塑造等方面，无不发挥着巨大的作用。

卢梭说："教育错了的儿童，比未受教育的儿童离智慧更远。"

你能想象得出，一群没有灵魂的老师，能教育出有灵魂的下一代吗？

所以，教师选拔至关重要。

而现在的问题是，好像愿意当老师，特别是基层老师的学习好的学生已经不多了。"再穷不能穷教育，再苦不能苦孩子"的标语到处都是。其实，为了民族的未来，再少，也不能少"优秀"的教师啊！

1992 年 6 月 11 日

32

传言，今天是我 18 岁生日，从今天起，我就是成年人了。

在我生日的这一天，正好收到你的来信——这真是我最好的生日礼物啊！

曾经，荷西对三毛说：你等我结婚好吗？六年。四年大学，两年服兵役，好不好？

传言，现在，我对你说：你能等我吗？三年，一年高中，两年大学，好不好？

我不报其他的大学，就报师专——你不是忧心愿意当老师的优秀学生不多吗？我来充一个。当然还有一个原因是，师专两年就能毕业，你也不用等我太久。凭我的成绩，应该不难考上，毕业之后我就分配到你那里去，好不好？

雨果在《巴黎圣母院》里写道："真爱的第一个征兆，在男孩身上是胆怯，在女孩身上是大胆。"

喜欢你够多，是可以轻而易举战胜羞怯的——在喜欢的人面前羞怯，只说明爱得不够深。

传言，你知道吗？其实，我害怕的不是说出来我喜欢你，不是说让你等我。我真正害怕的是，你已经有中意的女孩子了。

未成年的时候，我不敢说，也不能说，我怕毁坏了我在你心目中那清纯的形象；可是，我又胆战心惊地害怕你谈恋爱。

终于等到我成人的这一天。

传言，你谈恋爱了吗？

或者，你愿意等我吗？

或者，你既没有谈恋爱，也愿意等我，是吗？

我决定把这封信晚投 10 天，这样，你收到信的时候，又要放暑假了，我心甘情愿当那个把头扎在沙漠中的鸵鸟。

在希冀中煎熬！

在煎熬中希冀！

祝暑期快乐！

小愉儿

1992 年 6 月 16 日

（四）

33

传言，写下你的名字后，我就不知该怎样表达我想要表达的东西了。你能理解的，你知道我想说的，对吗？

传言，我对你只有深深的思念！

整个暑假，我才真正体会到时间的魅力和魔力。

时间，是赵师秀笔下"有约不来过夜半，闲敲棋子落灯花"的落寞；

是柳宗元笔下"孤舟蓑笠翁，独钓寒江雪"的淡然；

是苏东坡笔下"十年生死两茫茫，不思量，自难忘"的凄凉；

是李商隐笔下"何当共剪西窗烛，却话巴山夜雨时"的柔肠寸断。

它还是孙悟空五行山下的五百多个暑去寒来；

杨过、小龙女的十六载魂牵梦萦；

三毛、荷西的六年日思夜盼；

它也是我一会儿飘上云端，一会儿又跌下深谷的最长的一个假期啊！

传言，写封信来好吗？

给我点力量，我好像变得脆弱了。

34

小愉儿，能结识千里之外的你，是我的幸运。我也是发自内心地喜欢你。

可是，若是让我现在和身为学生的你谈情说爱，作为老师，这道心理上的坎是无论如何迈不过去的。

今年春上有 3 个中师生来我们学校实习，其中一个女孩对我很有好感，她不物质、不世俗、不市侩，可以说基本上就是我理想中的那种女孩，她经常找我聊文学、说未来、谈梦想，实习结束返校后给我来信，让我暑假期间到她家玩，也问我的住处，暑假期间要找我借书看，我犹豫着是不是把自己交出去算了，其实我就准备着要给她回信的，是你的这封信让我得以止步不前。

什么是一见钟情？

无非是两个相似的灵魂彼此认出了对方。

和你的交往便是如此。

与你相伴终生，也是我梦寐以求的。可总感到有那么多的不确定因素——特别是距离和家庭。况且，小姑娘就像夏天的天气，有时候只是雷在咋咋呼呼，却未必有雨——玩笑啦！

小愉儿，我愿意等你，多久都行，只是，在你学生阶段，我们还是原先那样的朋友相待，等你期间我会守身如玉，至于其他的一切，都待你大学毕业之后再做安排，好吗？

1992 年 9 月 1 日

35

朋友问安徒生，爱到底是什么？

安徒生："爱的本质就是连绵不绝的疼痛，唯一的解药是他（她）也爱你。"

所以，虽然早就知道你喜欢我，但不知道你爱不爱我的那些日子里，是我最痛苦的一个时期，寝食难安、辗转反侧，得知你也爱我的这封信，成为我此生最好的礼物——这一时刻，我的所有痛苦烟消云散，充盈我内心的是我有生以来最大的喜悦与幸福——我就是世界上那个最最骄傲的公主。

不多写了，我要哭去。

肆泪长流啊——这喜悦的泪水！

还有，节日快乐啦！

1992 年 9 月 10 日

36

七伯居然还活着。他拍回来电报，马上就要从台湾回来了。

父亲在这一辈这一大家族中排行第十二。比父亲大的这十一个伯伯之中，有在家务农的，有作古的，有了无音信的，一次我们几个弟兄说起来，算来算去算不齐，问父亲，他比画着手指头掰弄半天，居然也丝毫想不起来五伯的任何情况——大概早已湮灭在历史的尘埃之中了。比父亲小的，有大叔、二叔，再往下的，就是名字加叔，或小名加叔，或外号加叔，没有什么统一的规定，就这么约定俗成地叫了起来。比如跟着唢呐队敲梆子的进财叔，发配去劳改、释放后卖狗肉的书年叔，一肚子坏水的老好叔，干活一把好手的梅娃叔，走街串巷卖菜的"冒高"叔———次卖菜时，正在对买菜的指着秤杆说："你看，冒高，冒高。"意思是菜的分量足，秤杆往上撬着。正在"冒高""冒高"地说着，一根断了的电线掉在他的光脊梁上，当即把他打倒在地，那杆秤也扔出老远，老半天才醒过来，于是，十里八乡的都"冒高""冒高"地喊开了，至于原来叫什么，早被人们忘到九霄云外了。当然，还有年龄和我差不多的"电工"叔——一根断了的电线耷拉着，我们一群小孩子就在附近玩，他想要小便，便对着那根电线滋过去，结果被放翻在地，多亏教民办书的龙娃叔正好经过，对着他的臭嘴鼓捣半天，总算把他救了过来，龙娃叔诙谐地说，人家电线断了，你是电工吗？于是人们便"电工""电工"地喊开了。现在他在我们老家的街上开了一间电焊修理铺，也算和"电"扯上点关系。扯远了，扯远了。

七伯的父亲我叫二爷，是我父亲的亲叔叔。七伯比我父亲大两岁，两人一起在县城一家丝绸庄里当学徒，本来商量着一起进山找游击队，二奶托人捎信让他回去，说下了一门亲事。女方是我们庄北三里地的谢家庄人，小门小户的，一心只想找个安生人家，好平平安安过日子。我们家是厚道之家，二爷二奶也是本分之人，七伯的姐姐年前刚刚出嫁，七伯十八九岁，敦敦实实的。因此，一经说合，双方都非常满意。一应礼数都按部就班地走着，很快就到嫁娶这一步了。

二奶找鄢家庄的"鄢半仙儿"看了个"好儿"，时间是八月初八。日子说给女方，女方也去找"鄢半仙儿"——八月初八这个日子本就是"鄢半仙儿"看的，女方去了，"鄢半仙儿"少不了故弄玄虚一番——自然是良辰吉日——于是日子就这么敲定下来。

"鹦鹉嘴，蚂蚁腿。"距八月初八就几天时间了，媒婆自然是男方女方地跑着。这天，媒婆一嘴白沫地交代了迎娶的注意事项，万事俱备，只欠东风。二奶也很满意，七伯的终身大事一办，女儿也已经出门，自己这一辈子就可以安心了。事已说完，便张罗着媒婆吃饭，做饭的时候，看厨房没油了，就让七伯到南张庄打点正宗的小磨香油。

天都中午了，还不见七伯的身影。南张庄在我们庄南边，二里多地，二奶心里隐隐有点不安，对媒婆嘀咕道："不是指望不住的孩子啊，就这点路，两个来回也回来了。"又等了一会儿，眼看着时间都过了中午了，便张罗着媒婆吃饭，又骂着二爷去找七伯。

二爷找到油坊，油坊门关着，没见到人，心想肯定是路上走岔道了。回到家中，依然没见。这下都慌了，呼叫着全庄人无头苍蝇般地四处寻找。

陆陆续续反馈回来的消息是，临近中午的时候，从绳营和南张庄中间，自东北向西南方向过了一支不知什么队伍，队伍不大，约莫百八十人的样子，所以并没有引起什么震动。位于绳营东北十七八里的禹王集也丢了一个人，比我们丢的人还早，是一大清早下地干活的时候丢了的，他们已经找了一天了，有人找到咱们这里，咱才知道他那里也丢了人。

二奶脸沉着，一句话没说。倒是二爷，一个大老爷们，哭得"嗝儿""嗝儿"的。

私下里已经有人在风言风语，大都认为七伯凶多吉少，八成是肉包子打狗，有去难回——在那个战乱年代里，这种事人们经得、听得也实在是太多了。

后来，媒婆过来问八月初八怎么办。要知道，迎娶下来的花费可不是个小数目，二爷还在犹疑着，二奶眼都没眨一下，只说了一个字："娶"。

婚事办后没多久，身体一向结实的二爷就一病不起，没多长时间就去世了。

打我记事起，就很少见七娘出门。听人说她几乎把所有时间都用在娘家陪嫁过来的那台纺花车和那架织布机上。我随母亲去过她屋里一次。屋里有一股长期不通风之后的那种霉味。七娘说话小声小气的，没有一丝生机，没有一丝笑容，好像一个被掳走喜怒哀乐的蜡像一般，没坐一会儿，我觉得憋气，便出去找小伙伴们玩去了，此后母亲喊我陪她去，我再也没有去过一次。如今想来，七娘的少女时代，难道不是天真烂漫的吗？难道不是五彩缤纷的吗？我开始能逐渐体味出她那难以言说的悲哀和凄凉。

一直和七娘相依为命的二奶，身子骨倒是硬朗，八十多岁的人，很有点仙风道骨的样子。

台湾发展得不错，不知七伯过得怎样。富翁，光鲜亮丽、西装革履、裘车怒马、衣锦还乡？抑或是《我的叔叔于勒》里面于勒叔叔那样穷困潦倒、人见人嫌？当然，这些都是身外之物，我只希望他们母子、夫妻能早日团聚，好好享受享受这人世间弥足珍贵的天伦之情。

见面，便是他们此生最大的心愿！

借用一下你那句经典之问——不是吗？难道不是吗？

1992 年 9 月 22 日

37

——传言，在吗？

——我在呀，小愉儿。

——我又想你啦！

——我也是啊！

——记得雅斯贝尔斯说过的一段话，说，教育意味着一棵树——

——摇动另一棵树，

———朵云——

——推动另一朵云，

——一个灵魂——

——唤醒另一个灵魂。

——现在，我发现呀，爱也是。

——（你替我拨一拨乱了的头发，然后，手还留恋地在我的发间多待了好一会儿，由衷地附和着我）是啊，爱也是。

1992 年 10 月 8 日

38

雨（小小说）

绳传言

师范毕业那年，你十九岁。你说，山里的孩子纯朴、可爱；你说，山里的孩子更缺教师；你笑着说，山里的风景好、空气也新鲜呢！于是，瘦瘦小小的你便告别我任教你也可以任教的那座小城，独自一人背着行李来到山里的这所小学。

你爱雨，没来由地挚爱雨。淅淅沥沥的雨落下来的时候，你便忘情地投入大自然的怀抱。你跑呀跑呀，鲜红的夹克耀眼地牵引着来看你的我。后来，你跑累了，便坐在小溪旁边的青草地上，看平日温顺的小溪一点点地变得暴戾不驯。你闭上眼仰起脸，雨水便在你的脸上流泻。你说雨好清凉好清凉呀，然后轻轻地拥着我，说，山里真好！

你说，学校的老师少，还是不要请假吧！星期六下午回家，保证——你又笑了，调皮地说，保证不误你的事！在那个久远久远的春日下午，斑驳的阳光在我们面前不停地跳跃，山坡上，娇羞的小花在阳光与微风中绽放她们寂寞的美丽……记忆深处，所有的一切都充满了温馨与动人。

星期六下午放学前，下了一场雨。想着那条不再温顺的小溪，你说，谁让他们太小呢？

那条小溪已拓宽了好几倍，夹杂着枯叶泥沙奔流而下。你知道，水正在一点点消去。可你也知道，明天自己还有要紧事呢！你脸红红地笑了，自己答应过的，保证不误事呀！

你让紧紧依偎着自己的孩子站在岸上，取出牵着他们的手，看了看开始放晴的天空中那轮西沉的太阳，你对自己说，不会误事的。你的脸又红红地笑了。

当我赶到的时候，只有家长和孩子们如雨的泪在脸上流泻，那条小溪在人们身旁温顺地流着。远远的家中，被我布置一新的新房翘首守望着你已无望的归期。

下雨了，我投入雨中，跑呀跑呀，你的鲜红的夹克又在前方牵引着我，你笑着说，雨好清凉好清凉好清凉呀……

1992 年 10 月 20 日

39

传言，你知道吗？你寄来的发表在《永州日报》的这篇小小说，成了我的催泪神器了吗？

特别是读到"当我赶到的时候，只有家长和孩子们如雨的泪在脸上流淌，那条小溪在人们身旁温顺地流着。远远的家中，被我布置一新的新房翘首守望着你已无望的归期"的时候，我的泪便如泉水般涌了出来，模糊了我的视线。我擦干了泪，它又涌了出来；我擦干了泪，它又涌了出来。后来，我终于擦干了泪，继续往下看：

下雨了，我投入雨中，跑呀跑呀，你的鲜红的夹克又在前方牵引着我，你笑着说，雨好清凉好清凉好清凉呀……

我强忍着泪读完，便伏在桌子上，失声痛哭。

我哭着想，我多希望能在你身边啊！这样，在我泣不成声的时候，你肯定会默默地走过来，搂着我的头，拉入你的怀中，什么话也不说，就这样抱着我，抱着我，抱着我……

距离高考还有 8 个月时间了。我多么希望这段时间能快点过去，高考能早点到来啊！高考结束之后，我一定会第一时间去到你的身边。

你一定要等着我！

1992 年 11 月 5 日

40

面无表情、满头白发一丝不苟地挽在脑后，二奶就像一块历经亿万年岁月冲刷的石头，看不出喜、怒、哀、愁，就那么笔挺地站立在寒风之中。七娘在二奶右侧错后半步的地方站着，仍是无声无息、无情无绪的样子，不过仔细看就会发现，有一点光，有一丝生机，有一缕灵气，在七娘的眼里倏然划过，就好像冰雪上正慢慢融化着的摇摇欲坠的那滴水珠，阳光照耀着，一闪，一闪。二奶的女儿、女婿，梅娃叔、"电工"叔、扒篓、财旺，看二奶那样的神色，便都表情严肃地站在那儿。二奶的外孙子小双搬了一把椅子，刚来的时候，他曾拉了拉外婆的袖子，指了指放在外婆身后的椅子，外婆回头不耐烦地瞪了他一眼，便扭转头去，目视前方，现在小双也不敢多说，把椅子放在那里空着，自己则默默地站在外婆身后。我昨天晚上着凉了，头疼咳嗽流鼻涕，一个人站在最后面。我前面还站着七八个我不熟悉的人，大概是二奶、七娘她们的亲戚。

过了一会儿，我前面一个抱着小孩的、面部表情丰富的四十岁左右的女人压着嗓音说："听说闻家营有个从台湾回来的人，每家亲戚给个金镏子。你说表叔从台湾回来，不知道能给咱们带个啥？"另一个二十出头的短发女孩说："是啊，这要是一人给辆小汽车，咱又不会开，你说可咋办呢？"一个十六七岁的男孩子接腔道："没事。你要是有辆小汽车，我找人在后面给你推着走。"短发女孩恶狠狠地说："滚一边去——狗夹热处闹。"一个有点眼熟的女孩喂着怀中的婴儿，说："听说我舅在台湾过得也很一般。"原来是七伯的外甥女小雪，比我还小两岁，小时候来二奶家走亲戚时经常跟在我屁股后面玩，现在居然结婚生子了。先前那个表情丰富的中年女人便撇着嘴，用很鄙夷的表情说："表叔从台湾回来，亲戚们也只是过过嘴瘾罢了，看把你吓的。要是表叔真给我们一人一个大金戒指，还不把你这个外甥女心疼死！"小雪打小人就老实，现在被噎得脸脖子通红却无言以对。一个小男孩扯了扯小雪的衣裳说："小姨小姨，你说舅爷回来会给我们带北京糖块吗？"小雪没理他，旁边另一个大一点的女孩子说："你真笨，表爷从台湾回来，要带也是带台湾糖块。"一个中年男人问："爹，你说我姑夫离家有多长时间了？"被唤作"爹"的老人便神情严肃地弯着手指头计算着。

等了快一个小时了，火车还没有到——我们来得本就有点早，加上火车又晚点。小双担心外婆累着，又把椅子挪到外婆身后，说："外婆，你坐下歇一会儿吧。"老太太什么话也没说，只是威严地瞪了他一眼。小双脖子一缩，担心二奶碰到椅子，又把椅子拉回去了。我看了一眼七娘——六十多岁的人了，此刻脸上竟然现出一股子小姑娘般的羞涩的表情。来接站的人早围了一大圈，有人疑惑地看看二奶，看看七娘，看看后面跟着的一群人，自发地围在外面——善于夹塞的人们，竟然没有一个人挤到二奶的前面去。

火车到站了，人们蜂拥着从出站口挤了出来。有刚出站便被人接走的——"老四，老四，这儿呢！"顺着声音扫过去，相视一笑，接过行李，走了。有的出了站，站在那里，这里看看，那里看看，又这里看看，那里看看，疑惑着，疑惑着，走了。也有的出站了，谁也不看，把行李往地上一扔，两腿一夹，手在口袋里摸着，摸着，一支烟摸出来了。叼在嘴上，点着了，深深地、深深地吸着，好像不是吸进肺里，而是一直往下，一直往下，感觉是顺着腿钻到地里面去了，然后，悠悠地、悠悠地，一股若有若无的烟雾，从鼻孔中丝丝缕缕地、丝丝缕缕地冒了出来。正想着再看一下的，却只见这人把烟屁股往地上一扔，提起行李，走了。

就像夏天的天气，本来风和日丽的，一阵凉风吹过，一会儿工夫便乌云压顶，紧接着，狂风骤雨，电闪雷鸣，但往往是，来得快，去得疾——出站的人便是如此，刚才还如潮水般涌出的人流，转瞬之间便空无一人。接站的人，除了我们这一群人，其他的，也早走光了。

二奶仍是一动不动地站着，脸上的表情，从开始到现在，就好像僵住了似的，没有任何变化。倒是七娘，此刻显露出从来没有过的表情，喜悦？紧张？害怕？——感觉她的牙齿都在打战了。望着空荡荡的出站口，人群中出现轻微地骚动，人们叽叽喳喳地议论着，疑惑着，交头接耳着。过了有半个世纪，足足有半个世纪，一个六十多岁的老人，一个瘦瘦的、中等个子偏低一点的、头发斑白的老人，从空旷的车站里面，迟迟疑疑地，畏畏缩缩地，犹犹豫豫地，就像一个考了差分数的学生，就像一个做了错事的孩子，一手提着一只箱子，一手提着一个瓶子，走两步，停一下，又走两步，又停一下，出来了，出来了，看了看左边，看了看右边，看了看人群，看了看老太太，又看了看左边，看了看右边，看了看人群，看了看老太太，又看了看老太太，然后，向着老太太走过来，走过来，走过来，到跟前了，放下箱子，跪下去，双手举着那个瓶子，说——妈，油，我打回来了！

1992 年 11 月 22 日

　　你的来信，我看完了，木木地，呆呆的，就像傻了般的，只感觉心里空落落的，欲罢不能的，欲语还休的。

　　我便又看了一遍。读到结尾的时候，就那么平淡的叙述，那么简单的白描——然而，我却哭了，是那种酣畅淋漓的哭，撕心裂肺的哭，没有来由的哭。不是为自己，甚至好像也不是为"二奶"，为"七伯"，为"七娘"。

　　博学的语文老师讲，人不可能两次进入同一条河流。

　　哲学家赫拉克利特说过，人不可能两次进入同一篇小说。

　　即使读信，每一次都有着不同的感悟，有着不一样的收获和体验。

　　而通过二奶、七伯他们，我深切地感受到我们民族的磨难，这些悲欢离合的故事，让我感同身受，令人荡气回肠。

　　其实，在时代的洪流面前，个人的生离死别又算得了什么呢？

　　1962 年，83 岁的于右任已经离开大陆 14 年，自知时日无多，思乡之情更切，写下一首时代悲歌《望故乡》：

　　葬我于高山之上兮，望我大陆；

　　大陆不可见兮，只有痛哭！

　　葬我于高山之上兮，望我故乡；

　　故乡不可见兮，永不能忘！

　　天苍苍，野茫茫，

　　山之上，国有殇！

　　传言，中华民族经历了太多的苦难、磨难、灾难。

　　在此，让我们发自肺腑真诚祝愿

　　——国泰民安，国祥民和！

1992 年 12 月 5 日

42

在县城去我们学校的半路，有一个王家庄，是个皮革专业村，专熟各类动物毛皮，是社会主义新农村试点村，有名的小康村。这个庄上的年轻人出门都骑着大摩托（当地人称电驴子），滴滴滴地一阵烟过去，财大气粗的样子，透着一股子高高在上的自豪感。

村子里流出来的水，是红色的，散发着刺鼻的气味，上面漂着黄色的泡沫，缓缓地流入从我们学校西边、南边绕过的柳泉河水中。

交汇处的柳泉河上游，河水清澈见底，鱼虾成群，丛丛芦苇，随风摇曳，每逢夏季，清风阵阵，蛙鸣悠扬；交汇处下游，恶臭扑鼻，寸草不生。这些水，自然会有一部分渗入人们日常饮用的地下水中。当然，大部分会一直流下去，汇入淇河，汇入赵河，汇入汉水，最后，汇入长江，汇入大海。

王家庄是这样，李家庄、赵家庄、许家庄……呢？

远处，挖山开矿的隆隆炮声也早已打破了山区的寂静。

《列子·天瑞》写道："杞国有人忧天地崩坠，身亡（无）所寄，废寝食者。"

我们这些自以为是的"聪明人"，难道不欠"杞人"——这个因为"忧天"而被我们这些"聪明人"嘲笑了千年的"杞人"——一个道歉吗？

1992 年 12 月 18 日

43

故事发生在 1870 年的美国密苏里州的沃伦斯堡。一个人养了一条名叫"老鼓"的狗，因跑到邻居家的后院，不幸被其开枪射杀。曾是好朋友的两个人因此反目成仇，官司从地方法院一直打到最高法院。在最高法院，参议员佛斯特向法庭上的陪审团读了他写的一篇名为《狗的礼赞》的辩护词。

55

各位陪审团：在这个世界上，一个人的好友可能和他作对，变成敌人；他用慈爱所培养起来的儿女也可能变得忤逆不孝；那些我们最感密切、最亲近的人，那些我们用全部幸福和名誉信托的人，都可能会舍忠心而成叛逆。一个人所拥有的金钱可能会失去，在最需要时它却插翅飞走；一个人的声誉可能牺牲在考虑欠周的一瞬间。那些惯会在我们成功时屈膝奉承我们的人可能就是当失败的阴云笼罩在我们头上时掷第一块阴毒之石的人。在这个自私的世界上，一个人唯一毫不自私的朋友，唯一不舍弃他的朋友，唯一不背义负恩的朋友，就是他的狗。

各位陪审团：不问主人是贫穷或腾达，健康或疾病，它都会守在主人的身旁。只要能靠近主人，就算地面冷硬，寒风吹袭，大雪狂飘，它会全不在意地躺在主人身边。纵使主人没食物喂它，它仍会舐主人的手和主人手上因抵抗这个冷酷的世界而受的创伤。纵然它主人是乞丐，它也像守护王子一样守着他。当所有朋友都掉头他去，它却坚定不移。当财富消失，声誉扫地时，它对主人的爱仍如空气中运行不息的太阳一样，永恒不变。假如因命运的作弄，它的主人在世界上变成一个无家的流浪者时，这只忠诚的狗只要求陪伴主人，和主人共同应付危险，对抗敌人，另外毫无奢求。当万物的结局来临，死亡夺取了主人的生命，他的尸体埋葬在冰冷的泥土下时——纵然所有的亲友都各奔前程——而这只高贵的狗却会独守墓旁。它仰首于两足之间，眼睛里虽然充满悲伤，但却机警地守住墓地，忠贞不渝，直到死亡。

陪审团听了这篇让人类也为之汗颜的"狗的礼赞"，一致判决狗的主人胜诉，另一人赔偿 500 美元。当地居民自发地为"老鼓"建了一座纪念碑，纪念碑上就刻着佛斯特的演讲词——《狗的礼赞》，这座碑也成了美国最有名的纪念碑。

传言，就让我们互相成为对方的狗，好吗？

新年快乐啦！

1992 年 12 月 31 日

44

《狗的礼赞》非常感人！

既是狗年，我也说两则狗的故事。

一九八七年那年秋期，初为人师的我从学校走小路回家，看到一个七十多岁的老人，花白头发，满脸皱纹，坐在小路边的地埂上，痛哭流涕。我从来没有见过像他这样悲痛欲绝的，一股深深的同情心从我的心底涌起，我想，也许是他几十年相濡以沫的妻子舍他而去，也许是"他用慈爱培养起来的儿女们变得忤逆不孝"，总之，一定是他最亲近的人舍弃了他，才会使这位历经沧桑，已经尝尽人世酸甜的花甲老人如此痛不欲生。"大伯"，我停下自行车，喊了一声，轻轻地。他抬起蓄满泪的眼，完全像一个受了委屈的大孩子，他用已经湿了的袖头在泪眼上一抹，眼里盛满的哀伤马上被重新涌出的泪浸透了。到底是什么冷酷的事情折磨着这位行将枯槁的老人呢？老人哽咽着说："我养了一只狗，整日跟着我，会帮我衔旱烟袋，衔打火机；晚上听我说话，我说的话它都懂，我说话的时候，它就趴在我面前，瞪着眼睛看着我，支棱着耳朵听着……"老人声音里的颤抖搅得他说不出话，泪却又流了老长。我心情沉重地离开那位孤独的老人。这是第一个狗的故事。

第二个狗故事是十多年前的事了。

西院二叔家的狗添了一窝小狗，小狗的下落早就定下了，有的是庄上人要的，有的是别庄的亲戚托庄上的人要的，小狗刚满月，主人把老狗引开，约过的各家就把嗷嗷叫的小狗逮走了。

其中村南头"老好"叔家，为自己要一只，为亲戚要一只，两只都暂时在自己家中喂，可那两只狗无论馍饭蛋肉一概不吃，两天滴水未进，"老好"叔无奈，来找二叔商量，二叔想两家在一起关系不错，相距又不远，把老狗领去喂奶后再领回来，倒也无妨。当下便领上那只因失子而凄凄惶惶的老狗，向"老好"叔家走去，刚到门口，老狗狂叫一声，便飞奔进去，围着那两只瘦骨伶仃、行走不稳的小狗汪汪轻吠，继而，老狗趴在地上，衔起那两只狗向家中飞奔而去，二叔匆匆赶回家，只看到老狗狂叫着奔走不已，后来静静卧在二叔家山墙外，眼睛直直地，嘴张得大大的，却不知要咬什么，二叔喊叫着，狗也无动于衷，后来那狗狂叫一声，把头向那墙上猛撞过去。

狗躺下了，眼睛仍睁着。

二叔走进院里，见那两只小狗因被老狗口衔用力过大而死。

二叔坐在老狗身边，高高壮壮的二叔说：咱再不送人了；咱再不送人了……二叔啰嗦着，眼泪流好长。

狗，既是人类最忠诚的朋友，也是最重情重义的动物。骂有的人猪狗不如，实在是对他的抬举。

已经腊月二十了，不知春节前能不能收到此信。

无论收到与否，都祝你新春愉快，心想事成啦！

1993 年元月 12 日

（五）

45

看到一个资料，是这样说的：1901 年，美国的麦克唐盖尔博士在一家医院里做了一项特殊的试验，即把一名即将咽气的肺病患者移放到一架很大但非常灵敏的光束天平上，大约过了 3 个小时 40 分，病人的面部表情骤然消失，在那一刻，光束发生了偏移，有 21.26 克（约三盒火柴）的重量失去了。这一发现令他兴奋不已，在以后的两年半里，他又对 5 名病人进行了验证，这些病人在死去的一瞬间，失去了 10.6 至 42.5 克的重量。这似乎说明，除了灵魂离开了身体之外，没有其他的解释。为证实这点，麦克唐盖尔又对 15 只狗做了同样的试验，结果狗在死时的确没有失去任何重量。

这似乎是个很深奥的问题，灵魂自古以来都被认为是非物质的。如果麦克唐盖尔称出的确是灵魂的重量，人们就不禁要问：灵魂既然是物质的，它又是以什么形态存在的呢？难道物质除了固态、气态和液态三种以外还有第四种存在形态？资料中提到，对此，谁也说不出个所以然，于是这个问题就搁了下来，不了了之。

之所以转述这个资料，是因为我发现里面的数字有一个有趣的规律：10.6、21.26、42.5。看到没有？第二个数基本是第一数的 2 倍；而第三个数又基本是第二个数的 2 倍，是第一个数的 4 倍。另外，麦克唐盖尔博士只统计了 6 名病人的数据。如果统计的人多了，照这样的规律，少的会不会有 5.3 克，2.65 克，1.32 克……而多的自然有 85 克，170 克……，当然多的也不会多到哪里去，否则就一身灵魂了。假若这是灵魂的重量，那么是否就说明了为什么有的人聪慧机敏，而有的人却愚笨顽劣？如果是这样的话，不说过多或过少的那些我猜测的数字，单就试验得出的这几个数字，我估计我就是 21.26 克的那一类，资质平平，努力了，成绩会好那么一点点，稍一骄傲，稍不留神，考试成绩马上会直线下滑。而你呢，估计就是 42.5 克那一类的，天资聪明的，触类旁通的，当然还有老奸巨猾的，狡兔三窟的，呵呵！

我又想了，这个数字除了和智商啦、资质挂钩，会不会也和道德方面相关联。否则，为什么有的人德艺双馨，高山仰止；而有的人却恶贯满盈，行尸走肉？胡思乱想，胡言乱语，打住打住。

我们明天开学。今天下午到校，看到你春节前写的那封信，真是喜出望外。

本来郁闷的心情，马上云开雾散，拨云见日，艳阳高照。

也祝你，新年新气象，日日好心情啦！

　　　　　　　　　　　　　　　　　　　　　　　　小愉儿

　　　　　　　　　　　　　　　　　　　　　1993 年元月 27 日

46

在我们老家，有一个看地仙儿。去年秋天去世前，老人把两个儿子叫到跟前，交代出殡的时候，老大守在家中，老二送到坟地。两个儿子看老人眼巴巴的样子，糊弄着，虽然应承了，心里并没有多当回事。

出殡的时候，老大起初守在家中，后来，听着坟地上的阵阵唢呐声，越想心里越不是滋味——了解内情的，知道是父亲不让自己到坟地去；不了解情况的，还不说自己不孝？于是，不顾父亲的叮嘱，还是到坟地去了。

其时坟地上一切就绪，正要下棺，管事的看到老大过来了，急忙喝住要下棺的人，让老大到墓底铲两锹土——我们当地的规矩，大概相当于整理整理床铺、清理清理房间吧！老大下到墓底，拿着锹顺着墓底轻轻一掠，铲破了一个土疙瘩，土疙瘩里有一汪水，水里有一尾二指长的小金鱼，在围观人的惊呼声中，蹦跳了两下，死啦！

这件事情轰动了十里八乡。最权威的说法是老看地仙儿早就算出大儿子和这块吉穴犯冲，因此告诫大儿子不要到墓地去，然而大儿子去了，结果把这块好墓地坏了——要是不坏，是要出大官的。关于大官的级别，有说县长、市长的，毕竟对于老百姓，这就已经是天大的官了；当然还有斩钉截铁说着更大官职的——好像这块墓地是高级干部的摇篮一样。

这件事就发生在我们庄西边的鄢家庄，那个看地仙儿我也认识，就是当年给我七伯"看好儿"的"鄢半仙儿"的儿子，号称"小半仙儿"的，经常在我们这一带走街串村。在他葬礼上吹唢呐的三个人，都是我们庄上的，其中敲梆子的，就是我近门子的进财叔。我回家的时候去问他，他听说问此，眼都红了，生怕我不相信似的，指天顿地，一再声明是亲眼所见，土疙瘩里有一汪水，水里有一尾鱼，鱼蹦了几下，死了，确实是千真万确。"只不过不让老大到坟地的原因。"进财叔的声音低了些，说："还有种说法是，那几天老大莫名地腿疼，以至于路都走不成，所以小半仙的意思是，要是疼得很的话，就不要拘泥虚礼非要到墓地去了。"

我相信这件事情是真的，这更加验证了"大自然是神奇的"这一说法。小愉儿，在大自然面前，常怀敬畏之心——这是我一以贯之的观点。

屋外，人们正在"闹"着元宵；屋内，我在给你写着信。其实，信都已经写好了，就要装信封了，但思绪澎湃，浮想万千——元夜，寄托了多少人的爱恨情仇啊！

千年前，宋朝诗人欧阳修作《生查子·元夕》：

> 去年元夜时，花市灯如昼。
> 月上柳梢头，人约黄昏后。
> 今年元夜时，月与灯依旧。
> 不见去年人，泪湿春衫袖。

更早的唐朝诗人崔护作《题都城南庄》：

> 去年今日此门中，人面桃花相映红。
> 人面不知何处去？桃花依旧笑春风。

这两首诗，以曾经的柔情蜜意对比旧情难续的沉重哀伤，描绘了爱情得而复失的惆怅和失落，缠绵悱恻，动人心弦。

这两首诗，一咏三叹，荡气回肠，难道不是有异曲同工之妙吗？

其实千百年来，有多少的情义绵绵陨落在茫茫尘世之间啊！

就让我们"岁岁年年此门中，人面桃花相映红"吧！

1993 年 2 月 6 日

47

我上初中二年级的时候，有一个男同学，非常调皮。有一个星期天，他爬上了自家院子里的一棵大树，后来，不小心从树上摔了下来，摔"死"了。

据和他一个村庄的几个同学说，这个事是千真万确的。当事人后来自己也说，那天天气很好，秋高气爽的，父亲不在家，母亲正在厨房忙活着，拴在院子角落的那只山羊正在悠闲地啃着草，无所事事、百无聊赖的他便爬上自家院子里那棵高高的杨树，在树上，能看到炊烟在村庄树梢间飘荡，庄外的望花湖波光潋滟的，甚至能看到已开始衰败的荷叶，后来，不知怎么地，便从树上掉了下去。

据他说，他看到自己从树上摔了下去，一动也不动地躺在地上，他的母亲从厨房跑了出来，趴在他的身上号啕大哭。后来，邻居们跑过来了，七嘴八舌地说着，表情悲伤的样子；他的父亲跟头流水地跑回来了，愕然地看着这一切，拍胸顿足的，后来又撕扯着自己的头发；村里那个赤脚医生慌里慌张地跑过来，这里摸摸，那里捏捏，然后失望地摇摇头。这个同学说，他自己就在院子的上空游荡着，自始至终，院子里发生的一切他都看得清清楚楚，只是没有一丝力气，一阵风都能吹得自己飘来飘去，眼看着自己的身体在那儿躺着，父母在呼天抢地地难受着，但却回不到自己的身边去。

然后，院子里就热闹起来。墙角垒起了灶台，好为亲戚和帮忙的人做饭用；棺材也做好了，把他放在棺材里，棺材盖放在一边，单等着最后盖棺出殡。他说，他只能着急地看着这一切，却无能为力。

后来，他听到他已过门的姐姐的哭声从老远的地方传过来，于是他随着风向姐姐那里飘去，然后拼尽全力抱着姐姐的脖子伏在姐姐的肩膀上，就像小的时候姐姐背着自己出门玩耍那样，姐姐进到院子里扑在他身上哭的时候，他借力回到了自己的身体里，慢慢睁开自己的眼睛。

这位同学因轻微骨折休养一段时间之后回到学校，向我们说起这一切，同学们都大为惊奇。老师们也听说了，众说纷纭。政治老师说，这是唯心主义观点，是封建迷信，是糟粕；生物老师说，灵魂存在于人的神经细胞中，人一旦死亡，大脑停止活动，意识丧失，所谓的灵魂自然随之消失；化学老师说，应该是假死亡，学生看到的这一切仅仅是他在假死亡期间大脑活动的产物；语文老师说，世界上有许多灵魂出窍的报道，我们不能把我们认知以外的东西以迷信一概而论；数学老师说，无论如何，都要拥有一颗对未知世界的好奇心……

传言，你说呢？

1993 年 2 月 22 日

48

我妈说她小的时候，八九岁的样子，随着我外婆在邻居二奶家院子外面玩。外婆和二奶几个女的坐在一棵大树下的树荫凉里，干着针线活，说着家常话儿，我妈和几个女孩在旁边玩耍。事后我妈回忆起来，感觉那一天就是出奇地安静，往日叽叽喳喳的大人们那天用很小的声音说着话儿，几个孩子坐在石碾上甩着腿，庄上也没有鸡鸣狗吠的。后来，我妈要小便，便噔噔噔地朝二奶家院子里跑去。二奶家院子大门大开着，堂屋门是虚掩着的，厕所就在堂屋的西侧，我妈快到厕所跟前的时候，从厕所里出来一个她喊"五婶"的女人，因为非常熟，我妈便顽皮地用手去抓她"五婶"，五婶笑着以十分敏捷的身法躲开了。我妈吃惊地看着她的"五婶"，她应该能抓住她的，却让她躲开了。看着看着，我妈更吃惊了，只见她的"五婶"向后倒退着，笑着，越笑越诡异，身子也越来越薄，越来越小，越来越扭曲变形，但还是一直在诡异地笑着，飘浮着，扭曲着，倒退着，然后，从二奶家堂屋那扇掩着的门缝中间退进了屋里。

我妈吓傻了，尿了一裤子，跑出大门外。

我外婆也吓坏了。听了我妈的叙说，几个女人目瞪口呆。

原来，我妈喊"五婶"的那个女人上午生小孩难产，中午的时候已经死了。正是兔死狐悲的心理，以及对命运无常的彷徨，几个女人才如此安静。

外婆回到家，又是烧香又是磕头的，我妈倒也安然无恙。反倒是我妈的二奶，因为"五婶"是退到她家里的，这一惊非同小可，住到我外婆家里，几天不敢回家中。

我妈给我讲起此事，最后说："我五婶是个很好的人，即使做了鬼，也没有办坏事。"

我听得脊梁一凉一凉的，心里想，下次清明的时候，一定为我的那个善良、可怜的五外婆烧上点纸钱。

我妈不是一个迷信的人，也不是一个妄言的人，给我讲这一段往事，一定有她自己那百思不得其解的困惑在里面。

小愉儿，美国著名生物学家爱德华·威尔逊说过："如果自然的历史是一座图书馆，我们人类甚至还没有读完其中第一本书的第一章。"

据说，即使达尔文，也对"眼睛"这一精妙的设计"不寒而栗"，如此复杂的功能，真的可以通过自然选择形成吗？

谁知道呢？

1993 年 3 月 6 日

49

沉重的时刻

—— （奥地利）里尔克

此刻有谁在世上的某处哭，
无缘无故地在世上哭，
哭我。

此刻有谁在夜里的某处笑，
无缘无故地在夜里笑，
笑我。

此刻有谁在世上的某处走，
无缘无故地在世上走，
走向我。

> *此刻有谁在世上的某处死，*
>
> *无缘无故地在世上死，*
>
> *望着我。*

听老师说，高考前这几个月的星期天基本上照常上课。本就到了冲刺的阶段，这样安排也属正常，可不知怎么的，昏沉沉的，心情异常沉重，打不起一丝精神学习。

无聊之极，顺手翻开放在桌角的摘录本，看见了上面的这首诗，顿时泪如泉涌，说不出一句话来。

1993 年 3 月 26 日

50

小愉儿：

高考前有情绪上的波动是很正常的。

我相信，率性的你一定会调整好心态，以最佳的精神状态去面对高考。

同样，我也相信，聪明、努力的你，一定能发挥出自己应有的水平。

无论什么样的考试，最科学的态度就是平常心面对，平常心应对。

我想，聪明如你，活泼如你，大气如你，这小小的考试又算得了什么呢？

不过，毕竟时间有限，为了不影响你的学习，我们还是减少通信，一切等你考试之后再说，好吗？

祝

好心情！

好状态！

好成绩！

1993 年 4 月 5 日

传言：

等你的信，看你的信和给你写信，是我的"幸福三部曲"。

它们是休息，是放松，是享受。

等你的信，就像是静静的湖面期待着一条鱼跃，成熟的蒲公英期待着一阵微风，寂寞的荷尖期待着一只蜻蜓……

看你的信，就如一个喜欢打扮的女孩子面对五颜六色的珠宝首饰，历尽千辛万苦的跋涉者看到了家乡的炊烟，农民看着累累硕果……

给你写信，如同把歌唱给知音，把话说给知己，把爱付给情人……

忘记谁说过的，没有丰满精神世界的人，就像失去了灵魂的幽灵，只能随风游荡。而我能切实感受到，我的精神世界，随着咱俩的"信来信往"而日渐丰盈。

你的信，有谈文学的，有论人生的，有聊同事的，有说家人的，有时一本正经，有时风趣幽默，有时侃侃而谈，有时又装模作样、故弄玄虚、胡言乱语、信口开河。

——原谅我，用了这么多的"贬义词"，但是，你知道吗？无一例外地，每一封信都带给我眼花缭乱般的震撼、兴奋和欣喜。

我期待着你的下一封来信能带给我不一样的惊喜。

记得要给我来信呀，我好像变得敏感和脆弱了。

1993 年 4 月 20 日

52

精心构思　笔端寄情

——小小说《心中的丰碑》读后

绳传言

一篇《心中的丰碑》（见《白河》副刊 951 期）以平朴的语言通过"用火钳夹出""掉进粪池"的"一分钱"和用"一铲火炭"来"省"一根小之又小的"火柴"两个典型事例来表现"抠先儿屈明""贬"方面的"抠"；在褒的方面虽只直接叙述了一句"他执教三十有年，'抠'教学质量在全县就很有名气"，然而通过"从不缺课"、通过校长寻思"昨夜给差生补课太累了"，通过临终时"屈明手中握着的蘸笔"这些语句，一位兢兢业业、献身教育的老教师形象便跃然于作者饱蘸深情的笔端，读来感人至深。

文章结尾通过"一块新竖的墓碑"，"人们这才明白无父的王成，爹妈有病的苏巧云等人""能安心上大学的秘密"。巧妙的构思，使人们恍然之余明白大家"调侃"的"抠先儿屈明"原来是如此"抠"法。

只有心里的丰碑才会更持久，更鲜明……

1993 年 5 月 4 日

53

爱

——罗伊克里夫特

我爱你，

不光因为你的样子，

还因为，

和你在一起时，我的样子。

我爱你，

不光因为你为我而做的事，

还因为，

为了你，我能做成的事。

我爱你，

因为你能唤出，

我最真的那部分。

我爱你，

因为你穿越我心灵的旷野，

如同阳光穿越水晶般容易。

我的傻气，我的弱点，

在你的目光里几乎不存在。

而我心里最美丽的地方，

却被你的光芒照得通亮。

别人都不曾费心走那么远，

别人都觉得寻找太麻烦，

所以没人发现过我的美丽，

所以没人到过这里。

我爱你，

因为你将我的生活化腐朽为神奇。

因为有你，

我的生命，

不再是平凡的旅店，

而成了恢宏的庙宇，

我日复一日的工作里，

不再充满抱怨，

而是美妙的旋律。

我爱你，

因为你比信念更能使我的生活变得无比美好，

因为你比命运更能使我的生活变得充满欢乐。

而你做出这一切的一切，

不费一丝力气，

一句言辞，

一个暗示，

你做出这一切的一切，

只是因为你就是你，

毕竟，

这也许就是朋友的含义。

1993 年 5 月 26 日

54

　　拉哥尼亚是古希腊一个王国。公元四世纪，所向披靡的马其顿国王菲力二世入侵王国，并给被围困的拉哥尼亚国王送了一封信，威胁说：*If we capture your city, we will burn it to the ground.* （假如我们攻占城池，必将把它夷为平地。）

　　没过多久，菲力二世收到回信，上面只有一个字：

　　If （假如）

　　只用一个字，就铿锵有力地表达出拉哥尼亚人的决心和魄力。

　　微言大义，一针见血。

　　用最简洁的形式表达出丰富的内容，是一种境界，也是一种智慧（凡是达到这种思维模式，就被后人称为"拉哥尼亚'思维'"）。

　　《读者文摘》1992 年第 10 期登载的一篇小文章写道：法国剧作家特里斯旦·勃纳德一生写了 40 个剧本、50 部小说。他在 1932 年写的《流亡者》，堪称世界上最短的戏剧，全剧如下——

　　（幕启：边境附近山间一幢木屋里，一个山里人正坐在炉边烤火，一阵敲门声，流亡者进屋了）。

　　流亡者：不管你是谁，请可怜可怜一个被追捕的人吧！他们在悬赏捉拿我呢！

　　山里人：悬赏多少？

　　流亡者马上离开了（幕落）。

笑了吗？

马上就要高考了，祝

——一切皆好！

1993 年 6 月 12 日

55

　　　　　　路

　　　　　　童愉

　　　　　　把思绪　铺做

　　　　　　宽宽长长的路

　　　　　　关卡处

　　　　　　只为你一人

　　　　　　放行

　　　　　　传言，这是不是"拉哥尼亚思维"？

　　　　　　另外，要相信我呀！

1993 年 6 月 26 日

（六）

56

传言，我失言了。

三毛说："世界上最浪漫的事就是一个人走很远的路去见另一个人，一路上风都是甜的。"

原来坚持要去看你，就是因为在我的理解中，我就像一位追求爱情的女侠，我要让你看到一个像三毛那样勇敢、洒脱、奔放、豪爽的小愉儿，千里单骑，仗剑天涯，然后，我风尘仆仆地出现在你的面前，看着你喜悦、怜惜的目光，对着你绽放出甜甜的笑容。

可我没想到是这样的狼狈不堪。

当母亲听说我要到千里之外的你那里时，歇斯底里的反应——对，就是歇斯底里，那种疯了一般的，天塌下来一般的反应着实吓我一跳，这是任我和伙伴们爬墙上房、攀树游湖，即使闹塌天也微笑着的那个人吗？这是我说东就东，我说西就西，事事时时以我为中心的那个人吗？这是一直以来宁静的，平和的，知书达礼的，温文尔雅的那个人吗？

一开始我也非常生气。我已经长大成人了，我有权力决定我的未来，我的人生，我的一切。

而母亲在歇斯底里之后，就一直哭。刚开始是泣不成声地哭，随后就是默默无声地哭。在我的记忆里，母亲一直都是笑笑的，从来没有哭过，而这一次，她好像要把她一生的眼泪都流尽似的。

后来，我心疼了。她和你，本就是我在这个世界上最亲近的两个人啊！

同时，我也害怕了。母亲若有个三长两短，那我岂不是要成为孤儿？（传言，想起来了吧，去年清明节期间，我说过，茫茫大地，竟然没有一个可供我祭拜的坟头，没有一个容我恤怀和思古的地方。我承诺我会告诉你的，到有一天，我会把这一切，原原本本地告诉你的）——于是，我答应母亲要听她的话，但即使如此，她仍是继续哭了很长时间——我甚至感觉她是借我要去看你这件事，把压在她心底的所有的委屈通通发泄出来。

我们两个都平静下来之后，我问她，是担心我远嫁之后，老了没人照顾吗？

她回答我，是担心我遇人不淑，小小年纪上当受骗而悔恨终生。

母亲的目光躲闪着我，有点不好意思地解释道，之所以这样，是想起了年轻时候的一些事。

至于年轻时候的什么事，她没有说，我也没有问。

母亲要求我在大学毕业之前绝对不能和你见面。谁去谁那里都不行，在哪里都不行。如果大学毕业的时候，我们俩相爱依旧，她要见见你，不管相貌如何，不管经济条件怎样，只要你对我好，只要你值得托付，她不会有一点的阻拦。

因此，我失言了。

传言，你会原谅我的，是吗？

只是，我实在不明白的是，一向通情达理的母亲，为什么要阻挠我们的见面呢？

再者，我们又要继续忍受相思之苦了。

1993 年 9 月 10 日

57

让一个女孩子独自到千里之外，别说你母亲担心你，我也是放心不下。不要再苛责自己了，等适当的时候，我去看你，不好吗？况且，两情若是久长时，又岂在朝朝暮暮？

看到你的来信地址，便知你如愿进入到师专学习，我知道你为了我们的早日相聚，肯定是委屈自己了，我相信，凭你的实力，你应该是能考上更高的学府的。

不过，五彩缤纷的大学生活已向你张开怀抱了。祝愿你在新的环境中快乐幸福啊！

上学期教导主任许仕多就找我谈话，让我跟班走，所以本期我随着学生教初中二年级了，仍是语文，下一年跟教三年级。以后没有特殊情况的话，便如此循环往复。

秋期刚一开学，学生梁萌的父亲便来到学校，把他那辆除了铃不响其他到处都响的破自行车靠在墙上，把梁萌喊到我的办公室，一再拜托我让我该打尽管打。然后满怀疑惑地问我：

不是为人民服务吗？怎么城里商店的营业员见了当官的，屁股眼儿都会说话；见了我们农村人，就爱搭不理，鼻子不是鼻子脸不是脸的，好像看我们一下就会脏他的眼一样？

牢骚完了，感叹道：我们农民都是被别人服务的，什么时候我们也能为人民服务就好了。又满怀憧憬地看着他的儿子说：萌，等你长大了，一定要进城去为人民服务。

是啊，"为人民服务"的口号喊了几十年，标语到处都是——我是为你服务的，服务不到位，你就委屈一点吧！

其实，探讨"什么素质的人才能从事这样工作，一个工作人员规范化的工作职责是什么，工作不到位应该如何处罚"才是根本。

否则就会有更多"为人民服务"的人，见了大爷就装巴儿狗，见了穷人就装大爷。

少说服务，多提职责；少提道德，多谈约束——这才是根本。

小愉儿，借你的话——不是吗？难道不是吗？

随信寄去几张暑假期间照的"老态龙钟"，是否有"沧桑之感"？

1993 年 9 月 22 日

58

　　传言，照片中的你，宽宽的额头，坚挺的鼻梁，刚毅的嘴唇，特别是文气的镜片下那深邃的目光，睿智的目光，纯净的目光，好像能洞穿人世间的喜怒哀乐和酸甜苦辣；又像一泓深可见底的泉水，清澈透明。

　　你仍然是位学生，或者说是位学者，一副博学的样子，好学的样子，温文尔雅的样子，丝毫没有在社会大舞台上摸爬滚打了六七年的风尘世故像。倒是我们学校的学生，大都西装、领带，一个个人五人六的，人模狗样的——说笑啦！

　　我班有个同学，叫李富，热心进步，热衷当官，没有开学时便提前到校，找到辅导员老师跑前跑后，开学后顺理成章当上班团支书，并经常参与校学生会一些活动，开学没几天，官态拿捏得有模有样，官腔打得炉火纯青，同学们羡慕之余，都幻想着有权人的生活。一个同学说，鲁迅有篇文章，写皇后娘娘醒来，说道，大姐，拿一个柿饼来吃吃。一个同学说，我要是当了委员长，全村的粪谁都不让拾，全归我。一个说，听说宋美龄都戴了好几块手表。另一个接腔说，床头还支着油馍锅，什么时候想吃了就炸几根。一个说，听说皇上打柴用的都是金斧子。一个说，听说拾粪的铲子也是金的。正说着，李富过来了，好奇地问："什么拾粪的铲子都是金的？"我可怜巴巴地说："李支书，有粪了也分给我们一点，好吗？"同学们哄堂大笑，只留"李支书"一脑门问号，丈二和尚摸不着头脑。

1993 年 10 月 4 日

59

　　你提到权力，还真是神奇。

　　老校长在任的时候，经常说："我就是一个捏牛笼嘴儿的，大家商量着把活儿干好就得了。""牛笼嘴儿"是我们当地的俗语，戴在牲口嘴上，既要它干活，又防它偷吃嘴，贱害庄稼苗。不过，仔细想想校长的工作还真是这样——组织、协调着老师们干活，提防着老师们偷懒、捣乱。

新校长今年春季上任之后，架子拿得大，气势摆得足，讲话喜欢用对子句、排比句，讲完话喜欢听掌声。校长喜欢让人"拍马屁"，自然有人上赶着往上贴。今年"五一"总务刘主任打发闺女，学校老师们聚在一起喝酒，韩亚军喝多了，大着舌头跟校长表忠心："我这个人，张开嘴看见屁股眼儿——直肠子，从今往后，我就把自己这一百多斤交给校长您了，您说往东，我决不向西；您说打狗，我决不撵鸡！谁要敢在我面前说您个二话，我韩亚军第一个不依他。"韩亚军说得气壮山河，只是不知道，拍马屁最忌第三者冷眼旁观，除校长听得津津有味，一桌子人都觉得韩亚军丢人丢到姥姥家了。不过，韩亚军表忠心没多久，秋期刚一开学，便被校长以"年轻老师都需要锻炼成长"为由，提拔为学校团支部书记，替换掉了团的活动开展得红红火火的原支书、我的那位师范同学夏志丹。总务刘主任担心校长整日吃喝经费不够，且难以下账，嘟囔了两次，校长便把经常在自己面前嘀嘀咕咕说小话的袁旭生提拔为总务主任，替换掉了胆小怕事、谨小慎微的刘老师。

新校长喜欢喝酒，喝酒后喜欢开会——我猜他可能很享受那种一个人高高在上、唯我独尊且自以为侃侃而谈、妙语连珠的感觉。一次，酒后开全体老师会，不知谁又惹他生气了，发火道："在我的一亩三分地，是虎你给我伏着，是龙你给我盘着，是猴你给我蹲着，想咳嗽，给我憋住。""是猴你给我蹲着"这一句是校长的发明创造，大概是为了与"虎"和"龙"用在一起，增强排比效果。"咳嗽"，是"牢骚不满""不服气"的意思。校长的一席话，说得梁老师、刘老师，包括处事活泛的边老师等好几个老师都一愣一愣的。讲话完毕，韩亚军、袁旭生等几个老师猛烈地夸张地鼓掌，校长意味深长地看着我们几个听时无动于衷，听后没有鼓掌的人。

大小是个领导，有点权力，就比如像我们校长杜耀宗这样的，大概手下总有那么几个人，见风使舵，察言观色，不论是非，不分对错，领导反对的，他们就跟着反对；领导拥护的，他们就跟着拥护。然后，小酒陪你喝着，小马屁给你拍着，小忠心给你表着，时间久了，自然容易使领导把权力当能力，把附和当赞同，把吹捧当民意。

一次曾国藩与几位幕僚闲谈，评论当今英雄。他说："彭玉麟、李鸿章都是大才，为我所不及。我可自许者，只是生平不好谀耳。"

一个幕僚说："各有所长。彭公威猛，人不敢欺；李公精明，人不能欺。"

曾国藩问："你们以为我怎么样？"

众人沉思。忽然走出一位管抄写的后生，说："曾帅仁德，人不忍欺。"

曾国藩得意地说："不敢当不敢当。"

后生告退，曾说："此人有大才，不可埋没。"

后曾国藩升任两江总督，委任这位后生去扬州任盐运使。

不好"谀"的曾公尚且如此，更何况校长这等宵小之辈乎？

1993 年 10 月 16 日

60

《河殇》里面，有这样一段画面：

豫西南南阳，长眠着中国历史上三位彪炳史册的杰出人物。

南阳城西卧龙岗上的武侯祠，殿宇亭台，雕梁画栋，苍松翠柏，碑刻题记，蔚为壮观。

南阳东关医圣祠，张仲景那个"长沙太守"的头衔，在墓碑上赫然冠于"医圣"尊号之前。

三个人里最为寒酸冷落的，要数南阳城北的张衡墓。张衡是一位世界级的大科学家，而且还是东汉屈指可数的大文豪之一，在当今国外的一些知名学府里都有他的塑像，可是在他的祖国，到底不过是一个科学知识分子和作家的形象，引不起人们格外的敬重，死后有一堆黄土足矣——张衡至今仍寂寞地躺在南阳石桥镇一方农田的角落里，与他做伴的，只有庄稼和青草。要不是他曾经当过几天太史令和尚书一类的御用文官，恐怕连这堆埋骨头的土丘，也未必能延挨到今天吧。

解说员意犹未尽地说道：三位杰出人物，他们身后的待遇却是那么悬

76

殊，在中国历史给予这三个人的尊崇和冷漠之间，仿佛就把历史的奥秘展示给我们了。

是啊，传言，千年的官本位思想，早已渗入中华民族的脊髓当中，血脉当中，在一个呼唤人人平等的时代，摒弃威权观念，又岂能是一蹴而就的？

1993 年 10 月 29 日

61

普希金有一首诗——

黄金说：一切都是我的。

宝剑说：一切都是我的。

黄金骄傲地说：我能购买一切！

宝剑鄙夷地说：我能夺取一切！

当然，普希金的这首诗也不尽然。拿破仑在同法国诗人兼政治家丰塔纳的一次对话中说："你知道世上什么事最让我吃惊吗？是武力毫无建树。世上有两种力量：利剑和思想。从长而论，利剑总是败在思想手下。"

拿破仑是十九世纪法国伟大的军事家、政治家，法兰西第一帝国的缔造者。他戎马一生、南征北战，数次瓦解反法同盟，无疑是一位执剑行天下的王者，一切的财富、地位在他眼中又算得了什么。然而，拿破仑在利剑与思想的较量中却青睐后者，更加反映了文明和文化看似无形却深沉持久的力量。

在威权面前，财富算什么？在思想面前，威权又算什么？

威权，最喜欢奴颜婢膝；最惧怕的，当然是思想。

小愉儿，我说的对吗？

1993 年 11 月 11 日

62

小公务员伊凡·德米特利·切尔维亚科夫观看歌剧《克尔聂维里的钟声》时，打了一个喷嚏，溅到了将军级文官布利茨扎洛夫的秃顶和脖子上。

后来，小公务员清了清嗓子，探过身去，在将军的耳旁小声说：

"对不起，大……大人，我的唾沫星子溅到您身上了……我是无意的……"

"没关系，没关系……"

"看在上帝的面上，请您原谅……我可不是故意的……"

"哎呀，您坐下吧！听歌剧！"

但是，一种不安仍折磨着他。戏间休息时，他走到将军身边，在他身边转了好一阵子，最终才克制住恐惧，低声说道：

"我的唾沫溅到您身上了，大……大人。请原谅，我可不希望那样……"

"哎哟，够了……我都把这事忘了，而您却老提起这事！"将军说完，不耐烦地努了努下嘴唇。

第二天，小公务员切尔维亚科夫穿上新制服，理了发，去向布利茨扎洛夫解释。将军已被求见的人团团围住，在依次询问了几个来访者后，将军刚一抬头，便看到了小公务员。

"昨天在阿尔卡吉亚剧场，如果您还记得的话，大人，"小公务员向将军汇报说，"我打了个不该打的喷嚏……所以无意中溅了您一身唾沫……请原……"

"这些鸡毛蒜皮的小事……不要提了！您有何贵干?"将军转过脸去，对下一名来访者说。

但是，当将军和最后一名来访者谈完话，转身返回内室时，小公务员立即跟上去并小声说道：

"大……人！如果说我妨碍大人有些冒昧的话，只能说这是我发自内心的后悔！……我真的不是故意的，务必请你了解这一点！"

将军真是哭笑不得，挥了挥手。

"您简直在开玩笑，先生！"将军说完就进到内室里去了。

第三天，小公务员又去了。

"我昨天在这儿打扰了大人您，"他小声地说道，当时将军正以一种疑惑的目光看着他，"我到这儿来，并不是像您所说的那样，是来开玩笑的。我是因为我打喷嚏时溅着您而来向您道歉的，开玩笑的事我想都没想过。我怎么胆敢和您开玩笑呢？如果我是开玩笑，那就意味着，我对大人您极不尊敬……"

"滚出去！"只听将军大喝一声，他已经被气得脸色发青，浑身颤抖。

"您说什么？"切尔维亚科夫怯生生地问道，他被吓呆了。

"滚出去！"将军双脚跺地，又吼了一声。

切尔维亚科夫感到肚子里好像有什么东西碎了。什么也看不见，什么也听不见，他退到门边，出了门，慢慢地向家里走去……像木头人似的回到家中，连制服都未脱就倒在沙发上，就这样……离开了人世。

契诃夫的《小公务员之死》一文中，并没有写权力的傲慢，文中也没有作威作福、趾高气扬、高高在上、颐指气使的官僚，只是描绘着一种威权思想禁锢之下的完全奴性的卑躬心态。这个小公务员，硬是被自己对权力的畏惧之心吓死了。

有的时候，权力之所以越来越任性，与奴颜婢膝的人越来越多密不可分。

它们，本就是互为因果的一对怪胎。

传言，不是吗？难道不是吗？

1993 年 11 月 23 日

63

看了你的信，使我不由得想起 1991 年第 9 期《读者文摘》上刊登的一则笑话《酒不治秃》：

一次，民德柏林空军俱乐部举行盛宴招待空战英雄，一位年轻士兵斟酒时不慎把酒泼在乌戴特将军的秃头上。顿时，士兵悚然，全场寂静。

倒是这位将军却悠然地轻抚士兵肩头，说："老弟，你以为这种治疗有用吗？"

话音刚落，全场立即爆发出响亮的笑声，人们紧绷的心弦也松弛了。

我在想，假若《小公务员之死》里那个小公务员切尔维亚科夫遇到的是《酒不治秃》里的这个风趣的乌戴特将军，他还会惊吓至死吗？

据说法国路易十四国王作了一首诗，得意地征求批评家布娄洼的意见，批评家说："陛下无所不能，陛下想作首歪诗，果然一作就成功了。"

把布娄洼放在"指鹿为马"的时代，他还会这样说吗？

他还敢这样说吗？

他还能这样说吗？

他还有这样说的机会吗？

有一个资料，说意大利首相夫妇到法国西南部的一个小镇度假。

虽是首相夫妇光临，小镇上的人却依然如故，该吃饭的吃饭，该逛街的逛街，该晒太阳的晒太阳，该谈恋爱的谈恋爱，每个人都生活得自在而有序。

首相喜欢泡吧，小镇唯一的一家酒吧老板按预定计划关门休假去了，他只是在酒吧门口留下一张纸条："现在我们在休假，假期结束后我们会回来的。非常抱歉！"

同样的，有人问丘吉尔的母亲，是否为自己当首相的儿子感到骄傲。

她说："是的，我还有一个儿子正在田里挖土豆，我为他们俩感到骄傲！"

人要活得自由而高贵，其实并不难。学会尊重法律，你会活得心安理得；学会平视权贵，你会变得气宇轩昂。

但是，正像你说的那样，千百年来国人浸入骨髓的对权力的膜拜情结，又岂是一朝一夕可以化解得了的呢？

一个人的出身、智商、学历、财富和社会地位会有差异，但一个人的人格和尊严是平等的。

当你骨子里崇拜权贵，在权贵面前，自然就丧失了独立的人格，放弃了应有的尊严。相反，若是血液中流淌着人人生而平等的理念，你就有了做人的尊严，同时，也让权贵在你面前，失去了高人一等的狂妄和可能。

小愉儿，有一天，假如有一天，你当上教育局局长，或其他任何一个局的局长，手中握有一定的权力。

你见了县长，和见了放羊的农民一样。

县长和农民分别给你说了一件需要办理的事情。你没有考虑他们的职位高低，身份如何，你只是在考虑，这件事情，根据相关规定，该办不该办，能办不能办。

唯其如此，人人平等才能成为现实，公平正义才会水到渠成。

否则，只能是口号，闲暇无事，喊喊而已。

1993 年 12 月 5 日

64

看一个资料，说意大利文艺复兴时期著名的雕塑家米开朗琪罗（1475 年 3 月 6 日至 1564 年 2 月 18 日）曾在佛罗伦萨雕刻了一尊石像，因为那尊雕像体积庞大，又是要摆放在城市的显要位置，米开朗琪罗从设计构思到雕刻手法，无不竭尽全力。

经过将近两年的创作，米开朗琪罗终于完成了作品。当他看到这尊凝聚了自己所有功力的作品时，不禁感到骄傲和自豪。作品预展时，佛罗伦萨万人空巷，对他的创作叹为观止。

最后连佛罗伦萨的市长也来参观了，众多权贵围在雕像前窃窃私语，等待市长发表意见。

市长傲慢地朝雕像看了几眼，问："作者来了吗?"

米开朗琪罗被人请到市长面前。市长说："雕石匠，我觉得这座石像的鼻子低了点，影响了整座雕像的艺术氛围。"

米开朗琪罗听罢说："尊敬的市长，我会按照你的要求加高石像的鼻子。"说完，米开朗琪罗便让助手取出工具，提着石粉对石像的鼻子进行加工。米开朗琪罗在石像的鼻子上抹着石粉，抹了一会儿，他来到市长面前，说："尊敬的市长，我已经按照你的要求加高了石像的鼻子，你看现在还行吗？"

市长看了看，点了点头，说："现在好多了，这才是完美的艺术。"

市长走后，米开朗琪罗的助手百思不得其解，问："你只是在石像的鼻子上抹了三把石粉，石像的鼻子根本没有加高啊。"米开朗琪罗说："可是，市长认为高了。"

据说那尊石像至今还矗立在佛罗伦萨的街头，知道那尊石像来历的人都知道这样一句谚语："权贵的虚荣就是石像鼻子上的三把石粉。"

权力若不加以约束，自然会肆无忌惮。

一个人经常服用"权力"这副"致幻剂"，假以时日，他敢于对一切他不懂的东西说三道四，评头论足，指手画脚——而不仅仅只是一尊已完美的艺术雕塑。

我们这一代大学生，有责任把平等的观念散播开来，让那些试图高高在上的威权，就像是石像鼻子上的三把石粉那样，成为笑柄。

1993 年 12 月 17 日

65

今天中午，同学兼同事夏志丹婚宴。庄不大，人很热情；农村宴，菜却丰盛。酒过三巡，菜过五味，爱好热闹的边老师对校长说："玩个游戏，助助酒兴。说一个词，使'好'这个字放在最后面、最前面和正中间都能说得通，说错或说不出的罚酒三杯。如何？"

校长见边老师看着自己，并且还尊敬地征询意见，便说道："好"。

今年秋期刚被校长提拔当上团支书的韩亚军，经常在校长面前窃窃私语、说话时表情严肃，好似要决策军国大事的袁旭生听到校长说好，立马兴高采烈地连声呼好。

志丹的宴席摆在房屋前的一处空场上，一共有七桌，除了我们这一桌，梁老师、刘老师、王老师几个老教师、女老师一桌外，其余五桌都是志丹的农村亲戚及邻里朋友帮忙的。韩亚军、袁旭生旁若无人地高声喊叫，引得另一桌老师和其他宾客纷纷侧目。

大家一致推举校长先说。校长沉思了一下，估计没想出来，便推让道："既是老边提议，就由老边先说。"

老校长在任的时候，见上点儿年纪的老师，一律老师前冠姓，尊称"某老师"；年轻一点的，则老师前冠名，比如就叫我"传言老师。"杜耀宗当上校长之后，以他的年龄为界，之上的一律"老某""老某"；之下的一律"小某""小某"，感觉不像学校，透着一股子江湖味儿。

边老师也不推让，说："开车好（hǎo），好（hào）开车，开好（hǎo）车。"边老师年近五十，是个民办老师，教着毕业班的物理、化学。他和县皮革厂厂长是高中同学，能从皮革厂接来大量需要人工加工的半成品手套，每加工一双皮革厂给他四毛五分，然后他以三毛八分至四毛的价格放给附近的农村妇女去加工。边老师最近刚买了一辆摩托车，在一群骑自行车的老师面前如此说，倒也贴切。

老边说完了，大家都看着校长。校长咳了咳嗓子，顿了顿，然后声情并茂地说："喝酒好，好喝酒，喝好酒。"老师们纷纷叫好，特别是韩亚军和袁旭生，比赛着看谁的声音大似的，又引来阵阵侧目。我看见那一桌的梁老师，看看这一桌，又看看乡人们那复杂的目光，重重地叹了一口气。

老实巴交的姚老师嘴里呜弄半天也没有说出个所以然来，在人们的哄笑声中，表情痛苦地喝下了三大杯酒。姚老师是学校教美术的，几年前他参加了全省教具设计大赛，他设计的是由各省地图拼成的全国地图，非常直观，后来省里给他来信，说他的设计新颖，有意推广，请他前往面谈。此事后来不了了之。年初新校长上任后，直埋怨他不知道请客送礼，白白浪费了这大好机会。现在，姚老师三杯酒刚下肚，已经趴在桌子上鼾声如雷。

教毕业班语文的杨老师说：干活好，好干活，干好活。

妻子在袜厂，曾经和"电线杆"斗智斗勇的张老师说：骑马好，好骑马，骑好马。

袁旭生说：吃饭好，好吃饭，吃好饭。校长说喝酒，袁旭生想到吃饭，倒也默契。

轮到我了，我说：读书好，好读书，读好书。

校长不知在想什么，韩亚军目不错珠地看着校长。校长沉吟了一下，皱着眉说：你是在上课吗？

韩亚军听校长如此说，赶忙埋怨我道："是啊，出来就是放松的，又提读书干什么？"韩亚军当上团支书后，校长在教师会上宣布团支书"也算"班子成员，之后，团的活动没有组织过一次，倒是经常跟着校长四处征战，实践证明，的确是"酒精"考验出来的"油袖"干部，这才短短几个月时间，眼见得脸上冒油，肚子也像得胜的将军日渐凸起。埋怨了我，笑容满面地对校长说："听我的"。停顿了一下，说："嫖娟好，好嫖娟，嫖好娟。"

此言一出，满桌愕然。校长淡淡地笑了笑，说："好"。其他人听校长说好，便也跟着喊好。

随后，有说不出来的，有说喝水的、睡觉的、娶妻的，五花八门，声音一浪高过一浪。

我装作上厕所的样子走了出来。正值冬天，苍白的阳光照着霜冻的大地，杨树的叶子快掉光了，仍有几片枝叶挂在树枝上，顽强地在风中萧瑟着。

1939 年，马相伯老人 99 岁，虽是战乱年代，复旦的老师、学生代表依然前来为他过百岁大寿，老人示意将祝寿金全部捐给抗战伤兵和难民。

《国际新闻》主编胡愈之去采访他，面对烽烟四起，积贫积弱的中国，老人不由得想起自己的一生，生活了一百年，也见证了这个国家民不聊生的一百年。他内心百感交集，突然泣不成声："我是一条狗啊，叫了一百年，也没有把中国叫醒。"

远处又传来韩亚军、袁旭生他们的笑声。

不知什么时候，泪水已挂满我的双颊。

1994 年元月 1 日晚

66

"人不为己，天诛地灭"成为许多人的口头禅、座右铭，为自己的自私、卑鄙、丑陋找到了一个理直气壮的理由和借口。

而实际上呢？"人不为己"的"为"，不是"为了"的"为"，而是"修为"的"为"——

那些自私、卑鄙、丑陋的人，还是好好"为""为"自己吧！

今天已经进入腊月了。这一期总算快要过去了。想想还有三个学期才能见到你，实在是难以忍受。

1994 年元月 12 日

67

你在前封信中提到雕塑家的故事，很有感触。

阿而杜斯·赫胥黎在《目的与方法》中说到，一个人要经过训练，才真能充分品尝到任何东西的特殊风味——连烟酒都如此。

《增广贤文》提到的"近水知鱼性，近山识鸟音"也好，古语总结的"观千剑识器，听千曲知音"也罢，其实阐述的都是同一个道理。

成功，不就是比别人走得远一点，攀得高一点，钻得深一点吗？

成功人士举一反三、融会贯通的能力自然要比普通人强，但成功人士也最易有"无所不能"的错觉，容易犯"忘乎所以"的毛病。

因此，科学的态度是，要尊重权威，但不要迷信权威。

至于被权力包裹起来的威权，则是另一个概念了。他们在服下"权力"这副"致幻剂""麻醉药"之后，仍会像你信中那个让米开朗琪罗加高雕像鼻子的市长那样，沦为笑柄。

已经腊月十二了，新年愉快！

下期见!

1994 年元月 23 日

（七）

68

今天是新年的第四天。窗外的雪越下越大，没有一丝风，只能听到落雪的"沙沙"声。原想着提前写信，这样等你初八开学的时候就能收到我的信，现在看这雪况，估计信到的时间要延后了。

你那里纬度又高一点，且近山临山，与我们这里相比，雪，肯定是要更多更大一些。

你的父母催婚了吗？他们知道我俩的情况吗？

真希望能把这一年半的时间一"掐"而过，好让我们能早日相聚。

你的文学梦，又在苦苦折磨你了吧？深知你的文学梦与名和利没有任何关系。你只是为了心头那份难以纾解的情绪困兽犹斗，我懂的。

所谓的成功，并不是后来闪耀的日子，鲜花包围的日子，众星拱月的日子，而是无人问津时，备受冷落时，甚至诽谤缠身时你对梦想的偏执和坚持。

每个优秀的人，都有一段沉默的时光，彷徨的时光，无助的时光。

这段时光是付出了很多努力却仍然找不到方向的日子，看不清出路的日子，得不到结果的日子。

传言，我知道你苦。

等着我，让我陪着你，我们一起苦。

我们一起的日子，还怕苦吗？还在乎苦吗？还有苦吗？

1994 年 2 月 3 日

69

想想可笑，我们两个涉世未深的人，指点江山，激扬文字，狂谈妄论，说古非今。

我们自说自话，自以为是，自命不凡，甚至无病呻吟，故弄玄虚，装疯卖傻，胡言乱语。

我们口无遮拦——呃，应该是笔无遮拦，天马行空，信马由缰，畅所欲言，海阔天空。

我们就像两个未经开发的处女矿，里面充斥着大量未被雕琢的语言和自由放荡的思想；我们又像两个自私懵懂的小孩子，自吹自擂着，自叹自怜着，自怨自艾着，又相互吹捧着，相互安慰着；我们还像两个闯入迷宫的旅人，喜欢着、害怕着、好奇着、探索着；我们又如在暗夜中结伴而行的两个行者，互相壮胆，互相搀扶，互相指引，互相鼓励。

管他呢，大爷乐意！

你说呢，小愉儿？

1994 年 2 月 20 日

70

是啊，管他呢，大奶也乐意！

这期《读者》上周国平《对理想的思索》一文中这样写道：

据说，一个人如果在 14 岁时不是理想主义者，他一定庸俗得可怕；如果在 40 岁时仍是理想主义者，又未免幼稚可笑。

我们或许可以引申说，一个民族如果全体都陷入某种理想主义的狂热，

| 87

当然太天真；如果在他的青年人中竟然也难觅理想主义者，又实在太堕落了。

由此我又相信，在理想主义普遍遭耻笑的时代，一个人仍然坚持做理想主义者，就必定不是因为幼稚，而是因为精神上的成熟和自觉。

传言，我们，能永远做一个理想主义者吗？

1994 年 3 月 2 日

71

整个寒假大多是在想你和想文章。

你，活泼灵动，活灵活现，魂牵梦萦，却远在千里之外，可思可念可想可盼，然而，遥不可及。

文章，殚精竭虑，呕心沥血，枯坐终日，仿若神龙，既难见首，也不见尾，虽觉触手可及，实则虚无缥缈。

你和文章，都是我此生最爱啊！

你，佳期可待。

而我期待中的那部长篇小说呢？

有多少艺术家可以为了那份对艺术的痴情，甘于淡泊，不求名利，甚至三餐不继。有一个资料介绍白先勇先生为了文学，为了能创办《现代文学》杂志，倾其所有，他的居室简陋得甚至没有一张像样的饭桌。但是他创作的文学作品却一次又一次打动无数的读者。他的《谪仙记》，便使我热泪盈眶。

路遥在《平凡的世界》创作手记《早晨从中午开始》中写道："我由于陷入很深，对处理写作以外的事已失去理智。我常暗自噙着泪水，一再问自己：你为什么要这样？你怎么搞成这样！"他说，有时候一天下来除了纸篓撕下的一堆废纸，仍然是一片空白。在这种情况下，他说他真想抱头痛哭一场。

巴金给一位朋友写信说："我昨夜写《秋》写哭了……这本书把我苦够

了，我至少会因此少活一二岁。"他说他在"掘发人心"，使自己活在另一个世界里，看着那里的男男女女怎样欢笑、哭泣。他也想海涅的"深夜之思"，也像他那样反复念着：

我不能再闭上我的眼睛，

我只有让我的热泪畅流。

有一则笑话，讲一个写文章的人怎么也写不出来，他的妻子骂他：你写文章难道比我生孩子还难？这人回答：当然呀，你生孩子是你肚子里有，可我的肚子里没货啊。

三毛说自己写文章完全是为了兴趣，为了好玩，心里怎么样，手中便怎么样，无非是轻轻松松的游戏。但是，三毛洒脱的外表之下有着怎样的无奈和失意，她最后那种远离孤独、远离相思、远离心酸的决绝的方式，又岂能是我辈凡夫俗子能体味得到的。

有一本书上说写文章分三种类型：一、凭才气；二、凭知识；三、用生命。像我这种一没才气、二缺知识的人，即便以命相搏，不见得就能写出好的文章来。

美国当代著名的心理学家、教育家布鲁姆指出：不管一个人具有什么样的最初特点，除非经过一个长时期而强烈的鼓动、培育和训练的过程，他们是不可能达到这些特定领域的能力发展的最高峰的。

我深以为然。

并且，文学创作会更加难以企及。

《新华文摘》第三期刊载一篇文章，题目叫《人类寻找精神家园的艰难历程》，文中写了人类在寻求精神家园即人类自我创造的理想境界历程中一个颇具悖论性的循环圈：迷惘—追求理想境界—在现实中受阻—孤独—重新陷入痛苦和迷惘。有限的生命与无限的欲望产生了冲突，于是人类渴望绝对，追求确定的意义与价值。可是，无论是巨人、哲人还是一般善于思想的人，都无一例外地陷入这个循环圈：以"人"的力量去追求自我生命意义，追寻精神家园，然而其理想往往与现实相矛盾。正因为理想与现实格格不入，人与人之间又难以沟通，于是就造成了人们的孤独感。这种孤独的心境，必然又带来人的迷惘与痛苦，于是只有重新回到意念中追求自己的理想来解救自己。

你经常提到的那句话——"人类一思索，上帝便发笑"，便幽默地说出了人们思索的毫无用处。善于思索的人往往始于迷惘，又终于更高层次的迷惘。贾平凹在文学上可谓功成名就，然而他却说他苦不堪言，人多时他笑着应酬，独处时却难过得伤心落泪。他认为作家只不过"浪得虚名"，可是"成名不等于成功"。

我很羡慕每天挣五七元钱便高兴得合不拢嘴、为每一角钱便认真讨价还价的小贩；羡慕高兴便大笑，痛苦便坐在街头哭骂的人；也羡慕身着破衣烂衫、一路咧嘴傻笑的疯子、乞丐；有时候，我甚至羡慕拍马屁理直气壮、说谎话面不改色、办坏事心平气和，就像韩亚军这样的人。我怕上帝发笑，可是还是控制不住要去思索，即使陷入这个"怪圈"之中。

大仲马不是说过："人生就是不断的等待与希望吗?"

1994 年 3 月 15 日

72

传言，我想好了，也问过学校了，毕业时我就分配到你所在的市县，然后找县教育局请求分到你所在的学校。我们就在学校开一小畦菜地，种上茄子、豆角、辣椒、西红柿什么的。若条件允许，我们就再开一小方池塘，很小很小的就好，种上几片藕，养上几尾鱼，就像白居易《草堂前新开一池，养鱼种荷，日有幽趣》里的那样，"红鲤二三寸，白莲八九枝"。我们再生两个孩子，当然是一个男孩，一个女孩。男孩要像你，女孩要像我。名字我都想好啦，只是先不告诉你——你可不许和我争起名权啊！长假呢，你就陪我回来看我的母亲；短假呢，我就陪你回去看看你的家人；平时呢，我们就和孩子一起玩游戏，看看书，说说话儿——我们是要好好说说话的，现在每每想起你，都是千言万语涌上心头，感觉到地老天荒也说不完似的。我们也不和别人争长论短的，他官任他官，他富任他富，他横任他横，我们就平平淡淡的——在我看来，能拥有你就已经是上苍对我的最大恩惠了——幸运如我，夫复何求？你若按捺不住那颗骚动的心，想要诗和远方呢，利用假期，我就陪你一起浪迹天涯，餐风也好，露宿也罢，我相信，只要有你在，餐风也是美味，露宿足可安眠。

离我们共同的日子还有一年多一点的时间了，你——要——等——着——我——呀！

1994 年 3 月 28 日

73

上个月的一天，邮递员来校的时候，我正在上课，我看着他把报刊信件放在阅览室屋里，取出挂在阅览室外墙上那只邮箱里的信件装进他随身背着的邮递包，走了。我心里还想着，下课了去看一看，有没有你的来信，有没有我订的报刊，还有，有没有我的采稿通知单、样报样刊、稿费——每次我大都会第一时间去的，有时我甚至觉得自己可笑，盼邮递员竟然能盼出恋人的感觉。

下课了，走出教室，看到韩亚军手拿一封信向我走来，然后，递给我，意味深长地笑了笑，说："学生啊！"

回到住室，我把你的那封来信的信封用温毛巾擦了好几遍。

一天，夏志丹找到我，急切地告诉我，现在到处都在传着我和一个女学生谈恋爱，甚至越说越不靠谱的是，我和我班的一个女生正在谈恋爱，而那个女生还不到十四岁。

我知道鲁迅笔下的看客都回来了，国人在人云亦云、捕风捉影方面保持着优良传统。

看我不在乎的样子，同学恼了，恶狠狠地说："别再拖了，赶快找人嫁掉算了，否则，说不定又有什么谣言在等着你。"

《吕氏春秋》有一文，这样说：

宋国有户姓丁的人家，需要到离家较远的河里打水。因此，家里必须有一个人出去挑水。家里后来打了一口井，他告诉别人："家里打了井，就等于多了一个人啊！"

有人就传开了，说老丁家打井挖出一个人。传的人活灵活现，绘声绘色，好像自己亲眼看着人被挖出来似的，后来，连国君也听说了。

国君于是派人问这户人家到底是怎么回事，他解释说："我的意思是，凿了井之后，家里省出人手，相当于多了一个劳动力，并不是打井的时候挖出了一个人。"

"三人成虎"难道不是如此吗？世上本来没有老虎，但经三人以上说就有了虎，便不免使人误信。现实生活中，谣言反复出现，便很容易使一些人信以为真。

并且，谎言还有一个最大的特点：跑得快！

难怪谁说过一句话，当真相还在穿鞋子的时候，谣言早就满天飞了。

我认为，"以讹传讹"的人，有一些人是受了蒙蔽，信以为真；也有许多人是因为愚昧，对一些明显漏洞百出的说法仍不辨真假。这些人中的许多人，仅仅是可悲罢了。真正可恶的，是那些睁大两眼说谎话，无中生有，凭空捏造，包藏祸心的"制讹者"。

不过，这真是一个神奇的世界——真正的智者往往能从他人的只言片语中悟出人生的真谛；而愚者，却常常对一些驴唇不对马嘴的谣言信以为真。

我们之所以要多读书，就是要培养对真、假，善、恶，是、非，优、劣等的辨别能力，擦亮一双明亮的眼睛；培养维护真理、坚守真相的勇气，怀揣一颗勇敢的心；开启和积累制服丑陋、打击邪恶的智慧，拥有一副睿智的大脑。

其实，日常生活中的这些造谣者虽然可耻、可恨，但若对方不当回事，委实不足挂齿。但对涉及家国命运、大是大非的问题，则另当别论。

赵高欲为乱，恐群臣不听，乃先设验，持鹿献于二世，曰："马也。"二世笑曰："丞相误邪？谓鹿为马。"问左右，左右或默，或言马阿顺赵高。（摘自汉·司马迁《史记·秦始皇本纪》）

赵高，他知道别人知道他在说谎，他仍面不改色，肆无忌惮地在说谎。

92

所以，讲真话是需要条件的。

索尔仁尼琴说："一句真话比整个世界的分量还重。"

我们有幸生在这个越来越开放、越来越文明的时代。但即便如此，这仍是一个真相与谎言殊死厮杀的时代，你的每一句真话，每一个对自由、民主、公平、正义等的支持，都有可能转化为战胜谎言的力量；同样，你的每一句谎言，每一个对自由、民主、公平、正义践踏力量的认同或默许，都有可能转化为压垮真相的强大动力。

哈佛大学的校训写道：教育的目的，就是让人们明白哪些人在胡说八道！

日本京都大学正门也写着致学生的一段话：大人物所言，并非尽皆正确。大人物为求保住自己的立场，毫不在意地制造谎言，借此掩盖真实。因此，勿要轻易相信，以一己之力探求真理，以一己之思判断事物。真实，是用自己的眼睛确认的东西。

一个文明的社会，应该善于倾听弱小的声音，能够质疑巨大的声音。

正如我说过的"每个学生都渴望被看见"一样，我相信，每一个处于弱势地位的公民都渴望能发声。

小愉儿，我们本就处身低位，那么，就让我们发出我们应该发出的声音吧！

1994 年 4 月 11 日

74

教授讲到了"平庸之恶"。

阿道夫·艾希曼，纳粹德国在犹太人大屠杀中执行"最终方案"的主要负责者。在他的监督下，奥斯威辛集中营的屠杀生产线创造了令人望而生畏的纪录：每天杀害 1.2 万人。到二战结束，共有 580 万犹太人因此方案而丧生。为此，艾希曼又被称为"死刑执行者"。其二战后被俘，但随后逃脱，直到 1961 年被逮捕，于耶路撒冷受审，被以人道罪名等十五条罪名起诉。

1962 年 6 月 1 日艾希曼被处以绞刑。

在犹太女哲学家汉娜·阿伦特所撰写的《耶路撒冷的艾希曼：关于邪恶之强制性报告》中这样描述审判席上的纳粹党徒艾希曼："不阴险，也不凶横"，完全不像一个恶贯满盈的刽子手，就那么彬彬有礼地坐在审判席上，他甚至宣称："他的一生都是依据康德的道德律令而活，他所有行动都来自康德对于责任的界定。"艾希曼为自己辩护时，反复强调："自己是齿轮系统中的一环，只是起了传动的作用罢了。"作为一名公民，他相信自己所做的都是当时国家法律所允许的；作为一名军人，他只是在服从和执行上级的命令。

据此，汉娜·阿伦特提出了著名的"平庸之恶"概念。阿伦特以艾希曼的行为方式来阐释现代生活中广泛存在的"平庸的恶"，这种恶是不思考的，不思考人，不思考社会。恶是平庸的，因为你我常人都有可能坠入其中。把个人完全同化于体制之中，服从体制的安排，默认体制本身隐含的不道德甚至反道德行为，甚至成为不道德体制的毫不置疑的实践者，或许有良心不安，但依然可以凭借体制来给自己的冷漠行为提供非道德问题的辩护。

阿伦特关于艾希曼审判的报道和她提出的"平庸的邪恶"（即因不思想、无判断、盲目服从权威而犯下的罪恶）直到今天仍然是人们讨论和引用的概念之一，同时也启发个人作为人应该有的品质，以及从灵魂深处思考和反思自己。"平庸的邪恶"这一概念帮助人们去除了对"恶"的神秘感。它让人们看到，这样的恶，可以随时发生在每一个人的身上。"恶是不曾思考过的东西。"这就是恶的"平庸"。

如何制止"平庸的恶"呢？

汉娜·阿伦特给出了解药——

思考

思考的风　所表现出来的

不是知识

而是分辨是非的能力

判断美丑的能力

在这个道德沦丧的时代，让我们尽可能地反抗平庸之恶的诱惑，不放弃思考，不逃避判断，心存敬畏，承担起应有的道德责任。

传言，你看如何？

1994 年 4 月 25 日

75

一人问智者："一个人做了一百件好事，但也做了一件坏事，会怎样呢？"

智者答："就如在一盆清水中滴入一滴墨水，虽看不出什么，但这盆水再也不是最初的那盆水了。"

君子往往对自己有较高的期许，有"悬壶济世"的；有"为天地立命"的；有"达则兼济天下，穷则独善其身"的；有"家国天下"的；有"仗剑天涯"的；有"先天下之忧而忧，后天下之乐而乐"的……

而世人对君子的要求自然也水涨船高——你是君子，你高风亮节，你德艺双馨，你怎么能犯这样的错误？人们是不怕君子的——你能奈我何？

而对于小人、坏人、恶人，不但不杀我、打我、欺我、坑我、骗我，居然要向善，那岂不是太好了，所以"浪子回头金不换"也罢，"知过能改，善莫大焉"也罢，"放下屠刀，立地成佛"也罢，人们莫不谨小慎微地巴结着，口是心非地肯定着——万一狗改不了吃屎，浪子回一下头，又拐回去了呢？知过能改，改了又犯呢？放下屠刀，又拿起了呢？

许多情况下，理应被人们尊重、推崇、效仿的君子，其实是被人们轻看、戏谑、排挤着；而理应被人们斥责、贬低、轻看的小人，反而被人们巴结着、维持着、敬仰着……

在一个污浊的环境中，你不同流合污吗？

在一个奸诈的环境中，你不狼狈为奸吗？

随波逐流，难道不是最舒适的姿势吗？

曾想着胸怀天下，兼济天下，家国天下的，殊不料，仅仅是想独善其身，便已使我竭尽全力。

在理想的世界里激情飞扬，在现实的世界里无助彷徨。人，真是可笑！

小愉儿，等你明年过来了，我就有坚强的后盾了——当然是心理上的。其实很好办，大不了换一个风气好的学校，只不过我带的这届学生都很懂事，我想把他们送毕业，自己不留遗憾罢了。

看"巴儿狗"的表演，其实也蛮有趣。

1994 年 5 月 12 日

76

如果

拉迪亚德·吉卜林

如果周围的人　毫不理性地向你发难
你仍然镇定自若地保持冷静
如果众人对你心存猜忌　你仍能自信如常
并认为他们的猜忌情有可原
如果你肯耐心等待不急不躁
或遭人诽谤却不以牙还牙
或遭人憎恨却不以恶报恶
既不装腔作势亦不气盛趾高
如果你有梦想而又不为梦主宰
如果你有神思而又不走火入魔
如果你坦然面对胜利和灾难
对虚渺的胜负荣辱胸怀旷荡
如果你能忍受有这样的无赖
歪曲你的口吐真言蒙骗笨汉
或看着心血铸就的事业崩溃

仍能忍辱负重脚踏实地重新攀登

如果你敢把取得的一切胜利

为了更崇高的目标孤注一掷

面临失去决心从头再来

而绝口不提自己的损失

如果人们早已离你而去

你仍能坚守阵地奋力前行

身上已一无所有

唯存意志在高喊"顶住"

如果你跟平民交谈

而不变谦虚之态

抑或与王侯散步

而不露谄媚之颜

如果敌友都无法对你造成伤害

如果众人对你信赖有加　却不过分依赖

如果你能惜时如金

利用每一分钟不可追回的光阴

那么你的修为就会如天地般博大

并拥有了属于自己的世界

更重要的是　孩子

你成了真正顶天立地之人

小愉儿

1994 年 5 月 23 日

77

"正义或许会迟到，但绝不会缺席。"

这是我们在宣传报道中经常看到、听到的一句话，带着一股胜利者的姿态，向世人宣告，善有善报，恶有恶报，不是不报，时候未到。正义，终于又一次战胜了邪恶。

而我每次看到、听到这句话，都会觉得莫名其妙，匪夷所思，甚至感到毛骨悚然："迟到的正义"还是"正义"吗？一个经常产生"迟到的正义"的地方就"正义绝不会缺席"吗？一个人"含冤而死"之后，再"告慰在天之灵"吗？

十九世纪英国政治家格拉德斯有句名言："迟到的正义非正义。"这句话或者换一个角度可以理解为"法律被拖延是违反正义的"。

是啊，正义理应无偿，天下最恶者莫如贿取公正；正义理应充分，行百里而半者则非正义；正义理应及时，如若迟到则莫如拒绝正义。

小愉儿，我感觉你平时经常用到的反问句用在此处是再恰当不过了。

不是吗？难道不是吗？

其实还有一事，也令我颇多感慨。

这天上课的时候，我问学生们："最近有些关于老师的传言，不是我名字的这个传言，而是流言蜚语的那个传言，你们信吗？"

学生们异口同声地说道："不——信——"严格说，他们是喊的，声震雷霆般的。

对谣言无动于衷的我突然鼻子发酸，我装作在黑板上写字，回头抹去了涌出的泪水。

学生们的信任弥足珍贵。这种信任，是我无忌谣言、漠视谣言的动力源泉啊！

宫崎骏说过，与人相处最怕的就是，你不相信你亲眼看到的我，却相信别人口中所说的我。

也有一些喜欢别人经常出点事的人，他即使内心知道这些传言是假的，但他仍兴高采烈地传播着，面带惊诧的表情，话带惋惜的语气。是啊，一个内心卑劣的人，只能从别人的不幸中获得乐趣，除此之外，再无生趣可言。

而冤枉你的人，恐怕比你本人更知道你所受的冤枉吧。

这些吃垃圾桶的东西！

1994 年 6 月 4 日

78

传言：

但凡撒谎者，害怕睿智的人、追求真理的人、理性的人、平等理念的人；喜欢轻信的人、盲从的人、跟风的人、愚蠢的人。

强权者也是。

伪君子也是。

其实，所有的小人都是。

五音不全的歌声，对精通音律的人，是一种难以忍受的折磨；对不通音律的人来说，又有何谓呢？

正如，五音不全的歌声，对一头猪来说，又能如何？

你五音不全得轻也好，不全得狠也罢，甚至肆无忌惮也行，在猪面前，都无所谓。

这些小人，本就是假、恶、丑这三怪胎的血亲。他们最最喜欢的，当然是猪。

——只要让我吃饱，你杀其他任何一头猪都与我无关。

这些人，最最害怕的自然是教育。是通过教育成了的追求真理的人、追求自由的人，追求公平追求正义的人；成了的精通音律的人；成了的具有独立思想的、会思考的人。

你只有精通音律，才知道谁在胡唱；你只有拥有独立思考和分辨能力，才知道谁在胡说。

而这，会成为假、恶、丑的掘墓者！

宵小之流的终结者！

1994 年 6 月 13 日

你说到教育，不由使我忧心忡忡。

古人把从师学习叫作"从游"。担任清华大学校长17年，人称"寡言君子"的梅贻琦对于"从游"有个妙解，说："学校犹水也，师生犹鱼也，其行动犹游泳也。大鱼前导，小鱼尾随，是从游也。从游既久，其濡染观摩之效，自不求而至，不为而成。"

这"不求而至，不为而成"，正是教育的最高境界。

如今，韩亚军、袁旭生他们经常喝得醉醺醺地在讲堂上胡言乱语。

如此"毁人不倦"，让学生跟着他们"从游"吗？

不求而至，不为而成？

难怪有一天，正直的梁老师对我说："办好一所学校，需要上级教育主管部门、校长、老师、学生、学生家长甚至学校所在地的百姓等方方面面的共同努力；而毁掉这所学校，一个校长就足够了。"

而为什么这个校长能被上级主管教育的"伯乐"选拔到这么重要的岗位上来呢？

英国哲学家休谟说："高尚的竞争是一切卓越才能的源泉。"

"十年树木，百年树人。"初中校长的位置，不可谓不重要。

杜耀宗当上校长之后，许多老师都很困惑：若杜耀宗是"千里马"，那"伯乐"是"棒槌"吗？

只是，被耽误的学生们呢？这个单谁能买得起？（而问题是，用买吗？）

大家都知道的是，我们校长这匹"千里马"，现在已经摇身一变成为"伯乐"，并且已经发现了两匹"千里马"——一匹是团支书韩亚军，一匹是总务主任袁旭生。也许，有一天，他们也摇身一变，成为新的"伯乐"。

他们是成为伯"乐"，还是伯"苦"，伯"灾"，伯"难"？

谁知道呢？

1900年，梁启超作《少年中国说》，把中华民族的希望寄托在当时的少年身上，提出："少年智则国智，少年富则国富；少年强则国强，少年独立则国独立；少年自由则国自由；少年进步则国进步；少年胜于欧洲，则国胜于欧洲；少年雄于地球，则国雄于地球。"当时的少年，血气方刚，风华正茂，后来，他们逐渐成年，壮年，老年，暮年，直到作古。我们现在继续做着强国梦，期盼着少年强则国强。会不会——我只是假设，会不会等到将来，等现在的少年也逐渐老去，他们又把希望寄托在未来的少年身上……

但愿不会……

1994 年 6 月 25 日

（八）

80

暑假期间，我一位很要好的朋友（她的母亲和我的母亲是同事，平时我们都住在学校里，就像你和"老三"的关系吧），因失恋而心情郁闷，喝了好多的酒，结果弄伤了自己，一天多没有知觉，把我吓个半死。我没想到以前豁达开朗的她在爱情面前会如此不堪，不由人想起元好问的《摸鱼儿·雁丘词》中那句经典："问世间，情是何物，直教生死相许。"

我还有一个高中同学，她考上了省城的一所大学，假期来找我玩，说有一个男孩追求她，她不喜欢那个男孩，但很享受有人追的感觉。那个男孩也知道她不喜欢他，但仍然死缠烂打，勇往直前。

男生追女孩，看似天经地义，实则有待商榷。每一个女孩都有一个少女梦，渴望被照顾，被温柔对待，这都是正常的。但在恋爱中，喜欢被男孩追，这种想法本身就是把自己放在"物品"的位置，放在不平等的位置，放在男人附庸的位置。

相爱中的男女，应该是相互喜欢，相互欣赏，相互吸引，相互仰慕。他们一想到对方，就心存欢喜，心存温馨，心存浪漫，希望自己变成更好的自己。

就比如我们，若说"追求"的话，那就让我们互相"追求"吧！

1994 年 8 月 26 日

81

有的人，办了坏事，心中不安，便要忏悔。

可是，也有一些人，你认为他应该好好忏悔的，因为他办的事，有以怨报德的，有恩将仇报的，有见利忘义的，即使昨天，他还刚办了一件头顶长疮、脚底流脓的事，他不忏悔，能心安吗？

可是，今天，他却在庆贺——他庆贺他又将别人坑了；他庆贺他又把别人骗了。

卡夫卡说过，这世上的悲剧，归根结底，只有一个原因：那就是邪恶太了解善良，而善良的人们不了解邪恶。

你以君子之心度他，他以小人之心度你，你有底线，他没有底线，自然是头破血流。为什么人们经常感叹好人没有好报？因为许多坏人就是专门算计好人的。社会风气的变坏，有时不就是始于好人的遍体鳞伤，以及坏人的无限荣光吗？

康德说：世界上唯有两样东西让我们深深感动，一是我们头顶灿烂的星空，一是我们内心崇高的道德。有道德的人的标志是根本不会长期地把自己的敌人、不幸和失误看得很严重，因为他们有丰富的塑造力、修复力、治愈力，还有一种忘却力。他记不住任何别人对他的侮辱和诋毁，他能原谅别人，因为他把一切都忘记了。

这样的道德，不正是坏人希望的吗？

而一个社会的道德，不就是被这些坏人一而再地扼杀掉了吗？

期待坏人忏悔，就好比希望木乃伊能复活一般。

所以，对好人，你可以和他讲道德；而对坏人，你只用和他论手段。

一群有道德的人在一起，才配讨论道德。

小愉儿，和一群寡廉鲜耻的人在一起讨论道德，他们配吗？

1994 年 9 月 8 日

82

传言：

有时候想一想，真是奇妙。就比如，"我"成为今天的"我"，有着多少的偶然啊！

假如我的母亲，喜欢上别的男人，那她生下来的那个人，还是我吗？

假如我的母亲，喜欢上的还是这个男人，但她在另外的时间、环境、心态下怀了孕，她生下来的那个人，还是我吗？

再说了，即使是"我"，没有遇到你之前的那个"我"，和遇到你之后交往了这么长时间，真心喜欢、真诚倾诉、真情期盼，无数次酣畅淋漓地笑过、也无数次潸然泪下地哭过的现在的这个"我"，还是同一个"我"吗？

即使一切都是命中注定的，一切该发生的都会发生，一切该来的都会来到，现在的"我"还是十年前的"我"吗？十年后的"我"还是现在的"我"吗？或者，写信前的"我"还是现在的"我"吗？等一会儿的"我"和等两会儿的"我"，还是同一个"我"吗？

打住打住。传言，上帝祂老人家又在笑我了。

可是，上帝祂老人家笑前的"我"和笑后的"我"还是同一个——"我"吗？

呃，祂老人家已经在狂笑了！

1994 年 9 月 9 日

83

泰戈尔说过：你今天受的苦、吃的亏、担的责、扛的罪、忍的痛，到最后都会变成光照亮你的路。

我想说，你在过去看的书、经的事、走的路、遇的人，都会使你成为更加厚重的自己。

而现在，我只是期盼着，期盼着我们能早日相逢，早日将两个"我"融为"我们"，在今后的岁月中，让"我们"共同成长，共同进步，共同变成更好的"我们"。

你在信中把"潸然泪下"四个字打上着重号，本是活泼的一封信，却让我也"潸然泪下"。你思念着远方的我的时候，我何尝不在思念着远方的你？你忍受着相思之苦的时候，我又何尝不是遭受着相思之苦的煎熬？你期待着早日相聚的时候，我又何尝不是日思夜盼？

"玲珑骰子安红豆，入骨相思知不知？"你相信吗？那个未来要和你共度一生的人，其实在与你相同的时间，也忍受着相同的痛苦、悲伤、孤独、忧愁……

对于两个相爱中的人来说，即使流泪，也有一种淋漓尽致的酣畅和难以言说的喜悦。

小愉儿，等待，只会把我们的幸福拉得更长……

1994 年 10 月 3 日

84

传言
我必须控制着我
少去想你

我怕我会
走火入魔

小愉儿
1994 年 10 月 15 日

85

泰坦尼克号是当时世界上体积最庞大、内部设施最豪华的客运轮船，是英国白星航运公司下辖的一艘奥林匹克级游轮，排水量 46000 吨，于 1909 年 3 月 31 日在哈兰德与沃尔夫造船厂动工建造，1911 年 5 月 31 日下水，1912 年 4 月 2 日完工试航，有"永不沉没"的美誉。1912 年 4 月 10 日，它从英国南安普敦出发驶向美国纽约，开启了它的处女航。1912 年 4 月 14 日 23 时 40 分左右，泰坦尼克号与一座冰山相撞，4 月 15 日凌晨 2 时 20 分左右，泰坦尼克船体断裂成两截后沉入大西洋底。2224 名船员及乘客中，1517 人丧生，其中仅 333 具罹难者遗体被寻回。泰坦尼克号沉没事故为和平时期死伤人数最为惨重的一次海难，其残骸直至 1985 年才被发现，目前受到联合国教科文组织的保护。

82 年后的今天，人们还是惊叹，那些"泰坦尼克号"的乐手和船员，在面对即将灭顶的海水，面对汹涌而至的死亡，怎么能有那么巨大的勇气，不奔不逃，坚守职责，把救生艇让给孩子和妇女，把最后的时刻留给自己。

据后来的调查，当时只有六号和二号救生艇有船员跳了进去，但马上被那里负责的官员发现，叫他们出来，他们没说什么，便服从命令回到甲板上。

美国作家丹尼·阿兰巴特勒对此感叹道："这是因为他们生下来就被教育这样的理想：责任比其他的考虑更重要，责任和纪律性是同义词，在泰坦尼克号沉没前的几小时中，这种责任和纪律的理想，被证明是难以被侵蚀的最有力量的气质。"

正是这种责任的意识，使消防员法尔曼·卡维尔在感到自己可能离开得早了一点的时候，又回到四号锅炉室，看看还有没有其他的锅炉工困在那里；正是这种责任的意识，使信号员罗恩一直在甲板上发射信号弹，摇动摩斯信号灯，不管它看起来多么没有希望；正是这种责任的意识，使被分配到救生艇做划桨员的锅炉工亨明，把这个机会给了别人，自己留在甲板上，到最后的时刻还在放卸帆布小艇；正是这种责任的意识，使报务员菲利普斯和布赖德在报务室坚守到最后一分钟，船长史密斯告诉他们可以弃船了，他们仍然不走，继续敲击键盘，敲击着生命终结的秒数，发送电讯和最后的希望；正是这种责任的意识，使总工程师贝尔和全部的工程师一直埋头苦干在机房，即使知道他们已没有时间登上甲板，失去任何逃生的机会；正是这种责任的意识，使乐队领班亨利·哈特利和其他的乐手演奏着轻快的爵士乐和庄严的宗教圣歌《上帝和我们同在》，直到海水把他们的生命和歌声一起带到大西洋底……

"即使是一个英雄，在绝境中也会变成懦夫。"但"泰坦尼克号"却把无数普通人变成了英雄！责任意识举起了人的价值、人的高贵、人的美丽。

亿万富翁约翰·雅各布·阿斯德问负责救生艇的官员，他可否陪同正怀着身孕的妻子马德琳上艇，那个船员说了一句"妇孺先上"之后，阿斯德没有多说一句话，脱下手套抛给了妻子，然后就退到甲板上，目送着五个月身孕的年轻妻子上了小艇。当小艇飘飘悠悠地向远方划走时，他站在甲板上，点燃了一支雪茄。幸存的船上理发师奥古斯特·韦科曼后来回忆，当时他曾和阿斯德先生在甲板上待了一会儿，他们聊的都是只有在理发椅上才谈的小事情。临别时，韦科曼问阿斯德："你是不是介意我和你握个手？"阿斯德说："我很高兴。"这是乘客们听到的这个亿万富翁的最后一句话。

"泰坦尼克号"船长史密斯和几乎所有船上的富豪都有着很好的个人关系，很多也是他的好朋友，包括阿斯德。但阿斯德根本没有去找史密斯船长走走"后门"，通融一下，让他上艇。如果他去找船长，也有充分的理由，他的妻子正怀着五个月的身孕。但阿斯德没有这样做，或者说根本就没有想到应该这样做。

"泰坦尼克号"上另一个财富仅次于阿斯特的是美国"梅西百货公司"创始人之一的斯特劳斯。"泰坦尼克号"撞了冰山之后，斯特劳斯夫人几乎上了八号救生艇，但脚刚要踩到边，她突然改变了主意，又回来和斯特劳斯先生在一起，说："这么多年来，我们都生活在一起，你去的地方，我也去！"她把自己在艇里的位置给了一个年轻的女佣，还把自己的毛皮大衣也甩给了这个女佣说："我再也用不着它了！"

当有人向 67 岁的斯特劳斯先生提出："我保证不会有人反对像您这样的老先生上小艇……"斯特劳斯坚定地回答："我绝不会在别的男人之前上救生艇。"然后他挽着 63 岁的太太艾达的手臂，一对老夫妇蹒跚地走到甲板的藤椅坐下，像一对鸳鸯一样安详地栖息在那里，静静地等待着最后的时刻。

当知道自己没有获救的机会时，世界著名的管道大亨本杰明·古根海姆穿上了最华丽的晚礼服，他说："我要死得体面，像一个绅士。"他给太太留下的纸条写着："这条船不会有任何一个女性因为我抢占了救生艇的位置，而剩在甲板上。我不会死得像一个畜生，会像一个真正的男子汉。"

同样体现了男子汉精神的有船长史密斯、造船师安德鲁斯、一副默多克，以及许许多多的官员、水手，普通的员工以及服务员……对于这么大的群体都能如此纪律分明，坚守岗位，富于自我牺牲精神，很大的原因是船上的领导者临危不"逃"，以身作则，这种表率作用产生了号召力，使人们跟从、效仿那些做了正确、高贵、美好事情的真正男子汉们，在这样做的同时，他们自己也成为正确、高贵、美好的一部分。

世界第一艘最大的巨轮沉没了，但人类的美德、人道情操、人性的善良却永不沉没。

小愉啊，这种关键时刻闪现出的人性的光芒，才是这个世界的温暖所在。

1994 年 10 月 29 日

86

传言，我们又在谈情说爱了。我不停地说着，比画着，你温柔地看着我的眼，安静地听着；后来，你开始说了，旁征博引地，目光仍是温柔地看着我，手时而潇洒地挥洒着。讲了一会儿，你把手放在我的头发上，轻柔地、爱惜地揉了揉。而我，接过你的手，抱在我的两手中，把玩着，一根根的手指，一个个的关节，就这么把玩着，然后，把你的手放在我的唇上，轻轻地触着，感受着你手上微微的汗的气息，感受着你手背上那细细的绒毛在我唇上划过的麻麻酥酥的感觉……

或者，我们就肩并肩地散着步。在我这里的望花湖畔，夕阳在河面跳跃着万朵金黄；在你那里的柳泉河边，鱼虾在溪流中追逐嬉戏。只要有你，哪里都好。我们就这么漫不经心地、漫无边际地，随着步子的前行，你的臂暖暖地碰着了我的臂；过了一会儿，我的手又暖暖地碰到了你的手。后来，不知什么时候，我们的手已经紧紧地牵在一起，风儿在天空中自由地游荡着，鸟儿在我们身边叽叽喳喳地倾诉着爱慕……因为和喜欢的人在一起，整个世界都变成我喜欢的样子。

我们就这么笑着、笑着，是的，我们本是笑着的，笑着的，可是不知怎么的，突然之间，想起目前这美好的一切仅仅是我的一厢情愿式的幻想，想起你这几年为我所受的相思之苦，我那憋了好久的眼泪如决堤之水奔涌而出。

思念，既是幸福的源泉，又是痛苦的根源。

传言，等着我，我会把我全部的爱奉献给你的。将来有一天，我要吻遍你的全身，我要你的每一寸肌肤都印上我的吻痕；我也要你吻遍我的全身，在我的每一寸肌肤上盖上你的印证。传言，等着我。

而目前，两情若是久长时，又岂在朝朝暮暮？不是吗？

既然"相思无所寄"，那就让我们继续"笔端诉深情"吧！

爱一个人，还怕等待吗？

不过，传言，距离我们相聚还有不到一年的时间了。到时候，我们会说——两情若是久长时，怎能不朝朝暮暮？

1994 年 11 月 15 日

11月21—25日，我在省城中州宾馆，参加了"友兰写作中心"的培训，聆听了二月河、乔典运、周大新等文学大家的讲座，受益匪浅。

特别是他们对人生的思索、迷茫和困惑，散发着迷人的光芒；他们流露出来的对国家前途命运的担忧、思虑，发自肺腑，情真意切。其中一位作家语重心长地说：索尔仁尼琴之所以被公认为苏联最后的良心，就是因为他说过——文学，如果不能成为当代社会的呼吸，不敢传达那个社会的痛苦与恐惧，不能对威胁社会的危险及时发出警告，这样的文学不配称为文学的。

而我，想成为当代社会的呼吸，敢表达这个社会的痛苦与恐惧，希望对威胁社会的危险及时发出警告，可是对于走出象牙塔又走进象牙塔的我，既没有这样的阅历，也缺乏这样的能力和才气。

痛苦，其实就是想到和做到之间的鸿沟。

痛苦，还在于想得太多，而能力和阅历不足以支撑自己的梦想。

有一天，整日嘻嘻哈哈不知忧愁为何物，就像《射雕英雄传》里面洪七公那般看破世道人心的边老师到我办公室来，说：别看你平时笑眯眯的，其实你是个心苦的人

——想得太多，理想太大。

边老师一番话，说得我眼泪都要流下来了。

是啊，我为什么就不能像韩亚军、夏志丹他们几个那样，同流合污也好，随波逐流也罢，无思无想地，无忧无虑地，甚至无心无肺地过此一生？

世界上最舒适的姿势，难道不是随波逐流？

难道不是世人皆醉我更醉？

不伤感了。

其实培训班结束之后，我就想到你这里来的。可是，想到你对母亲的承诺，想起我俩的约定，我还是打消看你的冲动，强压住对你噬骨铭心般的思念。我多想不顾一切地来到你这里，徘徊在你的教室外面，下课了，你和同

伴从教室里面走出来了，说着，笑着，胳膊一扬一扬地打着手势，斑驳的阳光在你的发间跳跃着，你那若隐若现的酒窝闪着诱人的旋涡，好像能把我吞进去似的，我痴痴地跟在你的身后，魔怔般地跟在你的身后，后来，你偶一回头，看到我了，你吃惊地站住，你转身，向我走过来，刚拉住我的手，你的泪水便如决堤的河水一般涌了出来……

　　而泪水，也已然模糊了我的双眼……

1994 年 11 月 26 日

88

童话

传言啊，童话
其实
就是我们最美好的
想象
最浪漫的
憧憬
最纯真的
最温存的
最饱满的
世界

而这个世界
就是
我们
两个人的
童话

1994 年 12 月 4 日

89

无题

传言
你真狠心
把我的睡眠
欺负得
无地自容
你还派出那么多的梦
不停骚扰

1994 年 12 月 22 日

90

传言

传言　　想你了
我想你　柔肠寸断
我想你　愁肠千结
你知道吗

传言　　想你了
我想你　万水千山

| 111

我想你　天荒地老
你知道吗

我情愿　寸断柔肠
我情愿　愁肠千结
我情愿　万水千山
我情愿　地老天荒

我愿意等你
到海枯石烂
我愿意等你
到地久天长
我愿意等你
到永永远远
我愿意等你
到永永远远

　　传言，克拉玛依大火令人痛心。但是，咱们还是要从克拉玛依的大火中走出来，好吗？

　　传言，传言，记得你说过你能听歌识谱。谱一曲，如何？

1995 年元月 8 日

91

小　愉　儿

1=F 4/4

```
0 3 | 6 7 i · 7 i | 7 6 4 - 0 2 | 5 6 7 · ♯6 7 | 2 3 4 3 - 0 3 |
小　愉　　啊 想 你 了 我　想 你　　柔 肠 寸 断 我

6 7 i · 7 i | 2 3 2 2 - 0 i | 7 - 7 ♯5 5 5 | 6 - - 0 3 |
想　　你 愁 肠 千 结 你　知　道 吗　　小

6 7 i · 7 i | 7 6 4 - 0 2 | 5 6 7 · ♯6 7 | 2 3 4 3 - 0 3 |
愉　啊 想 你 了 我　想 你　　万 水 千 山 我

6 7 i · 7 i | 2 3 2 2 - 0 i | 7 - 7 ♯5 5 5 | 6 - - 0 6 |
想　　你 天 荒 地 老 你　知　道 吗　　我

2 3 4 · 3 4 | 3 · i 6 6 - - | 2 · 3 2 · 6 7 | 7 5 3 - 0 3 |
情　愿 寸 断 柔 肠　我 情 愿 愁 肠　千 结 我

6 7 i · 7 i | 3 2 ♯i 2 ˇ 2 3 | i · 6 7 · ♯5 | 6 - - 0 6 |
情　愿 万 水 千 山 我 情 愿 地 老 天 荒　我

2 3 4 · 3 4 | 3 · i 6 - - | 2 3 2 · 6 7 | 7 5 3 - 0 3 |
愿　意 等 你 到　海 枯 石 烂 我

6 7 i · 7 i | 2 3 2 - - | 7 i 7 - | ♯5 5 5 6 - 0 6 |
愿　意 等 你 到　　地 久 天 长　我

2 3 4 · 3 4 | 6 5 4 3 · 6 i | 2 · 3 2 · i 7 | 7 ♯5 6 - 0 6 |
愿　意 等 你 到　永 永 远 远 我

2 3 4 · 3 4 | 6 5 4 3 · 6 i | 2 · 3 2 · i 7 | 7 ♯5 6 - - ‖
愿　意 等 你 到　永 永 远 远
```

1995 年 1 月 14 日

92

有人问泰戈尔："什么事最容易?"

他说:"指责别人。"

有人问他:"何事最难?"

他回答:"了解自己。"

有人问:"何事最主要?"

他说:"爱。"

元好问"问世间，情是何物? 直教生死相许"的千古绝唱，发自肺腑，振聋发聩，道出了多少人的心声啊!

遇到你之后，其实四季还是那样，寒暑交替，日月轮回，只是因为有你，秋风温柔，骤雨也温柔；春花浪漫，冬雪也浪漫，所有的一切，都变成了自己喜欢的那个样子。

爱，在我，已经由世界上最美好的语言，变为最刻骨铭心的——思念!

传言，我——爱——你!

更——想——你!

1995 年元月 20 日

93

咏 莲 小 调

1=C 4/4

6	i.	7	3	3 — — —
荷	花	娃	娃	

| 6 | 5. | ♭5 | 4 | 4 — — — |
| 小 | 红 | 脸 | 儿 | |

| 4 | 3. | 2 | 7 | 7 — — — |
| 撑 | 着 | 一 | 把 | |

| 7 | 2. | ♯5 | 6 | 6 — — — |
| 小 | 绿 | 伞 | 儿 | |

| 6 | i. | 7 | 3 | 3 — — — |
| 将 | 头 | 露 | 出 | |

| 6 | 5. | ♭5 | 4 | 4 — — — |
| 伞 | 外 | 边 | 儿 | |

| 4 | 5. | 6 | 3 | 3 — — — |
| 它 | 要 | 亲 | 亲 | |

| 7 | 2. | ♯5 | 6 | 6 — — — |
| 小 | 雨 | 点 | 儿 | |

| 6 | 5. | ♭5 | 4 | 4 — — — |
| 它 | 要 | 亲 | 亲 | |

| 7 | 2. | ♯5 | 6 | 6 — — — |
| 小 | 雨 | 点 | 儿 | |

今天是元月27日，也是腊月二十七，这封信到你学校的时候，肯定已经新年啦，就把她作为给你的新年礼物吧！

1995 年元月 27 日

（九）

94

> 君问归期未有期，巴山夜雨涨秋池。
>
> 何当共剪西窗烛，却话巴山夜雨时。

这是李商隐的《夜雨寄北》。

他猜想着，洛阳的妻子想他了，定然在梦中遥问他什么时候能回去，然而归期未定，他也不知道什么时候才能相见，知道的只是现在秋雨连绵，池水不断上涨。其实他也期盼着能早日回到妻子的身边，共同剪着烛花，整夜不眠的，然后，再说一说他也在刻骨铭心思念着妻子的这一时刻。

这首诗字字泣泪，荡气回肠。

自古以来，有着多少生离死别啊！

出门在外的丈夫，既思念着家乡的妻子，担心着家乡的妻子，同时，又担心妻子为自己思虑难安，担惊受怕。

而更令人柔肠寸断的是，传言，据我们博学的教授讲，其实李商隐写这首诗的时候，他的妻子已经亡故了。他只是在这无尽的缠绵的夜雨中想到了自己的妻子，想象着她还在家中想着自己，等着自己，然后，回去的时候，再一起相拥在窗前，整夜整夜地倾诉着对对方的无尽的思念、眷恋……

1995 年 2 月 3 日

翠翠
绳传言

一

进入初中，翠翠自卑了。她忽然发现自己的知识实在少得可怜。她知道，初中毕业有高中，高中毕业有大学，即使大学毕业还有什么研究生哩！她有点理解"知识像汪洋"这句话了。汪洋就是大海洋，翠翠没有见过真的海洋，不过丽丽家里的电视上的海洋比庄东头的大池塘可大多了。自己的知识有门前的小溪那么大吗？翠翠托着腮，她想不明白汪洋与小溪的关系。

翠翠的话少多了。她总是用大大的眼睛瞅着老师，翠翠对老师羡慕极了。老师的学问真大，他讲课时不看课本也能讲得清清楚楚，他会弹许多歌曲，还总是看比语文课本厚得多的书。有一次，老师坐在住室门口看书，翠翠亲眼看到老师看着看着咧着嘴笑了，后来见到翠翠瞅着他，便假装咳嗽强掩了笑。翠翠知道，小伙伴们张着耳朵听爷爷讲故事时总是咧着嘴笑个不停，可是，老师看的书里，也有爷爷在讲故事吗？

二

"翠翠不小了，能帮家里干活了；再说女孩家，上学有啥用处？我不上学，不也一样……"妈一边翻弄着盘子里的菜，一边轻声说着。翠翠用大大的眼睛看了爹一眼，爹认真地很响地喝着稀饭。翠翠放下没有喝完的饭，拐过墙角，眼里酿的一汪眼泪被风一吹，便哗地泻满脸颊。

三

翠翠去学校拿书包课本的时候，看到老师仍坐在住室门口看一本很厚的书。老师的眼睛上蒙着一层泪光，难道老师也不能念书了？还是……翠翠好奇怪。

四

妈给翠翠买了两只小羊。翠翠总是把小羊拴在荒地里，独自坐在田埂上，凝望天空的一片云，半晌无语。远处学校的钟声响了，翠翠觉得钟声把自己浮了起来，在校园各处轻轻地飘着、飘着……

一次，几个上学的小女孩哼着歌曲从翠翠身边的田埂上蹦跳着走过去，翠翠便把眼睛随着她们的背影追去，思绪仿佛也随着那几个快活的女孩走去，直到妈的叫喊声从笼罩着暮色与炊烟的村庄传来，它才慢慢回到自己身边。

这天晚上，翠翠没有吃饭，钻到自己的小房间里，掩上门，把起了毛边的书本从床下的小纸箱里拿出来，如水晶球般的眼睛一页一页地荡着。小溪能成汪洋吗？翠翠想不明白，泪却涌了出来。

小愉儿，上面是我刚发表在《永州日报》上的一篇小小说。

这篇文章当然是有感而发。

《读者》1994 年第 12 期刊登有这样一组数据：我国至少有 1.8 亿文盲。其中青少年文盲占文盲总数的 30%。每年还至少有 200 万新文盲加入文盲行列。

我国尚有 500 万学龄儿童因为贫困不能入学，在校生中平均每年有 400 万名小学生流失。至少有 3000 万儿童没有读完小学便离开学校。

进入初中之后，情况并没有好转。小愉儿，你还记得我向你介绍过的我们学校的情况吧。初中一年级两个班，每个班有六七十人，初中二年级两个班，每个班五十多人，初中三年级合成一个班，大致为六七十人，到初中毕业的时候大致就五十多人。每年的学生人数不尽相同，但大致情况就是这样。从初中刚入校时的一百三十多人到初中毕业时的五十多人，除去转入县城等其他学校的少部分学生，基本上有一半的学生在初中阶段又流失掉了。并且由于农村普遍存在的重男轻女思想，使得女孩的失学率比男孩尤甚。

而科学早已表明，母亲是人类进步的阶梯。母亲，在一个家庭中，是处于灵魂地位的，可以说，母亲兴，则家庭兴；母亲衰，则家庭衰。

所以，当你教育一个男童的时候，你教育的只是一个男童；当你教育一个女孩的时候，你教育的是整个家庭和下一代。

小愉儿，将来如果我们条件许可的话，我们就建立一个什么机构，专门救助那些上不起学的女孩子，好吗？

1995 年 2 月 11 日

96

思念

思念
如
瓢泼大雨
而我的世界
已是
一片汪洋

亲爱的传言
我的心啊
始终在
奔往你的
路上
风雨前行

1995 年 2 月 20 日

97

普希金说：你最可爱。我说时来不及思索，而思索之后，我还是这样说。

而我要说：小愉儿，你最可爱。我说时来不及思索，而思索之后，我更要这样说。

1995 年 2 月 28 日

98

希望是你

太阳啊太阳\
天天照着传言\
多么希望我是你\
太阳啊

月亮啊月亮\
月月看着传言\
多么希望我是你\
月亮啊

风儿啊风儿\
时时吹着传言\
多么希望我是你\
风儿呀

雨儿呀雨儿

常常淋着传言

多么希望我是你

雨儿呀

1995 年 3 月 9 日

99

希 望 是 你

1=♭E 3/4

多希望　我是　你　我是你

1995 年 3 月 17 日

100

传言，前天实习结束返回学校，今天又该我返讲了一遍，总算又了却了一桩心事。

派遣证大致在五月中下旬发放，我已经把你的市县报给了学校，毕业的时候，学校就会把我直接派到你那里去。

老师一再告诫我们要慎之又慎，慎之再慎，因为"一派定终身"。随后想再去调动特别是跨市调动的，难于上青天；有此想法的人，可以说是痴心妄想；把这种想法说出来的人，无异于痴人说梦。

真是的，这有什么可谨慎的。你那儿，不是我盼之又盼的地方吗？签派遣证去你那儿，不是我梦寐以求的时刻吗？

我们终于就要在一起了。

而现在，我又要开始肆无忌惮地想念你了。

那么，就让我为所欲为地想你吧！

1995 年 3 月 26 日

101

> 荷花娃娃，小红脸儿；
>
> 撑着一把，小绿伞儿；
>
> 将头露出，伞外边儿；
>
> 它要亲亲，小雨点儿。

由最初的若隐若现，到后来的逐渐清晰，随着一阵优美的旋律，从荷叶深处划出一条小船，划船的是一个一二十岁的姑娘，穿着红衣裳，绿裤子，宛若天仙般地立在船头，水里边，一叠一叠的金黄在船周边跳跃，在涟漪间摇曳，满天的彩霞着了火似的，染红了整个天空。

那个姑娘看到了我，没有"笑入荷花去，佯羞不出来。"而是向我飞快地划过来，近了，近了，她跳上岸，双手急切地摇着我的双臂，惊喜地问道："传言，传言，你怎么来啦?"是啊，我怎么来了呢? 我怎么来了呢? 醒了，回想着梦中的一切，幸福的泪水盈满了我的眼眶。

1995 年 4 月 4 日

102

有些话
王蒙

一些话我想对你说
始终没有说出，
那就不说也罢。

一些信我曾想写给你，
始终没有寄出，
那就不寄也罢。

我有一些眼泪，
始终不想流出。不!
也许它们会变成诗和
小说，让你惦记让他
猜测不已。那就
惦记和猜测去吧。

无意中，我用带槽的塑料尺子罩住了一只小小的飞虫。透过尺子，我看到它着急起来，在槽中左冲右突，企图寻找一条生路。几分钟下来，8 毫米宽、20 厘米长的尺槽已被它小小的身躯量了无数遍。后来，似乎是精疲力竭了，速度已远远不如先前的快，但可以看出，它仍在努力摆脱困境。我相信，它一定会坚持到最后一口气，直到最后的一线希望彻底破灭。

我想到了一幅画，是一粒被埋在周围是"阻力"的十分艰难环境里的种子，经过很多很多的磨难，终于向太阳展示了它成功的骄傲。

而现实生活中，人们都能冲出重围？

（写到这里，那只小虫子已是一动不动。我扼杀了一条生命，真惨！我呢，会被扼杀掉吗？）

1995 年 4 月 12 日

103

向我走来

1=♭A ⅜

1995 年 4 月 21 日

104

二十世纪五十年代，美国约翰·霍普金斯大学科学家库特·里希特博士看着实验室里的老鼠，心里突然升起一个大胆的想法——把老鼠丢进一个爬不上来的桶里，桶里装着水，老鼠在桶里究竟能够坚持多久而不被淹死呢？

里希特选了一只壮硕的老鼠丢进了装有水的内壁光滑的桶里。老鼠顺着桶边不停地游着，一分钟，两分钟……十分钟过去了，老鼠已精疲力竭，越划越慢，脑袋也不时沉入水中，然后用力地冒上来。里希特坐在旁边看着它，没有任何要捞它起来的意思。

十四分钟过去了，老鼠已经游不动了，但还浮在桶边，艰难地把口鼻伸出水面。

到十五分钟的时候，老鼠终于放弃挣扎，向着水底慢慢沉去。直到这个时候，里希特才把它捞了起来，用毛巾帮它擦干了皮毛，放在了一只笼子里，而这只老鼠，缩在笼子的角落里瑟瑟发抖。

几分钟后，里希特再次把它拎起来扔进了桶里。这只可怜的老鼠只好再次游动起来，一边游，一边眼巴巴地看着里希特，期望他把自己捞起来。

很快，15 分钟过去了，老鼠仍在游着……

20 分钟过去了，老鼠仍在游着……

30 分钟过去了，老鼠还在坚持……

40 分钟，老鼠没有绝望……

里希特大为惊奇，又找来 5 只桶，装上水，把另外 5 只老鼠也扔了进去。

这些老鼠也和第一只一样，坚持了十多分钟，平均约 15 分钟就放弃了，沉入水底。

里希特同样在它们快要淹死的时候把它们捞起来，擦干休息几分钟，又把它们扔进了桶里。

试验的结果是我们无法想象的，这些老鼠一直在水中努力游着，不让自己沉下去，一直到黑夜来临，太阳升起，黑夜再次来临，太阳再次升起……

平均 60 个小时左右，它们才再次绝望，沉向了水底。

15 分钟和 60 个小时，相差整整 240 倍，这不仅是求生的欲望，这更是希望的力量，是在它们绝望时把它们捞起来的那只手所激发出来的"希望"。正是这种希望，充满坚韧，充满力量，创造了奇迹。这个试验也成了著名的"希望实验"。

可是如果注定没有希望呢？

1995 年 5 月 1 日

105

雅斯贝尔斯认为：教育本身意味着一棵树摇动另一棵树，一朵云推动另一朵云，一个灵魂唤醒另一个灵魂，未能引起人的灵魂深处的变革，它就不能成为教育。斯普朗格认为，教育最终的目的，不是传授已有的东西，而是把人的创造力诱导出来，将生命感、价值感唤醒；马克思则认为，教育绝非单纯的文化传递，正是在于它是一种人格心灵的唤醒。

法国著名物理学家郎之万，曾向学生提出一个问题：为什么盛满水的杯中放入一条小金鱼，水不会溢出来？

学生听到这个问题一脸疑惑，心想这个问题中肯定蕴含了深刻的科学道理。于是，学生们给出了千奇百怪的答案，有人回答是这条鱼喝了杯中的水，有人回答是水的密度和温度在特定条件下产生了影响，回答越来越离谱。

最后，郎之万说，其实这个问题是个伪命题，盛满水的杯中放入一条鱼，水当然会溢出来。之所以这样提问，是想让大家明白一个道理：科学没有真正的老师，唯有实践才能出真理，我们对待一个问题的看法，经常因为场景化而导致思维固化。

哈佛大学的心理学家罗伯特·罗森塔尔随机地把小学生分成人数相等的两组，然后罗森塔尔告诉老师们，一组是由学习很快的学生组成，而另一组只是普通学生，事实上两组的构成是一样的。

一年以后，当对比两组学生所取得的成绩时，罗森塔尔发现，被认为是

"快速学习者"的成绩远远超出了"普通"学生。他们在学业成就上差别很大，是因为老师给出的期望值不同——他们对待那组学生的态度就好像他们真的很出色，而学生的表现也正如他们所期待的那样，表现出聪明博学的胜利者该有的样子。

每个学生，都需要被看见，被认可，被肯定。对学生，最大的否定是无视，是漠然。

看见、认可、肯定，能创造奇迹。

两个相爱中的人，不正是这样吗？

他们就像一座山凝望着另一座山

一条河思念着另一条河

一阵风吹动着另一阵风

一颗星注视着另一颗星

一份爱带动着另一份爱

……

1995 年 5 月 9 日

106

会不会

会不会为我

还牵肠挂肚

会不会把我

还放在心上

会不会想我

还泪流盈眶

会不会依然

爱我如故

传言，再谱一曲，再谱一曲，好吗？

1995 年 5 月 20 日

107

会 不 会

1=♭A 4/4

会　不会为我　　还　牵肠　挂肚

会　不会把我　　还　放在　心上

会　不会想我　　还　泪流　盈眶

会　不会依然　　爱　我如　故

会　不会为我　　还牵　肠挂　肚

会　不会把我　　还放　在心　上

会　不会想我　　还泪　流盈眶　还泪　流盈　眶

会　不会依然　　爱　我如　故

会　不会依然　　爱　我如　故

1995 年 5 月 27 日

108

我衷心地感谢你
日本电视剧《血疑》主题曲

你的痛苦这样深重
都是因我一身引起
我的苦果我来吞下
请求你能够原谅我

我还求你从今以后
完完全全把我遗忘
希望你珍惜自己
迈步走向阳光

秋风紧紧吹树叶枯黄
一片一片凋零
分手时刻　令人心醉
一分一秒临近

我爱笑
我爱流泪
我爱闹又任性
只是自从和你在一起
温柔清泉滋润我心田
（我衷心地感谢你）

还有多少时候

我能得到你的爱

还有多少时候

我能活在你身边

1995 年 6 月 4 日

109

距离我们团聚的日子越来越近了。这一个时期，你成了诗人，我成了乐者，不管水平高低，这些诗和歌曲，都是从我们心底流淌出来的最美的乐章。

《我衷心地感谢你》这首歌曲悦耳动听，尤其是其中几个升降音的处理非常巧妙，真是妙不可言啊！

《血疑》结尾，幸子意识到自己即将死亡，为了不让亲人们悲伤难过，她振作起精神，与亲人们一一愉快地告别，然后，她与光夫一起乘着游艇出海，在光夫的怀抱中安详地离开了人世。剧情令人荡气回肠，使人久久难以平静。

小愉儿，就要发派遣证了吧，我是不是应该过去见见你的母亲，毕竟让她心心念念的女儿到千里之外，放在谁身上，肯定都会有千般的不舍和万般的牵挂呀！

不过，她可以绝对放心的是，我们一定会成为世界上最幸福、最恩爱的那两个人。

爱情是相互的，既然你愿意为我迈出关键的这一步，那么我会坚定走好那随后的九十九步；你为我走了这千里路，那么我一定会走好属于我俩的万里征程。在爱情面前，你流露出一丝丝的勇敢，我定然会勇往直前；你擦燃起一根火柴，我定然会点燃起满天星斗。

团聚的日子终于就到眼前了，我好高兴啊！

小愉儿，你呢？

不是吗？难道不是吗？

1995 年 6 月 12 日

110

传言，有一个情况，一个多月时间了，我一直不知道该怎么告诉你。

我俩是交往了四年多的无话不谈的朋友，我想还是实话实说吧。去年，我母亲所在学校校长的儿子大学毕业之后分在了我们襄城市政府办公室工作，他比我大四岁，我们从小就在一个校园里面长大，时常在一起玩耍，也可以称得上是青梅竹马吧。他最近一个时期不断来学校看我，节假日经常请我吃饭、看电影、逛书店、轧马路。毕竟是在大城市上过大学，又分在大机关工作，举手投足间既有知书达理的儒雅风度，也有见多识广的气派自信，说白了吧，我对他也颇有好感。加上校长伯伯也托人向我母亲提媒，我妈当然很高兴就答应了——这样，我顺理成章能留在市区（学校 5 月 20 日发派遣证的时候，我的自然而然就已经发到襄城市了），比起乡下那艰苦的环境，自然是优越多了。即使以后有了孩子，他们也能够在好的环境中接受好的教育。我妈说我，一个人生活在社会上不能太自私了，就算不考虑自己，最起码上要顾及老，下要顾及小。仔细想想她说的也不无道理，马上就要大学毕业，再不是过去少不更事的小姑娘家，也确实该想想未来了。

传言，你的岁数也不小了。27 岁，不说你在乡下教学，即使在县城，也属于大龄青年了。这几年，母亲学校也分过几个中师生，大多都是二十一二岁，二十三四岁就结婚成家了，你的那一届同学大概就剩你一个人了吧，况且还有那么多关于你的谣言，传言，不要再不切实际地瞎想了，怎么过都是一辈子，找个女孩成婚吧。你这么有才华，喜欢你的女孩肯定不少，对了，前年实习的那个姑娘不知怎样，再打听打听？

传言，我是大大咧咧、疯疯癫癫的性格，有时还是人来疯，胡言乱语的，胡说八道的，说话没有深浅，不知轻重，若有说得不对的地方，你只当我小女孩不懂事，原谅我吧！

再有十几天我们就要离校了。我的男朋友他心眼小，不喜欢我和其他男孩交往，我想等我大学毕业之后，我们还是不要再有来往了。过去的，只当是一场梦，梦醒了，难道我们还要沉溺在梦中吗？

我相信理智、睿智的传言一定能早日找到属于自己的真爱的。

祝

一切都好！

1995 年 6 月 19 日

111

忘 记 你 吧

1995 年 6 月 26 日

第二章 **02**

人生倏然已是秋

（一）

人在酒场

壹

"好人"好喝酒。忙时自然是加班加点，废寝忘食。闲暇之时，则不论身份高低，不论酒好坏，只要没有特殊事儿，逢请必到。他一日醉眼蒙眬回到家中，看到一个朋友正和妻子在胡侃，恍然之间还以为是在闹酒。朋友本知他在外喝酒，想他妻子一人在家中寂寞，想来"填空"。妻子是个开朗人，本不在意。朋友便得寸进尺，自以为乱得有些意思，忽见他进来，做贼心虚，做色鬼也心虚，一时怔住，尴尬之际往外走。谁知他急跟出来，手里还拿着一柄雨伞。朋友更加慌张，只听他道："你没有看见正下着雨吗？把伞拿上！"朋友吃惊之余，激动地握着他的手说："你真是个好人呢!"

"好人"这两日忙着一个急材料，正是寝食难安，茶饭不思。这天下午材料杀青，他从头至尾细看一遍，自我感觉妙笔生花，恨不得拍着自己的肩膀狠夸几句。分管主任是办公室主任中唯一不懂材料的人，正因为不懂材料，所以分工时才让他分管"好人"这个材料硬实的科室。主任皱着眉头很仔细地看着"好人"的材料，一边还拿着笔在两个词的下面很认真地画上一条线，然后严肃地对"好人"说："辛苦了"。

"好人"回到办公室便给老涂打电话。手机刚要通，老涂便恶狠狠地说："忙。""好人"哈哈笑着："你忙你的，安排好就行。"老涂无可奈何地说："好吧，早晚要喝死你。""好人"和老涂是同学，"好人"虽然在首脑机关，但安排个酒场还得找事管局，不像老涂在土地局当办公室主任，吃喝拉撒的，官虽不大，权却不小，安排几个私宴实属小菜一碟。

倒上一杯茶，"好人"便盘算着约谁。材料虽说以自己为主，但科里的两个小伙计这两日也跟上跑下，有活同干，有酒同喝，自然是要喊上的。此外，刚才看到"常务"在办公室，也可以邀请一下。正在思量，电话响起，原来是县委副书记老冯找他。这冯书记是从基层一步步干上来的，对办公室的弟兄们非常理解和体谅，特别是认为"好人"人老实，工作敬业，对"好人"更是高看一眼，厚爱一分，知办公室的弟兄们平时清苦，遇有一些应酬接待，便找"好人"服务，今日便是让"好人"陪客的。冯书记平易近人，"好人"本就乐得为他陪客，自然满口答应。急忙中还不忘往清真楼打个电话，说老涂安排的还算数，不过要推到明天。可喜的是还没有给两个小兄弟和常务约，自想着有明天补偿，因此也不用多费口舌，急往宾馆赶去。

不料这晚陪的客人非同寻常。主客据说是本县在外知名人士，举手投足之间都是见过大世面的自信和随意，带着的女秘书也是气度非凡，嘴红得像猴子屁股一样，且口若悬河，一听就知是非常有学问的人，至少上到小学毕业。据主客说在省城混得非常不一般，平时在一起玩的厅长处长都有好几个，说起省里某主要领导也是老某老某的非常熟悉。许多市县的主要领导也都在一起喝过酒，且不止一次。据成功人士介绍，随着年龄的增长，思乡的情结也越来越重，有时压得晚上都睡不好觉，"哎——"成功人士叹口气，加重口气继续说："加上钱有多少够花呢"——女秘书抢过话头："可不是，手中的钱足够孙子的孙子花了，还不是一般的花法，得放开了花。"成功人士接过话头："因此，想回来看一看，同时看看能为家乡做些什么贡献"——成功人士停顿了一秒钟，"这次回来呢，也没有什么可捎的，有一个老领导给了两盒茶叶，也不是什么最好的——"看了女秘书一眼，女秘书急忙说："已放在领导的车上了。"冯书记从坐到餐桌上除了点头和是是，一直在听成功人士和女秘书唾液四溅，此时难得抓住这个机会，岂肯放过，急忙抢过话头，一边端起酒杯，一边说："太客气了，喝酒喝酒。"

本地喝酒的规矩是先酒过三巡，然后依陪客者身份依次敬酒，不料凡成功人士大都是不按常理出牌的，一听说开始喝酒，成功人士便拿过酒瓶，开始致辞，中心意思是尽管本人常年不在家，尽管冯书记不是本县人，但听家乡人民说了，冯书记德高望重，功勋卓著，能来本县工作，是本县之幸，百姓之福，要代表家乡人民给父母官敬个酒，这也是此次专程回来拜访的主要原因。"好人"听得真是又佩服又着急。佩服的是不愧人家是成功人士，真是出口成章，口若悬河；急的是"好人"虽好喝酒，但喜欢的是几杯酒下肚后的那种醺然的感觉，喜欢的是至交几人海阔天空、天马行空般的那种情趣，不料今天晚上坐了一个多小时，酒没喝上一杯，连话也没能插上一句。冯书记虽说脾气好，此时也有点沉不住气，想速战速决，加上本身也有点酒量，因此也不提酒场规矩，与成功人士连碰了几杯。"好人"虽说平时有点二糊，此时也已看出端倪，抢过酒瓶，代表家乡人民要给成功人士接风以及为成功人士报效桑梓表示感谢。成功人士不但事业成功，酒量也非常成功，直到与"好人"分了近一瓶，才坐在那里对着空气点头微笑。冯书记正准备交代上饭，女秘书霍地站了起来，自己先倒了半瓶，要和冯书记干杯。"好人"早站了起来，抢过冯书记面前的酒杯，大着舌头说："咱两个秘书对秘书，今天不把你撂倒，我就不算真爷们。"女秘书见过世面，撇嘴道："不一定谁撂倒谁。"拿起酒杯一饮而尽。

"好人"东倒西歪回到家中，晃着身子认真地问妻子："好朋友呢？"妻子红着脸说："不知道。""好人"说："伞没拿来？"妻子粗口道："去他妈的，不要了。""好人"认真地看着妻子问："真不要了？"妻子哭丧着脸说："真不要了。"

"好人"快睡着的时候，印象中只有成功人士不断地贴在冯书记耳旁说："只要把这个项目给我，我也不是不知好坏的人。""好人"想：管球你是啥人，老子是要睡觉了。

贰

"好人"昨天喝过了头，上午半天一直像吃了药的老鼠，快到下午下班才感觉稍微好了一点，正盘算着晚上去清真楼继续战斗，只听有人大呼小叫地闯了进来："好人呢，可想死我了。""好人"一看是"尖朝外"，便冷冷地说："有话快说，有屁快放。""尖朝外"也不介意，自己倒了一杯水，坐在"好人"对面，觍着脸说："晚上没处吃饭。""好人"喜出望外地说："正巧我晚上来几个老乡，安排在宾馆政清园，晚上你和我一起陪客好了。""尖朝外"眉开眼笑："那你先忙，晚上我一定去。"

"尖朝外"与"好人"当年一起在一所乡村初中教书，两人当时都是二十出头，正是心高气傲、目空一切的年龄，又共同爱好文学，便经常在一起激扬文字，愤世嫉俗。一日，"尖朝外"课余到校外闲逛，见学校附近一老太太抱着一个婴儿倚着院墙在晒太阳，一时心血来潮，走过去说："让叔叔摸摸鸡鸡。"老太太笑着说："咱们是女孩子，哪有鸡鸡?""尖朝外"反应快，接着说："没有鸡鸡咱栽个鸡鸡。"说笑了两句，看看上课的时间快到了，"尖朝外"便回到校园。上了一会儿课，"尖朝外"脑子里"轰"的一声，心想，人家是个小女孩，我却说给人家栽个鸡鸡，这算怎么回事吗? 于是让学生们自习，自己急忙走出来，结结巴巴地对老太太说："我刚才说的栽个鸡鸡指的是尖朝外栽。"老太太本不在意，"尖朝外"一解释，老太太脸色大变，直堵住校门口骂了"尖朝外"两天才算了事。后来县委办公室招人，两人因为都在报纸上发表过几篇豆腐块，便一起被选到办公室。一天领导安排"好人"写一篇作风建设方面的讲话，正好前两天"好人"到"尖朝外"的办公桌里找烟抽，无意间看到有一篇外地作风建设的文章，上面还有"尖朝外"的圈点、批注，正所谓天下文章一大抄，看你会抄不会抄，于是便向"尖朝外"要，不料"尖朝外"认真地想了想，说没有。"好人"过去自我感觉与"尖朝外"好得除了媳妇分其他什么都不分，自此对"尖朝外"画上一道，虽还在一起玩，但心中的亲近感茫然无存。

"好人"看着"尖朝外"走出去，便喊上科里的两个小伙计，约上"常务"，往清真楼赶去。老涂知道"常务"到场，早约上分管办公室的副局长等在房间，正在寒暄让座，便看到"尖朝外"笑容可掬地跟了进来，"好人"没好气地说："不是让你到宾馆陪客的，跑这里来干啥?""尖朝外"低声下气地说："少坐一会儿就去。"也不等让，拉过一把椅子在偏下位便坐了下来。

此酒场纯属闲玩，"常务"和副局长虽说算个官儿，但几个人在一起也不是一次两次的了，本就是"酒精考验"出来的朋友，加上又是周末，喝酒便都有点一醉方休的慷慨与豪放。几杯酒下肚，都感叹这些年国家发展快，现在想喝酒就喝酒，想吃肉就吃肉，不由自主都忆起小时候的苦处。常务说有一年开学没钱交学费，逮了家里养的两只鸽子，想卖个好价钱，跑了几十里到市里，谈好了八毛钱，谁知打开笼屉取鸽子的时候鸽子却飞跑了，饿着肚子跑到天黑才回到家中。说到这里，"常务"的眼圈子都红了。副局长说村里有个退休干部每逢吃捞面条便圪蹴在大门外，筷子把面条挑得老长，惹得一群小孩子咽着口水围着看。"好人"说小的时候不懂事，想买零食却骗爷爷说要买作业本，爷爷也没有钱，只好把一对喂大的家兔逮到集上卖，要两块三，买兔子的人只给一块八，然后作势要走，"好人"抱着人家的腿不让走，最后只好一块八成交，如今生活好了，爷爷却不在了。老涂说有一次妈妈做北瓜糊涂面条，非常好吃，自己一下子吃了三碗，却不知道妈妈一点也舍不得吃。"尖朝外"说小时候跟着爷爷上老北山拉柴，一车柴只能卖两块钱，后来爷爷累病了却说什么不舍得上医院，直到病死。两个小伙计都是80后，从小就知道便后洗手，听一群老家伙泪汪汪地忆苦思甜没个头，苦于在座的都是领导，只得跟着呵呵傻笑。

说一阵喝一阵，喝一阵说一阵，酒场早进入胡言乱语阶段。只见"常务"和副局长头抵着头，表情严肃地说着话。两个小伙计不胜酒力。一个低着头自言自语，另一个目光热切地看着半空，口中念念有词，不知正在和谁进行心灵的碰撞与交流。"尖朝外"面若桃花，冷不丁站起来大声说："我小的时候好打架。"话音刚落，"好人"抢过话头认真地说："绝对是真的，尖朝外想当年冬天没有棉袄，上牙和下牙经常打架。""尖朝外"红着眼说："你看不起我？"好人不动声色地说："看不起你的人多了，我算老几？"此话一出，全场哄堂大笑，连正在低头自言自语的小伙计也抬起头呵呵傻笑。"尖朝外"气得直吹气，要和"好人"斗酒，"好人"自豪地倒了两大茶碗，在大伙的喝彩声中与"尖朝外"碰了一下，一饮而尽。

回到家中，不知道为什么和妻子吵了一架，又把孩子打了一顿，便晕乎乎地睡着了。

叁

　　早晨醒来，看妻子和孩子都冷着脸，知道酒后又惹祸了，也顾不得头痛，急忙觍着脸直道不是。孩子红着眼圈说："爸爸，以后喝醉了不要再和妈妈吵架了。"妻子恨声道："好不容易过个周末，孩子盼星星盼月亮地盼望你早点回来，谁知道你回来就找事，孩子没有说你两句，你居然把孩子打了一顿。""好人"小时候经常挨父亲的揍，总想着等自己有孩子了一定让孩子有一个愉快的童年，因此孩子都十岁了，平常在孩子面前连句狠话都没有说过，不料酒后竟然把孩子打了。"好人"懊悔得无以复加，便狠狠地打了自己一耳光，拉着儿子的手，流着眼泪说："对不起对不起。"孩子此时方委屈地抱着"好人"大哭起来。

　　妻子送孩子去辅导班学习去了，"好人"走进书房，翻看着自己过去在报刊上发表的文章。刚毕业的时候，"好人"不会抽烟，不会喝酒，学生们上自习课的时候，"好人"便或坐在讲台上，或坐在教室门口，看钱钟书的文章，看沈从文的文章，看三毛的文章，看龙应台的文章。晚上便在住室里写呀写呀，写着写着便被自己文章里的人物所打动，有一天晚上，一口气写了一篇文章，写到结局的时候，自己便被感动得泣不成声，后来这篇文章果然被加"编者按"发在地区日报上。调到县委办公室工作之后，整日忙于公文写作，加上后来应酬越来越多，不说写了，即使看也很少看了。正感慨着岁月荏苒，"油菜花"打来电话，说中午和老涂几家人在一起闲坐坐。"油菜花"当年在部队当兵，休假回来和母亲一起到地里干活，用普通话说："妈妈，漫山遍野的黄色的花是什么花呀？"本地常年种油菜，正是大人小孩无人不知无人不晓，不料儿子出门一年，不但油菜花不认识了，连本地话也不会说了，一耳光打过去，儿子急忙用本地话说："知道知道，是油菜花。""油菜花"姓邱，叫邱大有，从部队转业回来，分在县委办负责后勤接待工作，自然是八面玲珑，特别善于指山卖帽，拉大旗扯虎皮，时间久了都知他的为人，一次办公室阅人无数的老副主任赵叔说：张王李赵邱，鼋鼍蛟龙鳅，江淮河海沟，虎豹犀象猴。大家听了一致认为入木三分。今天约在一起闲坐坐，就是几家人聚在一起吃饭喝酒。说闲坐坐，有时候是真闲，没有任何事情，纯粹的闲玩；有时候是找人办事，却不明说，请客的、吃请的心照不宣，就像不善作文的学生，郊游时心花怒放，事后都有篇作文在等着那样。在"油菜花"这里，请你吃个饭和找你说个事，就像狗仗人势和狐假虎威一样，是个同义词。"油菜花"虽说学问不高，但人情世故老练得像得了道的高僧，本是为一座临时建筑想找土地局说人情，却不明说，约上妻子儿女，便显示出朋友般的亲近。"好人"本想推辞，但考虑到来客安排什么的要经常找"油菜花"，加上妻子孩子也能跟上油水一顿，便答应了。

不料等妻子中午回来一说，妻子冷着脸一口回绝，无奈又低声下气地求了一番，从同事间的关系说到朋友间的相处，又保证中午不多喝酒，妻子才勉强答应。"油菜花"不愧是酒坛高手，对老涂和"好人"的爱人虽说是第一次见面，但一口一个嫂子，亲热得像拥有几十年交情的老朋友一样，称呼自己的妻子和孩子，则一口一个你弟妹、你侄子，还说自己是"妻管严"，在家大活小活全是自己干，大家小家全是妻子当，即使如此，还经常跪洗衣板，劝酒更是一套一套的，把几个平时不大喝酒的女同志也喝得面若桃花，老涂和"好人"更是舌头发硬，走路拐弯、尿尿画圈了。孩子瞪着惊恐的眼睛看着已经喝醉了的"好人"大腔大调地划拳猜枚。

回到家中，孩子躲在书房里写作业，妻子语重心长地在教育"好人"。妻子还没有说两句，"好人"已经鼾声如雷。

肆

睡到四点多方才醒来，看手机上有几个未接电话，都是狐朋狗友打来的，也不敢回电话。拿来一本书看了一会儿也不知所云。妻子上楼来，脸上是强装出来的冷色，说："爸晚上让你去陪个客。""好人"为难地说："实在是不敢再喝了。"妻子脸色微变道："与外人喝得死去活来，办正事不敢喝了？""好人"怕引起内乱，急忙说去去去。

晚上是陪岳父老家邻村的村长，这村长为老家建庙来拉赞助的，据说已经得到了在外知名人士的大力支持，连下岗人员都捐了不少钱。岳父听得热血沸腾，正要表态，被"好人"在桌子底下轻轻地踢了一下，便不再吭声。"好人"热情地劝着喝酒，一边说着前天和他们镇党委书记在一起喝酒的情况。这村长也是见过些世面，不温不火地说前天晚上正是和书记在一起喝酒的，不知道你们中午在一起。"好人"本想着自己在县委办公室工作，和书记乡镇长接触较多，想诈他一下，不料人家前天正好在一起，好在本地所说的前天是虚指，也有前几天的意思，并不仅指昨天的昨天，只得顺水推舟地说："中午没多喝。"村长一役胜利，乘胜追击，说起本村在外人士，原来不是一般地多，实在如宋丹丹在小品里所说的那是相当地多，有在检察院当科长的，有在纪检会当常委的，有给局长开小车的，还有在乡里当副乡长据说马上就要当正乡长的。村长喝了一口茶，继续介绍着，中心思想是该村不仅仅有这些人物，还有该村的亲戚在省里当处长经常和省里领导一起喝酒的，在市里做大生意每年都挣好几万以及邻村如岳父这样的人物等。村长郑重地说："村长虽不是什么大官，但是既然干了，也想着为官一任，造福一方，想实实在在为家乡人民办点事。本村的这个庙虽小，但非常灵验，荫及周围很多村，要不能出这么多的人吗？现在趁着自己干村长，集社会各界的力量，把庙好好修一修，一呢，为在外的人员增福添寿，再一个呢，也保一方平安，护一方祥和。""好人"想中国的人才真是太多了，村干部说话都是一套一套的，直佩服得五体投地。

"好人"为了早点结束战斗，端起酒杯要给村长敬酒，村长拿起茶碗，说："我是个粗人，不像你们文人会品酒，用碗吧。"本地说文人，有时有书呆子之意。"好人"心中有气，又不能表露出来，便也端起茶碗，强打精神与村长碰了两碗。

两碗酒下肚，"好人"感觉胃里翻江倒海，装作上厕所，直吐得涕泪横流。"好人"吐完了，洗了一把脸，回到酒桌上，装腔作势地说：来，继续喝酒。村长看好人戴着一副眼镜，文文气气的，本想着他喝不了多少酒，端起茶碗本就是想给他一个下马威，别拿豆包不当干粮，更不能拿村长不当干部，两碗酒下肚，村长肚子里早火烧火燎地难受，不料好人不但敢用茶碗对干两碗，而且还敢再喝。急忙大着舌头说："实在是不敢再喝了。"又认真地对着岳父说："我小老弟是个人物，将来必成大器。""好人"不料两碗酒便使自己从书呆子变成了人物，便也装作人物似的对村长说："在宾馆给你安排个房间吧。"村长半推半就地说："不用了吧，我随便找个住处算了。""好人"掏出手机，故弄玄虚地用命令的口气说："油菜花，给我安排一个房间。"打完电话，用不经意的口气对村长说："在宾馆305房间，你去就说是县委的客人就行了。"村长对着岳父说了十来遍我小老弟将来必成大器的话，又拉着"好人"的手一再说让抽时间到村里来玩，方一摇一晃地去了。

回到家中，醉倒不大醉，只是说不出来地心慌难受，又呕吐了两次，然后像个受了重伤的狗一样躺在床上哼叽着。妻子因为中午喝酒时在场，晚上又是为自己家陪客，此时见"好人"死去活来，只是心疼得直垂泪，又是倒水又是擦脸的。孩子钻在被窝里，瞪着眼睛，表情复杂地看着爸爸。

伍

第二天醒来，"好人"比吃了药的老鼠还难受。躺在床上难受，起来还是难受；妻子过来说话难受，妻子不理自己走开了还是难受；口渴得难受，喝点水又呕出来更加难受。后来勉强喝了妻子找医生买来的两支葡萄糖，又狗一样哼哼唧唧地转转躺躺，躺躺转转，直到晚上，才喝了一点稀饭。

周一上班来，仍是无精打采。同事看"好人"气色不对，关切地问他原因，"好人"不好意思说自己醉成这样，只说吃坏了肚子泻了两天，已经好多了。刚坐下来，"油菜花"气势汹汹地跑来兴师问罪，原来是村长住到宾馆之后，呕吐了一地不说，还把烟头乱扔一通，把地毯烧了好几个洞，服务员被罚了200元，知道是油菜花安排的客人，找到"油菜花"哭哭啼啼，"油菜花"没办法，从自己腰包里掏了200元，然后来找"好人"出气。"好人"急忙从口袋里掏出200元，"油菜花"一边说着咱弟兄们谁跟谁，一边接过200元塞进口袋里。"好人"简明扼要地用春秋笔法介绍了岳父老家村长来要捐款而被自己灌醉以及自己舌战村长而使村长对自己佩服得五体投地的经过。"油菜花"早没有了前天中午请老涂吃饭时的那种圆滑老到，不耐烦地说："捐款没有？""好人"不知道说捐了好还是没有捐好，只好说自己过去的时候村长已经到了，加上中间自己上厕所，不知道捐没捐。"油菜花"顿足说："早知道是这家伙就不安排了。"原来"油菜花"正是本乡人，当地人都知道这个村长，整日到本村在外人员以及本村亲戚中在外人员那里，今天说建校，明天说架桥，后天说修路，在外人员见家乡父母官来了，刚开始都是好吃好喝招待，还都无一例外地送上一笔捐款。后来回家一看，校没建，桥没架，路没修，在外人员互相一打听，原来都捐了不少的建校款、架桥款、修路款，自此便对他爱理不理，大概是本村骗不来了，如今开始拓展业务，向外村人要效益了。"好人"听了"油菜花"的介绍，心想怪不得村长对在外人员的情况这么清楚，欣慰的是提醒岳父没有捐款，可气的是陪着这种人把自己喝得死去活来不说，还贴进去 200 元钱。送走"油菜花"，兀自懊悔不已。

坐了一会儿，看下班时间快到了，正准备收拾回家，"尖朝外"走了进来，说："老谋深算"回来了。这"老谋深算"姓牟，叫牟得胜，原来在县纪委工作，几个人当时都是小青年，又都没有结婚，便经常在一起玩，互相之间老牟老张老李地喊着装成熟，隔一段时间便打平伙在一起喝酒。这老牟经常负责收钱结账，时间长了才发现他结账之余经常能回扣一盒烟，便都笑骂他"老谋深算"，"老谋深算"也不在意，只是得意地嘿嘿笑，下次类似活动"老谋深算"还是积极地收钱结账。有一次走到饭店门口，碰上"好人"的一个初中同学，便邀请进去一起吃饭，"老谋深算"偷偷地把集资款交给"好人"，因为平时在一起闲聚，酒菜都比较随意，今天有客人在场，肯定要多两个菜，多一瓶酒，"老谋深算"知道自己管账不但落不来一盒烟，还要赔钱，由于是"好人"的同学，所以自然由"好人"包场。后来"老谋深算"通过一个关系脱产两年到中央党校进行学历教育，在学习期间经常到一个本地在京工作的老领导家中，日久生情，后来老领导居然以生活秘书的身份把"老谋深算"调到北京，据说现有已经是处级干部了。如今"好人"听说"老谋深算"回来，本想好好地聚一聚，但一方面自己实在难受，另一方面"尖朝外"找到自己，肯定是想让自己安排，因此"好人"说："回来就回来了，有什么大惊小怪的。"正说着，"老谋深算"跟了进来，生气地说："什么回来就回来了，也不说给我接风洗尘。""好人"随机应变地对"老谋深算"和"尖朝外"说："中午岳父过生日，我得去。""老谋深算"知道"好人"说谎，便说："老人过生日，咱们作为晚辈的自然该去，在哪儿安排的？我们一起去祝寿。""好人"说："都是一家人，安排在家里。""老谋深算"说："在家里我们也去，不在那里吃饭好了。""好人"没办法，只得说："算了，我给他们打电话，就说领导喊我有事——尖朝外，安排在哪里？""尖朝外"说："老谋深算现在是大领导了，不知道安排在哪里合适，你见多识广的，等着你安排哩。""好人"知道"尖朝外"把"老谋深算"领到自己这里就是想让自己安排，故意说："老谋深算又不是外人，我现在有事，你先安排。""尖朝外"便拿起电话，拨通了之后说："对对对，他现在忙，让我给你说一下，他中午有客——对对对，安排在清真楼？可以可以，都是自己人，清真楼就可以了。好的好的，中午见中午见。""老谋深算"装腔作势道："老年人过生日，咱小辈的应该去一下比较合适"。"好人"只得苦笑着说："没关系，老年人体谅咱工作忙。"

　　到了清真楼，老涂迎进房间，与"老谋深算"互相握了握手，互相做了介绍，便分宾主坐下。"老谋深算"看有外人在场，便拿起架子，装模作样地说："我在北京闯荡了这么些年，算是看透了，还是在家好啊！出门在外，要想混好，我总结了，必须牢记十条"——居高临下扫了众人一眼，就好像领导讲话前的故意冷场一样，停顿了一会儿，才接着说——"第一，所谓铁饭碗，不是在一个地方吃一辈子饭，而是一辈子到哪里都有饭吃；第二，把每一件简单的事做好，就是不简单，把每一件平凡的事做好，就是不平凡；第三，生活的最高境界是宽容，相处的最高境界是尊重；第四，从崇高到荒唐只有一步，从荒唐到崇高却没有路"——说到这里，"老谋深算"喝了一口茶，又看了一下众人的表情——大家都装作闻所未闻的兴致盎然，便接着说："第五，何谓生老病死？就是生得要好，老得要慢，病得要晚，死得要快；第六，傲不可长，欲不可纵，乐不可极，志不可移；第七，不与富交我不贫，不与贵交我不贱；第八，世上只有想不通的人，没有走不通的路；第九，能力就像一张支票，除非把它兑现成现金，否则毫无价值；第十，人生在世无非是让别人笑笑，也偶尔笑笑别人。""老谋深算"一口气说完，老涂喷着嘴感叹道："总结得实在是太精辟了，这些话，不仅对你们在外发展事业有成的人有指导意义，对我们在家工作的人同样堪称座右铭。""好人"心想"老谋深算"记性倒真是好，这么长的内容居然能背下来，但"老谋深算"只知道自己在北京混得可以，不知道现在手机短信满天飞，又佩服于老涂的处事老练——自己年前就收到一个朋友发来的这条短信，当时觉得编得不错，既抄在了笔记本上，又给老涂几个经常在一起玩的朋友都转发了这条信息，现在老涂像第一次听到一样的兴趣盎然，真是——"好人"笑了一下，心想，真是老奸巨猾。

说了一阵，便开始喝酒。"好人"胃里难受，推说下午有事。"老谋深算"把酒杯放下，生气地说："不欢迎?""好人"直赔不是道："下午真是有个急材料。""尖朝外"端凉盘道："没有听说这两天有什么活动。""老谋深算"一听，真生气了，拿起酒瓶倒了两茶碗，说："我们是多年的老朋友，这次回来就想着咱几个老友好好聚一聚，喝一喝，能叫肚子喝个洞，不叫感情裂个缝，再体会一次醉倒在家门口的感觉，许多人想请我吃饭我都推辞了，早知道这么不热情，回来就不见你们了。"一边说着，一面站起来，对着好人说："是真朋友，干了；不干，我立马走人，以后谁也不认识谁。""好人"一看闹僵了，只得站起来，端起茶碗，说："球样，不是前天喝多了，就你那点酒量，我还怕你不成? 干就干"说完，端起茶碗一饮而尽。一碗酒刚下肚，一阵翻江倒海，急忙跑到痰盂跟前，直吐得眼泪鼻涕齐下。"老谋深算"一看如此，一面拍着"好人"的后背，一面激动地说："这才是真朋友，这才是好弟兄。"等"好人"稍微好受一点，"老谋深算"又陪着他去洗了脸，等大家又重新坐回到座位上，"老谋深算"站起来，拿起酒瓶把自己面前的酒碗倒得像汽车灯一样，怕端洒了，先把嘴凑到碗上喝了一大口，然后端起茶碗一饮而尽，说："其实今天我刚见到好人，看他那难受的样子，就知道他肯定喝伤了，本想着都是老伙计，故意激一激，凭我们几个的交情，好人一滴酒不喝，我也不会真恼的，但是他喝了，这是什么行为? 这是不忘旧情的行为，这是亲弟兄的行为。好了，今天中午好人不再喝了，其他咱们几个一醉方休。"说完，又抢过酒瓶往茶碗中倒了起来。好人正在难受，看"尖朝外"和老涂的脸枯皱得像野外被霜打了一冬的萝卜。

酒场结束的时候，"老谋深算"拉着"好人"的手，再三说着抽空一定到北京来玩的话，"好人"把头都点酸了，口是心非地应承着一定去一定去。

陆

最近一个时期喝得有点疯狂，自己身体受不了、妻子孩子受委屈不说，时间长了，肯定还要影响工作。考虑到这一点，"好人"暗暗地下着决心，并找出一个新笔记本，在扉页写道——今后：一、不搞主动出击；二、朋友闲玩的场合能推则推，特殊情况推不掉的以不醉为界，不能越雷池半步；三、领导约场和上级业务部门来客等公事应酬争取不过量；四、每天记读书笔记不少于两页。写了之后，看看感觉还不够劲，又在后面缀上"谨记！谨记！！谨记！！！"几个字。怕同事们看到笑话，急忙锁进抽屉里。

一连十几日不喝酒，逐渐感觉心旷神怡。上班思路清晰了，着手撰写的一篇调研报告已进入扫尾阶段；回到家中，孩子看父亲没有喝酒，又是缠着父亲下五子棋，又是缠着父亲让教下象棋，妻子在一边看着，嘴里幸福地啰嗦着家长里短。早上也能早点起来了，锻炼一会儿回到家，早饭也能多吃了。

这日刚到单位，老涂打来电话："中午十二点，清真楼七号厅。不要让我学老谋深算。"不等"好人"说话，便啪的一声放了电话。这期间老涂约了两次，"好人"都以有急材料或要开会推掉了，想再打电话再接再厉编个借口，但看刚才老涂的态度估计连自己的电话都不会接。"好人"心想，自己来客有事，早晚找到老涂，人家都是热情安排接待，现在人家喊自己喝酒，又不是求自己办事，俗话说得好，只能再一再二，不能再三再四，如果再推，"老奸巨猾"也可能真要生气了。又想着材料已经写好了，分管主任正在把关——尽管他也把不了什么关——好人在心里嘟囔着，适当放松一下也好，想到这里，也不再理抽屉里自己写的"谨记谨记谨记"，干脆表现好一点，十一点刚过，便往清真楼赶去。

原来是一群同学聚会。有认识的，也有不认识的，其中有一个女同志，近四十了还像小姑娘般天真烂漫，娇滴滴地问"好人"："你知道我是谁吗?""好人"看一眼水桶腰、大脸盘，老实地说："不知道。"女同志失落又不甘地说："你还给我写过求爱信呢！"一群同学哄堂大笑，"好人"脸红红地小声问老涂："到底是谁?"老涂大声说："撒把沙。"女同志期待地看着"好人"。"好人"仔细地看女同志，哪儿还有"撒把沙"的任何痕迹？想当年"撒把沙"父亲在县公安局工作，母亲在乡供销社上班，"撒把沙"跟着母亲在乡初中上学。那时"撒把沙"瘦瘦的，长发披在肩上，越向下越黄，是那种质朴的、自然的黄，教师提问的时候，小脸红扑扑的，加上大人会打扮，在老涂、"好人"这一群农村脏孩子眼里自然像公主一样美丽高贵，一些疯孩子晚自习放学后，跟随着"撒把沙"说些疯话，"撒把沙"气愤不已，便从路边沙堆中抓起一把沙撒跟在后面的毛孩子，跟在后面的毛孩子便一面跟一面观察，一个孩子说又撒沙了，便都作鸟兽散，不撒了便又跟了上来。后来，"撒把沙"不再理这一群孩子，一群孩子便失落地跟在后面"撒把沙，再撒一把沙"地喊。"好人"当时学习好，人又老实，"撒把沙"见了会主动笑一下，"好人"便会像吃了糖块一样一直甜到心里。但那时候的"好人"自卑得像丑小鸭一般，敢给"撒把沙"写信吗？好人看"撒把沙"仍然期待地看着自己，只好说有点印象，有点印象。

　　同学相见，喝酒便都有一种说不上来的豪爽和利索。特别是时间长不相见的同学，有经商的，有从政的，有务农的，都有一种把失去岁月从喝酒中体现的意味，大碗喝酒，大块吃肉，梁山好汉般的。"撒把沙"一开始大腔大调地疯狂了一会儿，现在落寞地坐在那里，眉眼之间说不出的孤寂。"好人"心动了一下，从中又找到了"撒把沙"当年的影子——听说"撒把沙"后来学没有上成，到一家企业当工人，后来企业破产了，自己开了一家茶社——在小地方，漂亮女孩子受干扰往往比大地方更大，"撒把沙"相当年被一群毛孩子围追堵截，谁知道当年小姑娘有没有一颗争强好胜的心呢？同情心加上当年的好感，"好人"摇晃着站起来，走到"撒把沙"跟前——据说喝酒可以使异性的美丽度上升30%——与"撒把沙"碰了两杯。其他同学见了，又是一阵喝彩，好像当年"好人"和"撒把沙"真有什么似的。后来一位老板同学约着又到歌厅疯了半天，晚上又喝得鸡子不认得鸭子，中间记得和"撒把沙"跳了两支舞，又手拉手在沙发上谈笑风生了半天，至于谈的什么，便没有任何印象了。

　　睡到半夜，"好人"被手机的震动声惊醒，拿来手机一看，原来有几个未接电话和一条信息。未接电话有一个是常务下午快下班打来的，而短信上面写着：我也爱你。"好人"一看，惊出一身冷汗，看妻子正在熟睡，急忙删除信息。躺下兀自心跳不已，心想是谁大半夜地发这种信息，妻子看到了真正是跳到黄河也洗不清了。又隐约记得自己拉住"撒把沙"的手谈了半天，但谈话内容一点也不记得了，若是自己说些过头话，让"撒把沙"再找到当年众星捧月般的感觉——"好人"翻来覆去地睡不安稳。

第二天上班路上，便接到几个电话表示祝贺，"好人"不明就里，只得打马虎眼说谢谢谢谢。等到了单位，方知道昨天晚上县委常委会上自己已经被提拔为县委办公室副主任，这一惊喜非同小可。急忙到常务那儿表示了感谢，又解释了自己昨天几个同学聚会喝多了，对没有及时接听常务电话表示歉意。常务语重心长地说些以后都是副主任互相关心互相支持加强团结以大局为重等话，"好人"不断点头称是。从常务办公室里出来，又分别到了常委主任和冯书记那儿表示了感谢。中午回到家中对妻子一说，妻子脸色马上阴转晴，又加了两个菜，开了一瓶酒，祝贺了一番。孩子看到妈妈高兴，也跟着兴高采烈起来，问爸爸副主任是多大的官职，"好人"不想让孩子从小就有太强的官本位思想，只是丑化自己的官像蚂蚁的脚趾头，孩子不明就里地思索着蚂蚁的脚趾头到底有多大。

下午快下班的时候，办公室召开全体会。常委主任通报了这次干部调整情况，还以"好人"的提拔为例，强调了要在办公室叫响一个"激情干事、创造精品"的口号，营造一个"风清气正、和谐默契"的环境，发扬一种"埋头苦干、无私奉献"的精神，形成一种"勤奋好学、学以致用"的风气，树立一个"公道公正、有为有位"的导向，努力营造一种靠素质立身、靠品德做人、靠实干创业、靠政绩进步的良好氛围。"好人"和其他调整的同志也分别发了言，不外乎感谢组织厚爱、感谢领导关心、感谢同事支持并今后好好工作的话。然后便是晚宴，给调出办公室的同志饯行，给调入办公室的同志接风，给提拔的同志祝贺。常委主任工作力度大，喝酒力度也不小，一开始便拿起高脚玻璃杯，一会儿说勤回来，一会儿说回来就好，一会儿又说祝贺祝贺地先敬了一圈，加上调走的同志眼泪汪汪地如同即将出嫁的姑娘般恋恋不舍地要敬邀请酒，调来的同志急于尽快融入办公室这个新团体中要敬关照酒，提拔的同志自然是人逢喜事精神爽要敬感谢酒，没有提拔的同志更是装出一副同喜的表情要敬祝贺酒，喝到后来，连怎么回家都不知道了。

柒

当上副主任后，跟随领导的活动增多了，才知道原来领导的应酬更多。有上级业务部门来客或兄弟县市区来访需要县领导出面捧场的，有曾经工作过的地方的老领导、老同事、老部下以及老同学、老朋友、老邻居，或单独或组团，或约着熟人或领着生人，或闲玩或说人情或既要玩还要说人情的，还有县领导之间、同学之间、朋友之间接风的、饯行的、乔迁新居娶儿媳妇打发闺女的，以及一些乡镇部门负责人为种种原因宴请的，不一而足。一次，一个接待活动结束回单位的路上，冯书记疲惫、难受之余，感慨地说："我们这里的酒文化真是太厉害了，把热情不热情用喝酒来衡量。老领导来了，不喝酒，怕老领导埋怨自己忘恩负义；老同学老朋友来了，特别是职位不如自己高的老同学老朋友，不喝酒，又怕他们埋怨咱一阔脸就变；部属请咱的，推上几次，人家便会觉得咱这个领导不好接触，感情上便会产生距离感；咱请的，不喝几杯便是不热情；请咱的，不喝几杯便是不给面子。唉，长此下去，浪费钱财不说，干部的身体根本就受不了。""好人"接腔道："不如在工作人员中全面禁酒。"冯书记说："几个领导议过几次，感觉行不通。人家外县都不禁，就到咱县了，不让喝酒，担心客人不理解。特别有的客人，请都不好请，来咱县了，却来个禁酒。感情远了，项目争取、业务指导、评先评优都要受影响，长期下去，也影响咱县的发展。""好人"颇有同感地陪着冯书记唉声叹气了一路。

一日，安定乡党委书记请冯书记吃饭，冯书记便约了"好人"前往。到了酒店，安定乡党委书记李自选领着乡长、人大主席、副书记早等候在那里，见了冯书记和"好人"，便笑容可掬地迎了进去，一边亲自亲热地倒茶让烟。"好人"没当副主任的时候，有一次到安定乡搞调研，需要找李书记了解核实一些情况，从进李书记办公室到下午返回，李书记就没有笑过一次。午饭的时候，李书记过去敬酒，正值乡党委秘书在讲一个笑话，虽然好人也听过，仍是捧场地跟着大家哈哈大笑，但李书记连嘴角都没有咧一下。李书记拿起酒瓶要敬酒，党委秘书急忙站起来，说："李书记血压高，不喝酒。"李书记拿起酒杯给好人他们象征性地倒一点，严肃地说还有其他事，便走了。"好人"当时就疑心李书记是不是笑神经有问题，今日一见，竟换了一个人似的，不但笑逐颜开，对"好人"也一口一个老弟地叫得热络。中间更是拿过高脚玻璃杯，倒了满满两杯，端到"好人"跟前，真挚地说："办公室的弟兄们整日服务领导，跑前跑后，忙上忙下，特别是你直接服务咱县委常务书记，更是任务艰巨，使命光荣，来，今日老大哥敬你一杯。"说完，端起杯子，在"好人"的杯沿下面碰了一下，端起酒杯一饮而尽。"好人"本想说自己血压也高，但想着人家一个乡党委书记，主动把酒杯碰在自己的杯沿下面，又看冯书记笑眯眯地看着自己，也豪放地一口喝干。李书记夸奖着"好人"，又说些邀请"好人"多到乡里去闲玩的话。其他几个乡领导也依次敬酒，直热闹了近两个小时方尽兴而回。

　　一连多日，除了跟着冯书记陪客喝酒之外，中间有几个狐朋狗友为"好人"庆贺了几次，有几个乡镇部门的负责同志因为"好人"升任副主任而买了小礼物看了几次，有几个乡科级干部闲喝酒又约叫了几次，市委办公室及兄弟县市区委办来客又陪了几次，和过去相比竟更是难得在家吃上一顿安生饭。妻子看"好人"整日慌得像野人一样，除了睡觉回来之外，家庭的任何义务都不尽，简直把家当作了宾馆，加上中间好人又狠醉了两次，气愤心疼之余，"好人"初升副主任的喜悦荡然无存。一个星期天的早晨，妻子语重心长地对"好人"说："金钱地位都是身外之物，只有身体是自己的。你过去又是打球又是跑步，而现在，连路都走不动了。""好人"家早饭后经常是妻子骑摩托车送孩子上学，"好人"步行上班。有两次"好人"前一天喝酒多实在太难受，妻子便让"好人"在家等着，送了孩子之后又送"好人"去上班。"好人"无奈地说："都知道咱会喝一点酒，现在刚当上副主任就不喝了，别人怎么看咱？再者，一些乡镇部门的领导请咱吃饭，是看得起咱，又不是求咱办事，推两次，以后谁还搭理咱？"妻子赌气地说："不理咱算了，咱就当个孤家寡人。""好人"叹着气说："说着容易，真做起来难上加难。一个人生活在社会上，就是一个社会人，谁也不可能关起门来过日子。有时候我都感觉社会就像一个大漩涡，人就像一片树叶，只有随波逐流，正如一个人要尽力地适应环境、适应社会一样。"妻子看说服不了"好人"，只好说："以后尽可能少喝点，不要喝醉。""好人"无奈地说："争取吧。"

捌

最近一段时间，"好人"随着冯书记到长三角考察了几天，无外乎老乡陪同着看、玩、喝；回来之后，为县里一篇重要文章能在省里发表，又到省城恶战了两场。从省城回家的路上，好人便感觉头痛欲裂。此后几天，脑袋里始终像灌了水一样说不出的难受。清明节快到了，这日恰好是星期天，"好人"怕在家又被喊去喝酒，便找"油菜花"要了一辆车，带上妻子孩子回老家上坟。刚到坟上，村支书便骑着摩托赶了过来，热情地拉着"好人"的手，对着"好人"的妻子说着"好人"是本村的骄傲，平时工作忙难得回家，这次回家上坟是不忘本、不忘家乡的具体体现，要"好人"一家人无论如何中午在家吃顿饭。"好人"正想推辞，支书说："怕你们回来不声张，我专门找人在看着，一看到你们回来马上向我报告，现在我已经安排人上街买菜去了。""好人"过去教学的时候回来和支书打招呼，支书仅仅是鼻孔里哼一下，这次居然这么热情，"好人"真有点受宠若惊，只得向支书说："这两天血压高，真的不敢喝酒。"支书说："回到自己家里了，敢多喝多喝，不敢多喝少喝，都是一家人，啥不好说？"然后跪到坟前，对着坟墓认真地说："大爷，你是咱村的功臣，为咱村培养出我叔这样的人物，请受孙子一拜。"说完，对着坟头磕了三个头。支书站起来说："叔，婶，小兄弟，就这么说定了，我先回家收拾。""好人"想人家支书花白头发，还按照老家的辈分向自己喊叔，又不是求自己办事，再不去真有点不识抬举了，也不顾妻子使眼色，急忙说："一定回去，一定回去。"

在坟上烧完纸，想着不能空手上人家支书家中吃饭，便喊上司机到街上买了一箱酒。妻子一面心疼着几百块钱，一面劝着丈夫无论如何不要多喝。到了支书家中，支书依次介绍了村长、文书，还有两个居然是"好人"小时候的同学"电工"和"血汁稠"。"电工"小时候对着一根断了的电线撒尿，被电晕在地，靠人工呼吸救了小命，后来人们便"电工""电工"地喊他，长大了真当上了村里的电工。"血汁稠"是个歇顶头，在村里跑个腿什么的，一次一个乡领导在支书家中吃饭，看"血汁稠"端盘子倒水的，拿起酒瓶要给他敬酒，"血汁稠"那两日身体不适，便对领导说自己血汁稠，领导没有听清楚，看着他光光的脑门，疑惑地问道："没有听说过歇顶头不敢喝酒。"自此以后，人们便"血汁稠""血汁稠"地喊开了。安排好座位，支书严肃地对几个陪客的说："我叔这么些年靠自己的努力，已经干上县委办公室的副主任，不但和咱乡里书记是一个级别，而且整天和县里领导们在一起，咱村以后在县里也有人了。本来我叔回去还有事，是我跑到地里硬拉了回来。今天我叔、婶和小兄弟能回来在咱家里吃一顿饭，是咱村的荣幸，你们一定要招呼好。""好人"嘴里客气着，一边看了司机一眼，装模作样地说："回来也没准备什么，车上有箱酒，闲玩时你们喝吧。"司机搬酒去了，几个人都埋怨着"好人"太客气，回到自己家里还这么外气。客气了一番，支书便开始敬酒。"好人"说好话道："这几天血压高，实在不敢喝，你们随意。""电工"说："我听人家说了，一辈子没有喝醉的人不可交，逢场都喝醉的人也不可交，在外边经常喝醉回到老家不醉的人最不可交。相反，在外经常不醉回到老家喝醉的人最可交。""电工"说完，几个陪客的人都说说得好，说得实在，说得在理。"好人"一看这个情况都上升到可交不可交的高度，顾不得脑袋灌水，强撑着与支书碰了半茶碗。随后支书又要给婶敬，说军功章有叔的一半也有婶的一半。没办法妻子只得喝了两小杯。支书敬到其他人的时候，都如喝水般地一饮而尽。支书敬了村长要敬，说你不能光给支书面子不给村长面子。村长敬了文书要敬，说我也是村级干部。文书敬了"电工"和"血汁稠"要敬，说你不能眼里光有村干部没有老同学。"好人"想干脆自己也敬敬大家吧，拿过酒瓶，刚站起来便歪了下去。朦胧中，感觉到支书慌乱地打电话叫救护车，妻子和孩子伏在自己身上号啕大哭。

"好人"的原型是传言在县委办工作时的同事，他勤奋敬业，正直正派，待人友善，后年纪轻轻，折戟酒场。

本地酒风盛，每年都有若干这方面的典型。县里一个退了休的商业局长曾自豪地说自己一辈子"喝死三人，喝哭无数"，那口气就像打了胜仗归来的将军。

上海一副教授写了一篇文章，广为流传，大意是"来永州出差数日，居然没有喝死，实在是个奇迹"。

所以本地官场有许多人由衷地感叹后来出台工作日中午禁酒的规定，不知挽救了多少家庭。

即便如此，"人在酒场"依然是许多人日常生活的写照。

农机局局长慕褚西善说歇后语。人们常说嫁出去的闺女泼出去的水，此人口头禅是"嫁出去的闺女——泼出去的泔水"。这日闺女出门，亲家找了几人陪他喝酒，喝多了，别人还要劝，便说，新媳妇提裤子——美啦！后来，这个歇后语广为流传地改成了慕褚西提裤子——美啦！

发改委主任白玉璞一天晚上陪客喝多了，上车对司机说：去省城。然后躺在后座上鼾声如雷。司机开到他们在省城定点的"永庆宾馆"楼下，费了好大劲才叫醒他，说：白主任，到了。白主任醉眼蒙眬：到哪里了？司机说：到省城了。白主任：来省城干啥？回去。说完倒头便睡。省城距西坪300公里，可怜师傅折腾了一夜，到家天已大亮。

招商局局长傅俊山，一个时期常驻"长三角"招商，年逾八旬的老父亲因病住院也无暇照顾，这日回到县里，自然少不了接风洗尘。酒后来到县医院，撵走了正在看护父亲的弟弟，想着小时候父亲对自己的照料，自是羞愧难当，热泪盈眶，把父亲抱到卫生间里洗了一遍又一遍，以尽孝心。第二天一大早，弟弟来了，老父亲号啕大哭——可不敢再让你哥照顾我了，这大冬天，非让我洗凉水澡。

此类笑话，广为流传，且层出不穷。

此间广为流传着一个"对话"——曾有人问一个部门领导：最近忙吗？

忙。

忙什么？

开会、会客。

也有领导解释说：要么在开会，要么在去开会的路上，要么准备去开会；要么在会客，要么在去会客的路上，要么准备去会客。

或者，也可以这样说：开完会了去会客，会完客了继续开会。

现在，看着《人在酒场》，传言由衷地想，这就是自己憋了两个多月时间写出来的"旷世奇文"？

这就是自己梦想中的以文化人？

启迪灵魂？

家国天下？

年轻时曾坚定地相信自己，总有一天会像钱钟书那样写出一部充满睿智、饱含人生哲理又不失风趣幽默的文章，如今看来，只能是痴人说梦了。

一天，传言看到美国作家托马斯·福斯特著的《如何阅读一本小说》里的一段话——1967年，小说面临困境，或者说，看似如此。两篇影响巨大的论文发表在美国期刊上，预告了小说的劫数和萧条。法国评论家和哲学家罗兰·巴特在《阿斯彭》杂志上发表了《作者已死》一文。文章中，巴特把解释权，或者说将意义和符号挂钩的责任，全部给了读者。而作者被他戏称为"打字机"，充其量不过是将文化积淀注入文本之中的水管。巴特否定作者拥有类似于神的权威，而在此前对文化创作的理解里，作者是拥有这一特权的。巴特这么做，不仅仅是淘气。不过他主要支持的，还是积极而有创造性的阅读。也许更危言耸听的，是美国小说家约翰·巴斯在《大西洋月刊》上发表的《文学的枯竭》，读上去好像他在讲小说就要完蛋了。其实他主张的是，我们过去所理解的"小说"已经剧终，题目中的"枯竭"指的是小说的潜力被耗尽了。他认为小说必须找到新的可能，以重新焕发活力。

传言看着自己写的文章，由衷地想，其实，不是"作者已死"，也不是"小说已死"，而是传言已死——当年那个充满正气、充满书卷气、充满傲气的传言已死，他早已被社会的大染缸熏染得七荤八素，早已在社会的大熔炉里磕碰得千疮百孔。

已经堕落了的传言，还如何能写出当年那般纯净的文字？正如一个久经风尘的舞女，还如何能拥有天使般的微笑？

到底，自己是从什么时候开始堕落的呢？

也许，是从向权贵的第一次顺眉开始？

也许，是从对弱小的第一次侧目开始？

也许，是从对邪恶的第一次沉默开始？

也许，是从对正义的第一次践踏开始？

也许，是从对忠诚的第一次背叛开始？

也许，是从对信仰的第一次亵渎开始？

……

传言原来构思了"人在系列"，除了《人在酒场》，还有《人在会场》《人在官场》《人在牌场》以及《人在人上》《人在人下》，如今看来，还有写的必要吗？

况且，世界上角角落落的事情，因为网络的存在，无时不被我们及时阅读和了解。有些真实发生的事情，往往比小说家的想象更离奇，更大胆，更突破底线，更毁人三观。如操场埋尸案、孙小果案、赵红霞案……

传言把《人在酒场》的草稿拿出来，付之一炬。

火光闪烁中，已戒烟一年有余，平时也很少饮酒的传言，下腹又若隐若现地痛了起来。

难道真应了人们日常调侃的那样，胃缺酒，肺缺烟？就像有的人那样，五行缺德，人生主贱，命里欠揍，并且，身后骂名，经久不衰？

（二）

如果说从清末民初延续至今的乡村建设运动是自发于中国本土社会的历史创造，是试图回应激进现代化的另类探索，那它同样也是社会大众自主结合的渐进改良，润物无声且生生不息。从整体视野看，乡村建设从来不是小众行动，也不仅是建设乡村，而是中国普通民众在遭遇复杂多变的现代危机之下自省自救的艰难探索。纵观北京大学钱理群教授对持续百年的"六次知识分子下乡"的梳理，不难看出，第一次知识分子下乡，以"五四"新文化运动"人的觉醒与解放"为契机，一些思想家把农民的解放和整个民族的解放、发展联系起来，李大钊当时就写了一篇《青年与农村》，指出：我们中国是一个农国，大多数的劳工阶级就是那些农民。他们若是不解放，就是我们国民全体不解放；他们的苦痛，就是我们全体的苦痛，他们的愚暗就是我们国民全体的愚暗；他们生活的利病，就是我们政治全体的利病。他提出，要想把现代的新文明，从根底输入到社会里面，非把知识阶级与劳工阶级打成一气不可。他还说，现在大家都在讲推进"民主政治"的关键，是要"立宪"；但是不要忘了，中国的选民"大多数都在农村"，如果农民没有开发，农民没有觉悟，没有自由的判断力，如果真的实行普选，那些"练习了许多诡诈的手段"的城市强盗，就会来骗"他乡里的父老"，如果把这些人选上了，"立宪政治、民主政治，哪有丝毫的希望?"李大钊因此而疾呼："立宪的青年啊！你们若想得个立宪的政治，你们先要有个立宪的民间；你们若想有个立宪的民间，你们先要把黑暗的农村变成光明的农村。""五四"时期知识分子"到农村去，到民间去"，基本上还停留在理论的倡导与小规模的试验上，并没有形成实际运动。

第二次知识分子下乡，是在 20 世纪的 30 年代。大革命失败以后，随着对中国社会认识上的深化，越来越多的知识分子把目光转向农村，认识到中国的根本改造必须从农村开始。在这方面，"乡村建设运动"代表人物之一的晏阳初认为，中国农村的基本问题是"愚、穷、弱、私"四个字，因此需要进行四大教育，即"文艺教育""生计教育""卫生教育"和"公民教育"，他强调，这四大教育的核心，是对农民的"知识力、生产力、保健力和团结力"的培养，说到底，是对人的教育与改造，而"从事'人的改造'的教育工作"，这才是"解决中国整个社会问题的根本关键"。为了实现这样的理念，他提出了"博士下乡"的口号，带领一批年轻人在河北定县等地进行了将近十年的农村改革实验。

梁漱溟也是乡村建设运动的大力推行者，但他认为，中国的农村问题并不在于愚、贫、弱、私这些具体问题，而是要抓住根本性的环节，着眼于整个中国问题的解决。而中国问题的关键在以中国固有文化为基础，吸收西方先进技术，重建民族新文化。具体到乡村建设，他主张以中国传统的乡约形式重建中国新的礼俗，并在农村大办村学和乡学，使之不仅成为地方教育机构，而且从中分化出乡村基层政权组织与民间团体，把农民组织起来；同时，建立生产、销售、运输合作社，农民银行等生产、金融组织，推动农村技术进步，走一条以农业引发工业的道路。梁漱溟也带领了一批知识分子和青年，建立了山东乡村建设研究院，并开辟邹平、菏泽、济宁等实验区。20

世纪的 30 年代，乡村建设运动得到了蓬勃发展。后来，因抗日战争爆发，这些实验区都以被日本侵略军占领而告终。

第三代知识分子下乡，是在 20 世纪 40 年代。全民族的大流亡中，大批知识分子从城市走向中国的穷乡僻壤，在实际接触中加深了对中国农村问题重要性的认识。而抗日战争，某种程度上就是以农民为主体的民族解放战争。如毛泽东所说，"农民——这是中国军队的来源。士兵就是穿起军服的农民"，从这一事实出发，毛泽东引申出一系列的非常重要的论断："农民——这是现阶段中国民主政治的主要力量。中国的民主主义者如不依靠三亿六千万农民群众的援助，他们就将一事无成"，"农民——这是中国现阶段中国文化运动的主要对象。所谓扫除文盲，所谓普及教育，所谓大众文艺，所谓国计民生，离开三亿六千万农民，岂非大半成了空话？"值得注意的是，当毛泽东进一步呼吁"中国广大的知识分子应该觉悟到将自己和农民结合起来的必要"，以至提出"知识分子如果不和工农群众相结合，则将一事无成"的论断时，他是得到了知识分子的强烈认同的。人们感到，这几乎是一个无法抗拒的时代的命令，同时也是通过自身的痛苦经验发出内心的要求——在残酷的战争中，人会产生一种孤独感，知识分子尤其容易产生软弱无力感，这时候就迫切地要求寻找归宿。中国的这块土地，以及土地上的普通农民，自然就成为战争中处于生活与精神双重流亡状态的知识分子的"皈依之乡"。于是，大批的知识分子涌向以延安为中心的根据地，走向农村，出现了更大规模的知识分子"下乡"运动。

第四代知识分子下乡，发生在 20 世纪五六十年代。这批满怀激情的理想主义者，一个是建设祖国的巨大热情，一个是自我改造的高度自觉性，正是这两大激情使得他们年轻时候的最大志向，就是到祖国最需要的地方去，到最艰苦的地方去，贡献自己的青春。因此，农村一直是我们认为可以大显身手、同时改造思想的广阔天地。当然，不可否认，这背后还存在着另一个理念，即"党指向哪里，我们就到那里"。钱理群教授本人大学毕业后，组织上分配到边远山区贵州去，在专区所在地的安顺教书，一教就教了 18 年，在中国的社会底层经历了大灾荒的年代与"文化大革命"的浩劫，对中国社会有了更深切的了解，决定了他以后一生思想与学术的发展。即使他后来离开贵州来到北大，但他始终以贵州作为北大之外的另一个精神基地，一直保持着密切的交往与精神联系。

第五代知识分子下乡，是"文化大革命"期间。这是 20 世纪规模最大、影响最深远的知识分子"上山下乡"运动。毛泽东说得很明确："农村是一个广阔的天地，在那里是可以大有作为的"，"知识青年到农村去，接受贫下中农的再教育，很有必要"。

回顾历史，不难发现两个重要现象。一个是中国知识分子"到农村、民间去"的运动是伴随着整个 20 世纪的中国历史的，整整一个世纪，中国知识分子可以说是"前赴后继"地奔赴农村，走向民间，这是为什么？另一个重要现象是，尽管知识分子每一次到农村去，都产生了不同程度的影响，但是，这样的影响大都是"雨过地皮湿"，于是，几乎知识分子每一代人的下乡，都要面对前一代人所面临的几乎相同的问题，即中国农村的政治、经济、文化的全面落后与贫穷的状况没有发生根本的改变，这又是为什么？思考着两个"为什么"，对如今的第六代知识分子下乡有着重要意义。

而以扶贫开发和乡村振兴为主要内容的第六次知识分子下乡，面临的是中国农村千百年来未有之巨变，流动与迁移，传承与撕裂，已经成为这个社会最为突出的现象。最近 20 年，中国的城镇化率以平均每年 1 个百分点的速度在增长，2019 年我国的城镇化率已经突破了 60%。工业化和信息化技术正在迅速改变人们的时空位置，社会制度和结构也以前所未有的速度在变化。高速公路、铁路和航线的网络化，以及智能手机和互联网技术的大众化，打破了城乡之间的空间壁垒。城乡之间交通、信息、资金等方面的互联互通，为人们在工作、生活中往返于城乡生活提供了物质基础。城乡分割的二元结构已经被彻底打破。

当前，绝大多数中国农民家庭都在经历着城乡融合过程。这些家庭，无论是在居住空间、人口结构还是生活方式上，都存在鲜明的"一家两制"特征，"农村家庭城镇化，城镇家庭小型化"已成大势所趋。一个家庭内部，有可能存在两种制度化了的生活方式，且以代际差异的方式呈现出来。如老年人仍然保持着乡土生活的慢节奏，而年轻人却已经适应了城市的快节奏生活。然而，年轻人的快节奏很可能是建立在老年人的代际支持基础之上的——正是因为老年人过着节俭、自给自足的生活，年轻人才可以在最大限度上集中资源迅速融入城市生活中。

城乡社会形成的大变局，是都市化正在全面重塑人们生活方式的社会进程。资本、信息、人口的集中化，塑造了有关工作、休闲、学习、传播、消费、创造等的全新的生活方式，也伴生出阶层、分化等社会的异质性。但中国特色的城乡二元体制意味着，虽然城市成为社会关系的构成中心，但在塑造农民新的生活方式的过程中，并不意味着乡村失去了地位。客观上，城乡社会是融替代与共生、冲突与融合、区隔与交融、延续与变迁于一体的城乡融合过程。

江山青结束了自己的长篇大论，端起茶杯，狠狠地灌了两大口。食堂里两个等着上饭的客人疑惑地看着这个侃侃而谈的人。

"是啊，郡县治，天下安。县级治理是国家治理的关键与基础，在中国这样一个人口众多、地域广阔、情况复杂的国家，若能充分调动县级治理的积极性，做到因地制宜，国家治理就会大有成效；若县级治理缺乏积极性，国家治理就容易陷入空转。当前，县级治理存在的最大问题是，由于强调指标化，自上而下各种中心任务切割了县级治理的完整性，县级政权不仅难以统筹资源，其职能反被条线任务所制约，县级治理也难以做到因地制宜，缺乏积极性主动性，由此影响了国家治理的效能。因此，依据实践情况及时调整央地关系，在收放结合之间做好文章，既调动县级治理的积极性主动性，又防止县级政权借口地方情况特殊不作为乱作为，是当前时期国家治理的重要课题。""赵老大家常菜"又陆陆续续来了几个食客，陆显夫便没有阐开，只言简意赅地说了个大概。同时，也明显降低了说话的声音。

"县级治理的积极性，来自因地制宜的自主决策空间，来自上级的适当放权。但是，必须注意的是，在强调上级放权的同时还要强调放权之后的权力监督，因为县级政权在获得较大决策自主权之后可能产生地方主义、本位主义，产生脱离中央的倾向，甚至产生县级政权领导者借决策自主胡乱决策、谋取私利的问题。必须明确，上级放权的目的是通过放权来调动县级政权因地制宜进行现代化建设的积极性，而不是放任自流，更不是任由县级政权随意决策、以权谋私。因此，放权并不是不管，而是既有权力下放又有监督约束。但多年来，始终走不出'一管就死，一放就乱'的魔咒。"绳传言不无忧虑地说。

传言1995年10月份进入县委办公室工作以后，由于勤奋敬业，没过两年就成为办公室业务骨干。特别在调查研究方面，因为选题好、角度巧，执笔的调研文章多次受到上级的关注。《小城镇　大战略——对西坪县城镇建设的调查与思考》《西坪农业庄园方兴未艾》《西坪县特色经济的启示》等文章，在省委《调查研究》、市委《综合与交流》等刊物发表后引起不小的反响。江山青在省委政研室工作，年龄比传言大两岁，老家就在西坪县北部山区的高家庄乡。陆显夫在市委办公室工作，年龄虽与传言相当，但寡言少语，处事练达。三人结识之后，书生意气，挥斥方遒，脾气秉性相投，凛然正气相合，自此相见恨晚，每聚一起，常天上地下，天南海北，天高海阔，畅所欲言。后来，江山青一步步地被提拔为省委政研室副处长，处长，副厅级巡视员；陆显夫在市委办公室先后任副科长、科长、副秘书长，副秘书长兼政研室主任，因西坪县委原书记赵典兴涉嫌严重违纪违法接受省纪委监委纪律审查监察调查，春节前被空降西坪县任县委书记；绳传言则在县委办公室历任副科长、科长、副主任、副主任兼政研室主任，后被调到县委农工办任主任，前年被县纪委以私车公养等事由处以党内严重警告处分之后，万般不解，万念俱灰，加之身体长期处于亚健康状态，遂请辞养病，闲来看书听歌，逍遥自在。三人无论官职大小，提拔先后，公事之余，常私下相聚，堪称朋友。

三人都是不事张扬之人，且都是职位越升越高，处事却越来越低调。这些年的私下相聚，大多在清明期间，借山青回乡祭祖时机，显夫从市里来到西坪，传言找一特色小酒馆。几个人在吃饭方面都不是讲究之人。这几年，便一直固定在"赵老大家常菜"。菜，经常是一个蒸排骨，一个蒸莲菜，一盘凉拌牛肉，一盘花生米或时令蔬菜，仅此而已，多是传言结账。酒，则是本地产的"永州烧"，价轻力壮，多是显夫带来。这次，山青借清明回乡上坟的机会，早就说好自己请客，既为显夫调到西坪任职表示祝贺，也代表西坪子民对显夫调任西坪表示欢迎。

三人坐在靠东墙的一张小方桌上。山青在省城工作，县城少有熟人，便当仁不让地面朝外坐着；显夫毕竟在西坪任县委书记，被人认出难免不妥，自是坐在脸朝墙的位置；传言便陪坐在山青的对面。

酒是装在三个小号的矿泉水瓶里的。拧开矿泉水瓶盖，一股浓郁的酱香弥漫开来。

显夫说："我在网络上看到署名痴妄集的作者写的一篇文章。文中写道，纳粹二号人物戈林跟希特勒一样，也痴迷于艺术。纳粹时期，他在欧洲巧取豪夺，或者买，或者抢，或者骗，得手了大量世界名画。而他梦寐以求的，是荷兰大师弗美尔的画作，当时希特勒有两幅弗美尔的画，戈林一幅都没有，羡慕得很。终于，他打听到荷兰有个画商叫米格伦的，据说有幅弗美尔的画。戈林费了好些周折，出了一大笔钱，终于跟米格伦买到了那幅弗美尔，成为戈林的至爱。二战结束，戈林被捕。盟军清理他的财产时，发现了这幅作品。弗美尔的画，那可是国家级的艺术品，竟然卖给了纳粹？于是荷兰警方逮捕了米格伦，控告他叛国罪。没想到米格伦哈哈大笑，我哪有弗美尔的画？那幅是我自己画的！法官自然不相信。米格伦便说大不了我再画一幅让你们见识见识，给我画笔画布颜料，对了，我还要好酒。果然，就在监狱里，他又画了一幅，一模一样的。

"于是米格伦不再是卖国贼，而是戏弄过戈林的大英雄，一时在荷兰家喻户晓。那时候戈林在狱中，有人去告诉他这个消息，说你那幅弗美尔，是假的，就是那个画商米格伦自己画的。戈林是什么人？那可是世界历史上罕见的坏蛋，纳粹中的纳粹，出了名的心狠手辣。听到这个消息的当时，他傻眼了，根据传记描述，戈林当时看起来就像他第一次认识到这个世界上还有坏人一样——人与人之间还可以信任吗？不久，戈林服毒自杀。米格伦成英雄后，又爆了一个更大的料。说当时弗美尔的作品中公认最伟大的《伊默斯晚餐》也是他画的，而实际情况是，当时国际艺术界大拿，包括研究弗美尔的权威，都盛赞这幅《伊默斯晚餐》，说是弗美尔最伟大的作品，全世界的美术家和爱好者都远道来瞻仰这幅国宝。

"弗美尔从来就没画过什么《伊默斯晚餐》，也就是说，如果说这幅画是赝品的话，根本就不存在对应的真品。米格伦爆了这个料后，这幅《伊默斯晚餐》的艺术价值一落千丈。本来是国宝来着，现在被摘下来扔进了仓库。请注意它并不是跟真品比较起来不值钱，因为根本就不存在那个真品，从头到尾只有这同一幅作品。这幅作品如果是弗美尔画的，就是伟大的艺术；如果是米格伦画的，那就是垃圾。因此，可以毫不客气地说，什么艺术，什么专家，什么大师，唯势利而已，看谁名气大就捧谁。事实上，很悲哀的是，我们也是这样的人。"

山青说："是啊，你说的这篇文章我也看过。文章还提到了冯骥才小说《神鞭》里的精彩描写——傻二站着没动，眼瞅着飞快而去的轿子，心里纳闷，这等声名吓人的人物，怎么一动真格的就完了。见面先盘道，拿辈分当锤子，迎头先一下。论功夫，一身花拳绣腿，全是样子活。一分能耐，两分嘴，三分架子。能耐不行就动嘴，嘴顶不住还有架子撑着。他原先以为天底下的人都比自己强，从来不知自己这条辫子，把这些头头脸脸的人全划掠了。原来大人物，一半靠名，那名是哪来的，只有他妈鬼知道了。"

传言说："是啊，我们评价一个事物，不只是我们看到的听到的尝到的样子，也不是它的名气——如果是名气的话，那就是势利。我们在乎的是它的本质。这个本质，是指它到底是什么、怎么来的、它的内在是什么。而这些本质要素，多数时候人们看不到也摸不到，只取决于我们自己的认为、以为或相信。于是在很多时候，也就是靠它的名气了，表现出来自然就成了势利。说白了，还是心理作用。"

显夫喝了口水，接着说道："戈林拥有那幅弗美尔名画的那段快乐的日子，不在于那幅画画得有多好，而在于他以为那幅画是弗美尔画的。那幅《伊默斯晚餐》也一样，它的艺术价值不在于画得有多好，而在于人们以为是弗美尔画的。所以，耶鲁大学心理学教授保罗·布鲁姆认为，我们的快乐不只是基于我们看到什么听到什么尝到什么，而是基于我们对这些感觉的本质的认识——请注意这种深刻不是在欣赏所谓的高雅艺术的时候，我们平时感到的任何快乐都是这么深刻。"

山青说："是啊，前几年周迅主演的电影《画皮》上映，其中周迅裸体的镜头是个很大的卖点，被炒得火热。然而，就在热点上，导演告诉媒体，那个裸露的身体不是周迅本人，而是替身，即裸替。这个消息一出来，影迷哀鸿遍野连呼上当！"

显夫说："看裸体和看名画是一样的。观众面对同一个裸体，以为是周迅，和知道不是周迅，两种欣赏体验天壤之别，正如观众面对同一幅《伊默斯晚餐》，以为是弗美尔，和知道不是弗美尔，两种欣赏体验天壤之别。所以布鲁姆教授说，人们的快乐不那么肤浅，人们要欣赏的，并不是那个裸体本身是否好看；人们的快乐其实很深刻，欣赏的是本质，即，那到底是不是周迅的身体。所以说，我们都是本质主义者。同时，关于茅台的味道，我听到两个截然相反的说法：第一，茅台确实好喝。那味道，别的酒做不出来。第二，我就不信你能喝出茅台跟习酒的区别来！说茅台味道好的，都是装的！就像当年说《伊默斯晚餐》是艺术精品那帮人一样！而实验证明，说好喝的人，并不是装出来的。近些年，欧美许多大学都重复做了这个实验，得到相同的结论。这个实验就是让品酒人躺在功能核磁共振成像机器上，嘴里含一根吸管吸红酒喝。实验人员换不同的酒，告诉品酒人现在喝的是什么酒，有时候撒谎有时候说真话，同时用仪器对大脑成像来监督味觉体验。这些研究的结果说明，人们说茅台好喝，是真的感觉到了好喝，不是装的。但这有个前提，就是品酒人得知道那是茅台。如果不知道，那就很难喝了，而且也不是装的，是真的难喝。这正如人们对《伊默斯晚餐》的前后两种截然不同的欣赏体验，也正如人们对周迅裸体的前后两种欣赏体验。所以，如果酒不好喝，很简单，把价格签撕掉，换个名酒的签贴上去，酒的味道马上就变好喝了，是真的好喝——这也是假名酒能常盛不衰的根源所在。"

山青说："我看过一个另外的试验，说一群人在一起喝茅台酒，其中一位身份地位远高于其他人。拿一瓶真茅台酒，共同喝第一杯酒的时候，身份尊贵的这个人装作难以下咽的样子，这时候其他人便也觉得这酒肯定是假的，也都觉得无比难喝；而反过来，拿一瓶价位非常低的一般酒装在茅台瓶中，身份尊贵的这个人做出欣赏陶醉的样子，其他人便也觉得这酒非常好喝。'茅台现象'值得研究啊！"

传言说："是啊，现在有一种说法，叫——桌上无'茅'，办事不牢。县里有一个笑话说，有一个老板请发改委主任吃饭，发改委主任到场后，看上的是'五粮液'，惊讶地问，最近生意不好？老板尴尬地说，喝完了，正准备到贵州再拉个几十箱。据说发改委主任的观点是喝酒不拿茅台，要么对他敬意不足，要求办事诚意不够，要么自身实力不行。"

显夫说："奢侈之风愈演愈烈，大有——"

"郭委员，可把你盼来了"。一声炸雷在赵老大的餐厅中嗡嗡作响，把山青、显夫、传言三人吓一大跳。

"郭委员"显然是中午已经喝过酒的，一边步履蹒跚地与等他的几个人逐一握手，一边还不忘客气："李镇长，说过让你们先开始的，自家人，何必等我"。等的几个人七嘴八舌的，有说"应该的"，有说"赏光的"，有说"感谢的"，又介绍着这是五小的刘校长，那是纪委的王科长，还有丁主任、施村长的，拉拉扯扯了半天，方才落座。

饭店上客之后，山青三人说话始终是小声小调的，仅容三人听见即可，现在邻桌大腔大调的，三人只好相视一笑，举起各自眼前的矿泉水瓶，在自己面前的桌面上轻点一下，当作碰杯，然后各自抿了一下。传言在县委办和农办工作了二十多年，县里干部认识不少，此时扭头扫一眼，大多是年轻一茬的，倒没有一个眼熟的。

"郭委员，我讲一个真实的往事"，看邻桌的情形，"李镇长"是主陪，"郭委员"是主宾。只见李镇长浓眉大眼，字正腔圆，道："文革期间，我们乡有个组织委员叫郭宗礼，同事们都称郭委员，有一天，他有事要找县委组织部贾部长，可电话摇了几次，总机一直没人，他火气腾地上来了，想，整日叫喊为人民服务，这服的是哪门子务，便把电话摇得震天响，后来总机终于出来一个接线生，没好气地问，你哪里？谁呀？他气冲冲地说，我郭委员，我是宗礼，找组织部贾部长。接线生一听，脑门子直冒冷汗，急忙把组织部的电话摇得震天响，通讯员接上线，接线员说，我总机，国务院总理找贾部长。通讯员一听，急忙跑到部长办公室，部长正和几个人在商量事，一听，说，不可能，总理找我干什么？通讯员急了，严肃地说，部长，反正我信给你捎到了，你不接，追查下来，责任在你不在我。部长一听，知道不假，便三步并做两步直奔值班室，其他人员不知发生什么大事，便也蜂拥跟来。部长做个'嘘'的手势，制止同事们的叽叽喳喳，立正站好，说，总理，您好！我是中共西坪县委组织部部长贾星远，请总理训话。郭委员在电话中听贾部长如此说，丈二和尚摸不着头脑，呆在那里。贾部长听电话中杳无音信，以为首长生气，便又说道，总理，您好！我是中共西坪县委组织部部长贾星远，请总理指示！郭委员这一次听得清清楚楚，便说，贾部长你糊涂了。贾部长说，我不对，请总理批评。郭委员便说，我是二龙乡组织委员郭宗礼，找贾部长汇报一个事情。贾部长一听，恍然大悟，便摔下电话，大骂通讯员混账不已。"

一桌人哄堂大笑，纷纷对着"郭委员"嚷道——请总理训话，请总理指示，请总理批评。吵闹了一阵，李镇长说："军师先说。"

"对对，军师说。""刘校长说。"又一阵声浪滚滚。

只见一个四十多岁，身材肥胖的人拿起一瓶酒，边向两个茶碗里倒酒，便表情严肃地说："今日郭委员能深入民间与民同乐，我等深感荣幸。本人别的忙帮不上，但凡涉及五小的老师、学生的任何事，刘某肝脑涂地，在所不惜。"说完，拿起两个茶碗——每只茶碗里足有三两白酒，互相碰了一下，然后把一只碗递给"郭委员"，说着"我喝起你随意"的客套话，端起茶碗倒入喉中。郭委员"言重了，客气、客气"地应酬着，也不甘示弱，一饮而尽。

喝彩声响彻云霄。

过去，山青、显夫、传言三人一瓶酒，目的是追求和享受微醺时思维碰撞所带来的奇妙感。今天山青把两瓶酒分在三个矿泉水瓶中，酒本身就比过去多了一倍，加之被邻桌闹腾得说不成话，只能一而再地喝酒，慢慢地，三人竟都有点晕晕的感觉了。此时，山青不得不提高声音，说道："《晏子春秋·外篇第七》中记载了一段故事，说齐景公派晏子去东阿当领导，到第三年的时候，晏子被齐景公召回来狠狠地训斥了一顿。后来，晏子换一个办法治理东阿，结果受到了齐景公的充分肯定。晏子对齐景公说，"过去我治理东阿，堵住小路，关紧后门，邪民很不高兴；奖励勤俭孝悌的人，惩罚小偷坏人，懒民很不高兴；断案不偏袒，豪强很不高兴；您左右的人求我办事，合法我就办，不合法就拒绝，您的左右很不高兴；我侍奉权贵不超过礼的规定，权贵们很不高兴。邪民、懒民、豪强这三邪在外边说我的坏话，您的左右和权贵这两谗在里边进谏我的谗言，三年内坏话谗言灌满了您的耳朵。"

"而后来，我改变了政策，不堵小路，不关后门，邪民很高兴；不奖励勤俭孝悌的人，不惩罚小偷坏人，懒民很高兴；断案时讨好豪强，豪强们很高兴；你的左右求我办事，我一概答应，你的左右很高兴；侍奉权贵超出了礼的规定，权贵们很高兴。于是三邪在外边说我的好话，二谗在里边说我的好话，三年内好话就灌满了您的耳朵。"晏子说，"其实，我过去招致指责的行为才是应该奖赏的，我现在招致奖赏的行为正是应该惩罚的。"

显夫深有感慨地说："这个故事寓意深刻啊！正如吴思先生所著的《潜规则——中国历史中的真实游戏》中写的那样——在中国历史上的帝国时代，官吏集团极为引人注目。这个社会集团垄断了暴力，掌握着法律，控制了巨额的人力物力，它的所作所为在很大程度上决定着社会的命运。对于这个擅长舞文弄墨的集团，要撇开它的自我吹嘘和堂皇表白，才能发现其本来面目。在仔细揣摩了一些历史人物和事件之后，我发现支配这个集团行为的东西，经常与他们宣称遵循的那些原则相去甚远。例如仁义道德、忠君爱民、清正廉洁等。真正支配这个集团行为的东西，在更大程度上是非常现实的利害计算。这种利害计算的结果和趋利避害的抉择，这种结果和抉择的反复出现和长期稳定性，分明构成了一套潜在的规矩，形成了许多集团内部和各集团之间在打交道的时候长期遵循的潜规则。这是一些未必成文却很有约束力的规矩。

"吴思提到的潜规则，在现行社会，仍时有存在。对此，他不无感慨地说，中国社会在正式规定的各种制度之外，在种种明文规定的背后，实际存在着一个不成文的又获得广泛认可的规矩，一种可以称为内部章程的东西。恰恰是这种东西，而不是冠冕堂皇的正式规定，支配着现实生活的运行。"

"'恰恰是……而不是……'这种句式可能偏激，但至少有局部的事实作为依据，在我们的日常生活中可以说随处可见。"

话音刚落，一阵热烈的掌声加上喝彩声，几乎要掀翻屋顶，把三个人吓了一跳，恍惚之间，还误以为是显夫在三级干部会上做报告时的有意停顿。

邻桌酒场气氛热烈。刚才的掌声和喝彩声大概是献给李镇长的。此刻，只见李镇长自豪地把空了的茶碗反扣在半空中，刘校长则一脸痛苦状地一口一口地抿着，刘校长喝完酒，两人才在众人的一片叫好声中双双坐下。

刘校长显然喝多了，大着舌头说："我们有一句俗话，叫闭门思过。思谁的过？思对方的过！所以柏杨在《丑陋的中国人》中说，我们这么一个庞大的国度，拥有全世界四分之一人的一个庞大民族，却陷入贫穷、愚昧、斗争等等的泥沙之中，难以自拔。柏杨总结我们丑陋的最明显的特征就是脏、乱、吵。关于吵，他说一个发生在美国的笑话。有两个中国人在那里说话，美国人以为他们就要打架，急忙拨打电话报警，警察来了，问他们在干什么，结果，你猜他们怎么说？"

众人都看着刘校长，问："怎么说"？

刘校长声嘶力竭地回答道："我们正在耳语。"一桌人恍然大悟，又一阵哄堂大笑。

挨着郭委员坐的一个三十出头的年轻小伙子道："柏杨的文章我没有看过，但历史上著名的梁胡之争大概有类同之处。大致内容是说 1930 年 7 月，梁漱溟致信质问胡适，大家公认中国的第一大仇敌是国际资本帝国主义，其次是国内封建军阀。您却认为不是，而是贫穷、疾病、愚昧、贪污、扰乱，这有什么道理？对此，胡适沉痛地回答梁漱溟，什么都归结于帝国主义，张献忠洪秀全又归咎于谁？鸦片固由外国引进，为何世界上长进民族不蒙其害？今日满天满地的罂粟，难道都是帝国主义强迫我们种的？帝国主义扣关门，为何日本借此一跃而起，成为世界强国？"

郭委员接腔道："王老弟不愧在纪委工作，看问题到底看得透"——天知道，梁胡之争怎么变成了王老弟看得透，郭委员还要接着夸，手机响了——

"不放，坚决不能放！"郭委员提高声音，义正词严地说道："违法占地，违规建设不好治，推三轮的、卖菜的也不好治？这都治不了，要我们干什么？现在已经有人说我县是三轮之乡了，谁的人情也不能放。什么？什么？——局长让放的？——人事局局长的亲戚？"——声音降下来——"那抓紧放——收什么罚款！马上放，记住态度要好，要展现我们城管执法队伍的素质，展示我们城管文明执法的成果。好的，好的，你们辛苦了"。放下电话，又想起什么似的，眼光扫了一圈，然后对着李镇长说："现在是清明节，再过二十几天就是'五一'节长假，到时候县领导都回家过节，你们提前打好基础，备齐料，找足人，假期间昼夜不停，假期一过，房子建起来了。没人过问最好不过，真有人想找碴，找几个老头、老太太，拎个汽油桶，谁又敢把你们怎么样？"

李镇长和其他一班人异口同声地说着感谢的话。

郭委员显然是熟门熟路，接着说："包片的鲁中队长，我明天给他打个招呼，就说是我的亲戚。你们抽空了也去见见他。"

"见见他"是雅道的说法，个中一切皆心知肚明。

陆显夫回过头意味深长地看了一眼郭委员，又与山青、传言会心一笑，小声说："难为了他们，居然知道《丑陋的中国人》和梁胡之争。"

传言说："所以说生活到处充满着喜剧。"

山青愤愤地说："是啊，生活不是缺少美，而是缺少发现美的眼睛。——同理，生活中不是缺少丑陋，而是缺少发现丑陋的眼睛。"

山青的话音刚落地，又是一阵喝彩声。

三人扭头看去，只见胖胖的刘校长站了起来，清了清嗓子，声情并茂地吟道：

不求吃穿和拥有，

唯愿长江化作酒。

醉卧滩头君莫笑，

一个浪来兑一口。

欢呼声、掌声响成一片，引来用餐的人纷纷侧目。

李镇长大概感到有点不妥，打手势往下压了压，邻桌的声音小了下来，偶尔有一半句话蹦入传言他们的耳朵里。

"……染坊里的磨石——见过些大棒槌……"

"……屙屎屙到裤裆里——自己跟自己过不去……"

"……豆腐渣捏逼——糊弄球……"

"……小虫儿（麻雀）跟着夜鳖虎儿（蝙蝠）——吃食的吃食，熬夜的熬夜……"

不得不说，这几句歇后语还真是活灵活现。

"……睡得比狗晚，起得比鸡早……"

"……挣钱像吃屎，花钱像拉稀……"

"……火到猪头烂，钱到好办事……"

"……穷则穷凶极恶，富则为富不仁……"

"……一掐脖就翻白眼，一松手就吹牛皮……"

"……千穿万穿，马屁不穿……"

"……指派憨狗去咬狼……"

"……飞机上安倒挡，喜马拉雅山上装电梯，万里长城贴瓷砖……"

"……蚊子腿上刮肉，针尖上削铁……鸡蛋过他手都要瘦一圈儿，粉条经他手都要短一截儿……"

"……吃自己吃出泪水，吃别人吃出汗水……"

过了一会儿，声音又逐渐大了起来。

"……他安排分管财务的副主任套取四十多万现金，用于自己请客送礼，吃喝玩乐。参与办案的小崔和我是朋友，想着要逮住一条大鱼，不料人家上头有人，给我们副书记慕德兴打招呼，不让往下查了，到最后仅以私车公养的名义给了一个轻处分。"听这口气，说话的应该是纪委的王科长，不知道说的哪一条"大鱼"

"是啊，现在许多腐败分子，都能大事化小，小事化了，神通大着呢！"

"可不是，就比如你说的绳传言案，还不是被人家——摆平。"

山青、显夫、传言三人本是有一搭没一搭地听着，听一会儿抿一点酒，全当下酒菜。现在听到传言的名字，全聚精会神侧耳倾听。

"据说是市委有一个领导打了招呼——你想仅套现一项就有四十多万，还不说有那么多的项目——人家敢贪，肯定有贪的底气。要不有人说，要玩就往大处玩，玩得越大，上面怕你出事要保你的人就越多。"王科长义愤填膺地说。

"是啊，像我们这种出身底层的人，没有关系，没有靠山，挖窟窿打洞地弄那三核桃俩枣的，不一定什么时候就弄你个猫洗脸——我听人家说绳传言车后整箱整箱的茅台，喝起酒来是大马金刀。"估计和刚才说歇后语的是同一个人，俗语用得是一套一套的。

"不光这些呢，这人想当年教学的时候就差点出事。"刘校长愤怒地说。

"绳传言还教过学？"

"绳传言当年分在城郊乡晋柏初中——这个学校有一个晋公祠，有一棵晋朝时栽植的柏树，我的一个同学在那里当校长"——传言看他四十出头的样子，心想当时的杜耀宗校长现在差不多五十六七岁了，不知哪一位是他的同学——"这个人人品极坏，和好几个女学生保持不正当关系，其中有两个学生甚至还打胎流产。"同桌的几个人眼睛都红了，口里纷纷声讨着这个"人渣"。

传言疑惑地想，阿 Q 没有结婚呀，怎么还会有这么多的子孙后代？

"后来，学校看事情越闹越不像话，正准备报警的，不料人家神通广大，居然和省委一个领导是姨家老表，不但摆平了此事，干脆调到县委工作去了。你说说，啥叫个理？"几个人纷纷义愤填膺地附和着，有跟着说"啥叫个理"的，有说"人比人，气死人"的，有感叹"世道好轮回，苍天饶过谁"的。

传言在心里笑着，想，等一下自己是不是过去自我介绍一下，再给他们几个敬个酒什么的，正自想着发笑，忽听山青大吼一声："够了。"同时，一巴掌狠狠地拍在桌上，把桌子上的碗啦、碟啦震得跳起老高。

邻桌的几个人怔住了。也许是有人认出了陆显夫是新来的县委书记，也许是有人认出了他们口中罪大恶极的绳传言就在眼前，也许是江山青那乌青的脸吓住了他们，只见几个人小声嘀咕了几句，转眼之间，便散得一干二净，唯有一桌子残羹剩饭和满地狼藉。

传言见山青脸上的青筋兀自突突地跳动，笑着劝道："消消气，和这种人有什么可计较的！"

山青冷冷地看着传言："不和这种人计较，那和哪种人计较？"

传言仍嬉皮笑脸地说："难道你相信他们所说的鬼话？"

山青瞪着布满血丝的眼睛，咬牙切齿地说："别人所说的都是鬼话，难道只有你一个人说的是人话？"

传言呆住了。过去从山青和显夫身上，传言无数次体会到友谊的可贵，体悟着"亲人，是上天给我们安排的朋友；朋友，是我们自己找来的亲人"这句话的温度，三人之间的情谊，好似漫漫长夜的一点微光，带给夜行者无尽的信心和希望，如今，山青冷着脸，显夫面无表情无动于衷，传言悲哀地想，看来，曾带给夜行者无尽信心和希望的那束微光，就要熄灭了。

山青冷着脸，哑着嗓音，说道："我平生最恨当面一套背后一套的人，你如此丰富的经历，我高攀不起！"说完，拉起显夫，也不看尴尬站着的传言，顾自出门而去。

传言结好账，交代赵老大把喝剩下的"矿泉水"折到一起收拾好，一个人无情无绪地回到家中。

传言是个挑剔的人，一般人也难入法眼，大多不过泛泛之交，唯对山青和显夫，见识、才情、人品，无一不为折服，多年甚是敬仰，且极力奉为楷模，不料到今日，竟落得如此结局。

一晚上辗转反侧，胡梦颠倒。

早上起来，头痛欲裂。山青的话像一根巨大的刺扎在身上——不，扎在心上——不，扎在心尖上。过去，传言以为自己已经百毒不侵，对别人的闲言碎语、冷言冷语、疯言疯语、胡言乱语皆可一笑置之，不料，在自己在意的人面前，竟如此不堪一击。

尽管百般不舍，但传言是绝不会乞求友谊的——况且，乞求来的，还配叫友谊吗？

传言翻找到山青的微信，字斟句酌地编着：承蒙厚爱，受益匪浅。就此别过，敬祝安好！

写好之后，反复读着，然后手指在发射键上犹豫着，迟迟不忍摁下。

过了良久，传言心一硬，就要按下，突然听到提示音，同时，山青的微信赫然眼前：时事浮云变，君心孤月明。传言，对不起！

传言看罢，泣不成声。

（三）

"我认识省肿瘤医院的一个专家，现在就和他联系，你回家准备准备，争取第一时间去检查一下，"县医院副院长张俊峰一改往日的嘻嘻哈哈，表情严肃地说道："若是良性，自然是虚惊一场；若是恶性——"

传言从进到俊峰办公室就一直魂不守舍，此刻听了俊峰的话，故意掩饰内心的某种情绪似的，嬉皮笑脸地接腔道，"吹灯拔蜡？驾鹤西去？宛容犹在？"

他们两个平时是惯开玩笑的，乱起来的时候甚至争着要在将来为对方致悼词，而此时，传言刻意的轻描淡写还是让俊峰有点意外。俊峰心想，在大病面前，平时洒脱的传言难道也慌了神？俊峰掩饰住内心淡淡的失望，盯着手里的 CT 片子，顾自说道："你不要不当回事，但也不用太过紧张——即使是恶性，如果发现及时，还是有不小的希望；当然，如果是晚期的话，那就……"

传言难掩内心情绪的波动，看俊峰斟酌着用词，替他着急，接道："那就想吃啥吃点，想喝啥喝点，百无禁忌，此生永别？"

俊峰看他不在乎的样子，狠狠心说道："真要是那样的话，有什么该了的心愿还是尽快了了吧！"

俊峰掏出手机要给省城的专家打电话，传言的手机响了。传言一边掏手机，一边心里嘀咕着：有时候半个月没有一个电话，让人都疑心是不是电话坏了，今天一大早先是俊峰催着来医院说检查情况，接着是同学志丹约着在县医院门口见了一面，这会儿又是——掏出手机，屏上显示"老夫子"三个字。

按下接听键，没有称呼，没有应酬，传言只轻轻"喂"了一声。

那边也没有客套的话，说："来一下我的办公室。"

"好，十五分钟"，传言道。

"慕西山利用分管财务的身份和传言对他的信任，把一部分单位节余而存放在宾馆的项目管理费虚列支出套现自肥 47 万余元。这一行为被闫吉巨查出后，慕西山一次拿出 50 万元收买闫吉巨，并承诺自己就是对方牧养的人，一生一世为其差遣，唯命是从，肝脑涂地，在所不惜。两人结为同盟后，在多方寻找传言违纪问题无果的情况下，放出手段，抓住传言单位司机在维修厂虚报几千元修理费的把柄，诱其做伪证陷害传言私车公养。

同时，在此次办案过程中，还发现慕西山以迎接上级检查验收需要送礼、送钱或陪同检查人员喝酒、唱歌、打牌之名，向施工企业索取钱物折款 120 余万元。此人对内监守自盗，罪行败露后又伙同闫吉臣栽赃陷害单位领导；对外造谣诬蔑中伤丑化上级机关工作人员，敲诈勒索巨额财物，且使施工企业对国家日益向好的反腐行为产生误判，对日渐净化的社会风气产生误解。而闫吉臣，手下挂靠一家招标代理公司，每有招标代理项目，便恶意操纵，自招自中，然后高价转手倒卖，牟取暴利。对于给他面子的单位，大事化小，小事化了；反之，则磨道里找驴蹄，鸡蛋里挑骨头，甚至恶意栽赃，蓄意陷害，除之后快。目前案件尚在办理之中，涉案金额已近千万。"

县纪委书记滕友俭去年从市纪委空降到西坪工作的时候，传言已请假病休，现在第一次近距离接触，只感觉思路清晰，年轻有为。

滕友俭看着县委书记陆显夫，继续说道："根据您'解剖麻雀，客观公正，讲究证据，办成铁案'的指示，慕西山监守自盗，闫吉臣执纪违纪，两人狼狈为奸，恶意构陷，证据确凿，确属魑魅魍魉之辈"。

滕友俭说完了。

陆显夫喝了口水，没有说话，看了眼绳传言——有一段时间没见了，感觉传言有点心神不宁的样子，也没多想，只是来回踱着步。传言早就心若止水，此刻仍是有点吃惊——纪委书记口中的慕西山，是那个敬业、正派，经常加班加点的慕西山吗？是那个充满爱心，到贫困户家中都要自掏腰包帮助他们的慕西山吗？是满身正能量，微信群里转发着诸如"便宜占多了，灾祸跟着你""人在做，天在看""所有坏人的结局都是一样的""做人，失信是最大的破产""科学家惊人发现：善恶有报是真的"那个慕西山吗？

传言想起有一次单位纪检组长赵廷朴好似随意地说："西山分管财务有一段时间了，是不是考虑换一换分工？"传言急着要到高速口接一个检查组，随口问道："怎么，西山有什么问题吗？"廷朴嗫嚅着道："我只是闲说，你定！"传言怕到高速口的时间紧张，未再多言，只是慌里慌张地先走出门去，一面交代走在后面的廷朴把门带上，现在看来，也许是廷朴发现或听到什么情况，话里有话地想提醒自己？

世界上最恶心人的是，你看到了一个人最虚伪的一面、丑陋的一面，而其他人都没有看到，他们都一如既往地、发自肺腑地认为这个人诚实、善良、正派、率性。

而世界上更恶心人的也许是，其他人都看到了一个人的虚伪、自私、阴暗甚至丑恶、卑鄙，而只有你没有看到，你器重他、信任他、倚靠他，你一如既往地、毫无保留地、掏心掏肺地对他好，然后被他狠狠地欺骗，甚至栽赃、陷害。

人，最怕什么？

难道不是珍惜后的失去，信任后的背叛，付出后的心寒？

传言在心里淘气一下，是不是去看守所看一下慕西山，问问他是否认识"廉耻"这两个字。

"监守自盗？那些腐败分子，哪个不是在监守自盗？他们盗取钱财，盗取公平，盗取正义，盗取良知，盗取环境，盗取信任，盗取友谊，盗取信仰，把一个好端端的社会，弄得乌烟瘴气、乌七八糟。"陆显夫在室内转了几圈，坐回到座位上，声音哑哑地说道。

"综合去年以来办的案子，有一个令人痛心的发现，那就是最不应该成为朋友的双方，本应水火不容、势不两立的双方，却成为铁杆朋友。你看，保护资源的和破坏资源的成为好朋友，扫黑的和涉黑的成为好朋友，查处违规建设的和违规建设的成为好朋友，查处公路超限的和公路超限的成为好朋友，最可气的是闫吉臣，反腐败的居然和腐败分子沆瀣一气。"滕友俭恨恨地说道。

"培根曾经说过，一次犯罪相当于污染了河流，而一次不公正的审判则是污染了水源——这句话说出了司法腐败的巨大危害。"陆显夫书记字斟句酌地说："纪检监察机关作为共和国最得力最坚强的一道防线，出了闫吉臣这种内鬼，相较于司法腐败，其危害更甚。"

"一个社会的无耻之处正是在于，有的人，明明是坏人，却以正人君子的面目出现，评判褒贬一个比他优秀得多的人，而人们还以为他说得对——如果听任这种情况存在，势必会严重破坏一个国家的诚信体系。这两年引发舆情的'教师节假日 AA 制聚餐被通报'和'检查教育系统办公室时发现抽屉有烟、咖啡、零食以及文件柜出现小说、散文等与工作无关的书籍被通报'，既暴露出部分执纪人员素质有待提高的问题；也反映出部分纪检人员以为自己'代表国家执纪'而产生的'一切由我说了算'的言出纪随的思想在作祟。至于闫吉臣，则是清理门户问题——如果不能斩断这类奸佞之人进入纪检部门的通道，冤、假、错案自然会层出不穷。我已安排就此两方面问题开展专项整治活动。"滕友俭说道。

陆显夫说："腐败分子为了一己私利，以'真善美'为成本，源源不断地生产各种各样的'假恶丑'，使得明规则悬置，潜规则盛行，而且使人对社会管理者的信任大打折扣，甚至对社会丧失信心，造成民心资源流失，削弱了执政的群众基础，使社会不得不在亚健康的状态下负病前行。我到县里工作以后，感受最深的就是托关系、打招呼成风，并且有一个明显的特点，那就是违法的找人，不违法的也要找人；没理的找人，有理的也要找人；混账的找人，不混账的也要找人；不要脸的找人，要脸的也要找人；混日子的找人，正干的也要找人；小人找人，君子也要找人……所以，锻造一支能征善战的反腐队伍，致力于不敢腐、不能腐、不想腐'三不'建设，可谓任重道远。"

滕友俭在笔记本上飞快地记着。

"先看不敢腐，十八大以来，别的不说，单看查处了多少高官吧——从中央常委到政治局委员，从军委副主席到政协副主席，从省委书记到部委一把手……这些被反腐反掉的人，曾几何时又是最优秀最精英的人——要么寒窗苦读，要么爬冰卧雪，许多人曾屡建奇功，却不幸触碰了腐败这根高压线，他们之殇，既是家门不幸，也是国家损失啊！但是，尽管反腐力度之大前所未有，却仍有一大批'勇士'前腐后继。远的不说，就以我们都熟悉的我的前任为例，他是十八大后不久调来西坪任县长，两年之后接任县委书记，可以说，赵典兴的腐败史与国家力度越来越大的反腐史正好相吻合——这也说明，构建不敢腐的机制仅仅是权宜之计，不仅难以治本，且效果有限，这也从另一个角度要求你们高悬反腐利剑，坚持露头就打，把腐败成本降到最低限度。"

传言心想，到底是市委大秘出身，看问题就是有深度。滕友俭则低着头，飞快地记着。

"至于不想腐，当然是惩治腐败的理想状态——即使没有监督，不会被发现，不会受惩处，我也不贪不腐！有没有这样的官员呢？肯定有。但是，正如马克思所说，人们奋斗所争取的一切，都与他们的利益有关——如果仅把反腐寄希望于不想腐，对于有的人，比如争权夺利的人，跑官买官的人，岂不相当于让硕鼠看粮仓，让肥猫看咸鱼，让小偷看钱包，让嫖客看妓女，让狼看狈，让干柴看烈火？"

显夫喝了一口茶，接着说道："所以，最根本的还是要筑起第三道防线——不能腐。你胆子再大，敢腐；欲望再强，想腐，但是，没这个条件，没这个空子，没这个漏洞，敢腐想腐，却不可能腐，这才是名副其实的治本之策。你们发现两个成语的奇妙联系吗？一个是鬼迷心窍，一个是财迷心窍，这充分说明，能迷住人们心窍的，一个是鬼，一个是财，因此，对那些利令智昏的迷住心窍的贪腐官员们，'不想腐'对他们简直是对牛弹琴，'不敢腐'也起不了根本作用。对这一点，上面其实看得非常清楚，高层曾经说过，我们目前采取严厉的对腐败的惩治措施，就是要以治表之策，为治本赢得更多时间。"

陆显夫到县里任县委书记之后，传言整日担心他被围猎，现在看他在反腐方面颇有见地，松了一口气，说："是啊，早日建立起'不能腐'的机制，有利于破解干部被围猎的态势，对干部特别是不想腐的干部，能起到较好的声援和保护作用呢！"

"周本顺忏悔录中有一段话，是这样说的——'领导干部被围猎，都是在含情脉脉的环境中完成的，其基本轨迹都是从感情投资到利益交换。在这个过程中，猎人们从不露出举枪张弓的凶狠，而是展示少女天使般的笑容。如果被围猎者没有足够的政治清醒和政治定力，就很难识别、幸免。'一些干部在围猎中折戟沉沙，自然有其自身的原因，但不可回避的问题是，有许多被围猎的干部，他们一小是好好学生，参加工作后是好好先生，他们待人礼貌，人生顺达，便后洗手，家国天下，对社会、人心的复杂、凶险程度缺少认知，更何况，有许多高明的猎人最初都是以猎物的形式出现，歌舞升平之中，已被人纳入毂中。"

滕友俭仍在埋头飞快地记录着。传言看显夫端起茶杯喝水，说道："美国高级法院第十七任首席大法官约翰·罗伯特 2017 年 6 月来到新罕布什尔州的卡迪根山中学，在儿子的毕业典礼上发表了一番不一样的演讲，引发了美国媒体和社交网络的疯狂转发。他说道，在未来的岁月里，我希望你们经常遭遇不公，这样你们才能懂得公平的价值；我希望你们遭到背叛，这样你们才能领悟到忠诚的重要；希望你们经常感到孤单，这样你们才不会把朋友当作理所当然；希望你们偶尔运气不佳，这样你们才会珍惜机会；愿你们偶尔被人忽视，这样你们才能对别人有同情的理解。相比于他对儿子的希望，我们的领导干部在对后代的培养上，有几个人不是让孩子走捷径，插队，甚至拔苗助长？有几个人不是把孩子安排得一帆风顺，生怕他们受一丁点的委屈？这种温室里培育出来的花朵遇到凶险的环境，自然容易遭受挫折。"

陆显夫话里有话地说道："是啊，不只我们的孩子，包括我们的各级领导干部，也应该偶尔遭遇不公，这样，我们才能懂得公平的价值；遭遇背叛，这样，我们才能领悟到忠诚的重要；感到孤单，这样，我们才不会把朋友当作理所当然；运气不佳，这样，我们才会珍惜机会；被人忽视，这样，我们才能懂得倾听，不轻易打断别人的话头；感受痛苦，这样，我们才能对别人有同情的理解，才能设身处地，感同身受。"

滕友俭说："前一段时间云南广播电视台拍摄一部反腐警示专题片《围猎：行贿者说》，起底官场'围猎'现象。其中，关于'围猎'者与被'围猎'者关系地位的转变，云南省财经委办公室原副主任王俊强有一个'四马说'，可谓概括精妙，意味深长。他说：他和一个商人认识后，那个商人表现得像个忠实的家奴，当'跟屁虫'，'钱夹子'，这是'拍马'；博得他的信任后，那个商人开始以他的名义招摇撞骗，甚至封官许愿，这是'溜马'；有人挡住那个商人发财之道的，他们就开始让遭'围猎'的官员为他们站台、清场、开道，这是'打马'；最终，正是那个商人致使他'落马'。"

陆显夫不无忧虑地说："拍马—溜马—打马—落马的'四马说'也好，上撬嘴巴、下攻鸡巴的'两巴'说也罢，对权力的围猎是一个长期的话题——腐败现象是权力的衍生物，有限的权力能产生有限的腐败，绝对的权力能产生绝对的腐败。沈栖在《解读一道"腐败公式"》中写道，南非政治学家罗伯特·克里特加德一直关注各国政府官员腐败的态势，并撰写了《控制腐败》等著作。他在对大量腐败案例进行理性分析的基础上，演绎出一道'腐败公式'，即：腐败所得-（道德损失+法律风险）>工资收入+廉洁的道德满足。即腐败所得减去该行为所承受的道德损失和法律风险（被发现和被制裁的可能性）后，仍大于其工资收入和廉洁所带来的道德满足时，官员有可能产生从事腐败行为的动机。罗伯特·克里特加德的'腐败公式'很明确地揭示：官员受贿是一种'腐败行为'。因为这是官员在正当的工资收入外的不正当收入，且这种不正当收入几倍、几十倍、几百倍、N倍绝对性地超出其正当的工资收入。不正当收入显然是经过不正当途径所得，它是官员利用公权谋取的私利。

"官员从事腐败行为，无论是公开索取还是暗自'笑纳'，都将要承受'道德损失'和'法律风险'。前者是与其从事腐败行为同时发生的，一旦收受第一笔贿金，那么，官员作为国家公务员，他的道德底线就已然被突破，成为'道德沦丧者'而失去继续充任国家公务员的资格。至于后者，则因贿赂的授受双方行为隐蔽、手段狡诈，有些腐败的官员犯罪和暴露有一个'时间差'，其受惩处的'法律风险'往往不是'现世报'。甚或在'一对一''天知地知你知我知'的特定情形下，某些官员受贿被发现被制裁则似乎成为一种'可能性'。然而，可以断言，那些贪得无厌的腐败者倘不敛恶迹——而事实上，这些人往往难以'金盆洗手'，只会愈演愈烈，总有一天会因败露而承担'法律风险'，被发现继而被制裁是必然的，仅是一个时间迟早的问题。

"既然受贿行为要承担'道德损失'和'法律风险'，官员何以还要铤而走险？罗伯特·克里特加德'腐败公式'有一个关键词："大于"。贿赂显然有一种诱惑力，这种诱惑力减去'道德损失＋法律风险''仍大于其工资收入和廉洁所带来的道德满足'，于是乎，利令智昏，什么'道德''法律'，什么'廉洁''为民'，统统置于脑后，理智丧失，良知泯灭。恰如帕斯尔卡《思想录》中所比喻的那种人：'当自己眼前被一些东西妨碍而看不见悬崖时，他就会无忧无虑地在悬崖上奔跑了。'其后果不言自明。

"罗伯特·克里特加德在论述'腐败公式'时，措辞极为谨慎。他认为：在利益的诱惑下，'官员有可能产生从事腐败行为的动机'，是或然性而不是必然性。那么，官员在贿赂临门时，可能还是不可能'产生从事腐败行为的动机'，关键在于是否有一种政治上的抵御能力，做到'眼不发光手不痒'。同样是面对贿赂，有些官员或悄然愧受，或始以推辞继以'笑纳'，或理所当然接受，甚或'明码标价'索取，但很多官员则是堂堂正正永不沾'腥'。这种廉洁行为且不说来源于立党为公、勤政为民的从政意识，至少具有一种'工资收入和廉洁所带来的道德满足'以及对法律的敬畏。

"自不待言，遏制腐败必须不断完善体制、机制，建立健全一系列法律法规和规章制度，以降低腐败的发生率。罗伯特·克里特加德另有一个'腐败条件'的公式，也许会给我们一些启迪：'腐败条件＝垄断权＋自由裁量权－责任制'。倘若有法律和制度的约束和规范，在官员行使公权方面杜绝'垄断权'，压缩'自由裁量权'，并且强化'责任制'的监督和考核，那么在官员面前就会筑起一堵无形的堤坝，令其产生腐败行为的概率降低，还一个清明的政治生态。

"对此，新华出版社《走出腐败高发期——大国兴亡的三个样本》中也明确指出，权力、利益和责任，是政治系统平衡廉洁运行最为核心的三大要素。这三大政治要件的失衡失序，是导致腐败高发期的核心原因。公共权力应当用于造福社会、造福民众，这是一个基本共识。施政者拥有的权力越大，意味着其所可能创造的公共利益越大，其所承担的政治责任也就越大。当然，如果权力行使者蜕化变质腐化，其所可能窃取的公共利益，即由公共利益转化成的私人利益，也就相对更大。如果权力大、利益大、责任小，'权力天平'必然失衡，腐败风险必将处于高发状态，公职人员腐败必将成为高概率事件。如果权力越来越大、利益越来越大、而责任越来越小，'一头沉'的权力天平就很难再回到平衡状态，腐败势必越陷越深，积重难返。最终，挂在口头的责任轻飘飘，捞在手里的利益沉甸甸，而本应为天下公器的权力却变成了私家特权——这才是形成腐败高发期的深层次政治原因啊。"

"是啊，在有的区域有的领域，感觉是不敢腐的惩戒机制吓不住，不想腐的教育机制不管用，不能腐的防范机制建不了，难怪有人有'反腐反腐，越反越腐'的论调。"传言不无忧虑地感慨道。

滕友俭叹了口气，说道："像传言提到的现象，其实属于'反腐迷茫论'，或者'反腐失望论'，目前有一定的市场。前段人民日报客户端有一篇很好的文章，对此做了很好的阐释。譬如针对一党执政容易滋生腐败的论调，文章指出一党执政打造廉洁社会的并非个例。典型的如新加坡，人民行动党一党长期执政，在领导新加坡实现经济腾飞的同时，成功地治理了国内的贪污腐败，廉洁程度为世界瞩目。因此，不管是多党还是一党，对腐败都没有天然的免疫力，是否产生腐败、能否管住腐败，与多党轮流执政还是一党长期执政也没有必然联系。像陆书记说的那样，杜绝'垄断权'，压缩'自由裁量权'，强化'责任制'的监督和考核，自然可以铲除腐败赖以滋生的条件；同理，面对失衡的'权力天平'，就是要拆解权力和利益的勾连，砸破资本和权力的联姻，让权力和责任挂钩，让权力与利益脱钩，通过一'挂'一'脱'，探索腐败的治本之策。"

显夫说："社会结构的变迁意味着利益在社会结构性分布上的变化，利益的驱动使得人们在政治结构中都尽可能地谋求自我利益的实现和扩大，而权力是利益实现的最重要的政治前提，即只有当人们在制度安排中使自己的利益能够得到代表时，自我利益的实现才有可能。因此，要避免强势社会阶层和既得利益集团公然窃取国家利益，必须改变'政府（群体）掠夺—权力（个体）透支'的政治运作机制，打掉权力和利益的不当关系，重新回归到政府对'公众需求（感测）—公共服务（响应）'的本来立场。现在人们深恶痛绝的权贵资本主义，即是指权力和资本合谋，以霸占和垄断社会的财富，断掉非权贵通过勤劳与智慧公平获得财富的出路，权贵资本主义之所以又叫裙带资本主义、关系资本主义、朋党资本主义、密友资本主义，是因为它是针对执政权贵阶层的贪污腐败而提出的，指的是因血亲、姻亲和密友关系而获得政治、经济上的利益以及政治领导人对效忠者、追随者给予特别的庇护、提拔和奖赏。权贵资本主义描述一个经济体中商业上的成功与否取决于企业商界人士和政府官员之间的关系是否密切。这种偏袒，有可能是违法违纪的，也有可能是表现在法律法规许可的分配、政府补助或特殊的税收政策等。不能不说，权贵资本主义现象的大量存在，是对公平正义的恶意践踏。

"不言而喻，政治环境和生态环境是一样的——正如有风景优美、山清水秀的地方，也有乌烟瘴气、山秃水污的地方一样，在政治生态方面，自然有风清气正、干事创业的地方，也有风气败坏、蝇营狗苟的地方。我们来西坪为官一任，是造福一方，还是祸害一方，是把西坪打造成风景优美、山清水秀的地方，风清气正、干事创业的地方，还是把西坪糟蹋成乌烟瘴气、山秃水污的地方，风气败坏、蝇营狗苟的地方，是摆在我们面前的严峻的选择。

"南非已故总统曼德拉曾经说过：'如果天空总是黑暗的，那就摸黑生存；如果发出声音是危险的，那就保持沉默；如果自觉无力发光，那就蜷伏于墙角。但不要习惯了黑暗就为黑暗辩护；也不要为自己的苟且而得意；不要嘲讽那些比自己更勇敢的人们。我们可以卑微如尘土，但不可扭曲如蛆虫。因为在这种不公的体制下，人人都可能是下一个受害者，因为不公可能会因为各种因素降临到每一个人身上！'正如人们经常说'雪崩的时候没有一朵雪花是无辜的''船翻都喝水'一样，如果每个人特别是社会的精英对腐败现象听之任之，甚至推波助澜，不一定什么时候，灾难有可能降临在每个人的身上。"

话虽说完，陆显夫仍眉头紧锁，不无忧虑地叹息着。

传言说："赵典兴书记落马前"，赵典兴书记虽然落马，但县里干部依然称他书记，只不过由过去的"赵书记"改为现在的"赵典兴书记"，倒不是"赵典兴书记"有多高的威望威信，而是此地干部为了显示厚道——自己不是落井下石的人——对下台的领导、退休的领导，甚至落马的领导在称呼上一如从前，"在全县干部群众的心目中始终是正义的化身。他来西坪的第一次讲话，说到送礼送钱问题，就义正词严地提到三送理论。他说，第一次，你送我退，当作是你对我的考验，不影响对你的使用；第二次，你送我退，肯定会影响我对你的看法；第三次，你送我交，肯定影响对你的使用。"——传言喝了口茶，继续说道——"后来，在全县三级干部会议上，说到廉政建设，赵典兴书记更是慷慨激昂地说，我绝不用党和人民赋予的权力为个人、家人、亲友谋取私利，绝不为一个亲戚朋友来西坪搞半点工程，绝不会安排一个亲戚朋友来西坪工作，绝不谋一点意外之财。今后，如有人打着我的旗号，或以我的亲戚朋友的名义，要求办私事、谋私利的，请大家送他一个字——滚，让他有多远滚多远。他说——我和我的爱人双方家里，都没有一个搞工程的，我也绝不允许。我可以拍桌子、拍胸口向全县人民承诺，我是这样说的，更是这样做的。有人讲，这个是我的亲戚，那个又是我的同学，哪个工程又是我的朋友。我说你放狗屁——说到这里的时候，声嘶力竭，猛拍桌子，挨着他坐的县长吓一大跳，参加会议的许多干部都忍不住笑了——后来有许多人还议论书记这番话就是专门说给县长听的——说是县长干私活太多，书记才在大会上敲打一下，直到赵典兴书记落马，县里干部还难以置信，难以接受这样一个满身正气、铁面无私的'好人'，居然是一个口里不一、口是心非的腐败分子。"

陆显夫叹了一口气，说道："所以说，一个贪腐官员对一个地方的危害，怎么说都不为过——正如塔西佗在评价一位罗马皇帝时所说的'一旦皇帝成了人们憎恨的对象，他做的好事和坏事都同样会引起人们对他的厌恶'那样，一个政府、一级组织一旦失去公信力，无论说真话还是假话，做好事还是坏事，都会被认为是说假话、做坏事。我到县里开第一道大会——你也在场的。"滕友俭专注地看着陆显夫，一边点着头，嘴里还"是是"地应着——"说到廉政建设，说到因腐败落马的惨痛教训，我语重心长、发自肺腑地让大家算好亲情账、形象账、收入账等，从人生感悟的角度让大家看看养老院、医院、火化场，意思是人生一世，如白驹过隙，赤条条来，空落落去，告诫我们的干部，不要'身后有余忘缩手，眼前无路想回头'，说得我自己都感动了，结果随后反馈说——又来一个'喷家儿'"——"喷家儿"是本地俗话，指说得大，做得小，或光说不做，或说人话不办人事。这话本就是传言传给显夫的，此时看显夫目光扫过来，传言心领神会地微含了一下头。

滕友俭由衷地说："我县当务之急的工作就是要重构政府的公信力。"

陆显夫说："是啊，所以我非常支持友俭同志一个时期的工作，提高队伍素质，纯洁队伍成分，着眼露头就打，着眼效能建设，着力营造风清气正的政治环境。同时，我还考虑以县委深改办、督查室、政研室为班底，成立一个临时性常设机构，通过调查研究制约县域经济发展的主要方面，为县委决策提供参考，以深化改革为动力，以强化落实为抓手，以干事创业凝聚人心，靠干事创业激发士气，在全县叫响'努力到无能为力，拼搏到感动自己'的口号，开创全县工作的新局面。"——陆显夫喝了一口水，意味深长地——"传言的身体休养得怎么样啦？"

传言的思绪不知晃到哪里去了，答非所问地说："前天我看到《环球时报》的一篇报道，由1.4万多名来自多国的科学家组成的研究团队在《生物科学》杂志上发表了一篇文章。他们称，在地球的31项'生命体征'中，包括温室气体排放、冰川厚度和森林砍伐等18项指标已经达到破纪录的数值。该团队代表人员建议，应该宣布全球气候紧急状态，他们同时认为，政府未能系统性解决气候变化问题的原因是'地球的过度开发'。和2019年的那一次评估相比，本次评估强调了气候灾害的'空前增加'，包括洪水、热浪、飓风、火灾等。尽管新冠疫情大流行导致温室气体排放量下降，但大气中二氧化碳和甲烷的浓度在2021年仍达到创纪录的水平。冰川融化速度比15年前加快31%，巴西亚马逊热带雨林地区的森林砍伐规模也在2020年创下新纪录。根据科研团队的文章，全球目前有超过40亿头牛和羊，各种牲畜总量已超过人类和多种野生动物的总和，这是前所未有的现象。"

滕友俭看传言答非所问且滔滔不绝，本想打断他，看书记在听，也只得听传言继续说下去。

"文章作者之一、来自英国埃克塞特大学的蒂姆·伦顿提醒人们需要对正在走向气候临界点的事实做出应对，采取紧急行动使经济'脱碳'并开始恢复自然而不是破坏自然。他警告说，越来越多的证据表明'人类正在接近甚至越过临界点'，地球一些生命体征的减弱可能会给气候系统造成不可挽回的局面，包括格陵兰岛和极地冰盖的融化，即使各国努力减少二氧化碳排放量，几个世纪内也可能无法逆转。为此，科学家们呼吁在多个领域采取'激进的快速行动'：减少化石燃料使用、减少污染、恢复生态系统、转向以植物为基础的饮食、摆脱当前破坏环境的经济增长模式、稳定世界人口。否则，迟早有一天，人类会像《流浪地球》中说的那样，'起初没有人在意这一场灾难——这不过是一场山火，一次旱灾，一个物种的灭绝，一座城市的消失，直到这场灾难和每个人息息相关。'"传言说完了，像前清遗老般的，老气横秋地叹着气。

陆显夫说："是啊，前一段联合国秘书长古特雷斯针对疫情和气候变化，就警告说——我们正处于紧要关头。我们现在做出的选择可能让我们走向崩溃，未来面临长期危机；或是取得突破，生活在一个更绿色和更安全的世界。是人类的选择，决定着人类的未来啊！"

传言看了下时间，已中午 12 点出头了，便说："我走了，不耽误两位领导用餐。"两位书记看了眼墙上的挂钟，不约而同地站了起来。走出门外，传言和两位领导打声招呼，自己大踏步地向前走去。

滕友俭第一次接触传言，感觉这个人不像其他的乡科级干部见到县委书记时那般的谨小慎微，而是大大咧咧，夸夸其谈，便用手指了指自己的头，问陆显夫道："这里'有问题'？"

陆显夫没有回答他，只是对着传言的背影道："你再想想。"

传言没有回头，只是把右手高高地举过头顶，对着空中慢慢地挥着，就好像是挥别空中的云，挥别流动的风，挥别啁啾的鸟，挥别树上的叶，也像是挥别过去，挥别时光，挥别岁月，就这么挥着，挥着，然后消失在这一排房子的拐角那里。

第三章

03

小愉儿，你在哪里

（一）

我的位置。默认：西坪县恒顺小区。

输入终点。输入：襄江县望花湖镇初中。

开始导航。547 公里，5 小时 30 分钟，13 个红绿灯。

（二）

多年来，这是传言不敢触碰的禁区。

就像一块永远不会结痂的伤疤，不敢碰，不敢想，不敢提。

也像一个躲避在暗室里的幽灵，不敢见风，不敢见光，不敢示人。

传言学会了吸烟，也学会用酒精麻醉自己。在无人的夜晚，他甚至用扇自己耳光的方法来惩罚自己那清晰的记忆。

这一切，都是为了忘却。

而这一切，自然是难有成效。特别在 1995 年暑假及随后一段时期，所有的这一切，都无异于螳臂挡车，以卵击石。

好在秋期开学不久，县委办公室向教育系统要几个写材料的人，虽然校长刻意压着这一消息，但在其他学校教学的同学陆续向传言传递着相关的信息，在教育局上班的同学李文哲干脆直接向负责选拔工作的副局长推荐了传言，结果，传言凭借在报刊上发表的几十篇文章被毫无悬念地选中调入县委办工作。调入办公室后，传言把一切精力都放在工作上，经常加班加点，废寝忘食。领导和同事们只道传言勤奋敬业，只有传言自己知道，唯有如此，才能减轻痛苦，忘记痛苦。后来，心如死灰的传言经人介绍，和在国税局工作的吴爽结婚。婚后，妻子操持家务，贤惠能干。再后来，儿子绳愉出生了，传言脸上的笑容才日渐增多。

时间是最伟大的。一切的山盟海誓，一切的失意落魄，一切的肝肠寸断，一切的痛不欲生，在时间面前，要么忘却，要么灭亡。

所以，传言以为当年那份刻骨铭心的所谓的爱情早就死了，包括当年的那个传言，也随着那份爱情一同死去。

死去了二十多年。

直到前天。

（三）

前天，传言去县医院取检查结果的路上，接到了仍在晋柏初中教学的同学夏志丹的电话。在县医院门口相见后，夏志丹告诉传言，校长杜耀宗上周酒后猝死，收拾他的办公室的时候，在一个锁着的抽屉角落里，发现了寄给传言的一封信。

接信的时候，传言的心脏狂跳了一下，就像一个粗野的装卸工从车上向地面掼一只装满粮食的麻袋一样，"嘭"的一声，险些震掉了传言手中的那封信。传言竭力掩饰着自己的失态，谢别了志丹，走到一个角落里，急切地看那封信。

那是一封寄自"襄江县望花湖镇初中"的信。传言的心都要从嗓子里跳出来了，哆嗦着拆开信，里面就一句话：你能来看看我吗？没有开头，没有落款，甚至没有时间，就这么孤零零的一句话：你能来看看我吗？

再看信封，黑色邮戳正中的方框内显示：1995. 11. 16

传言调入县委大致一个月的时间。

（四）

　　本以为一切早就忘了的，死了的，早就心如止水了，早已风平浪静了，倏然间，就好像奄奄一息的鱼儿又回到了水里，拴绑着的雄鹰又放飞到空中，又仿佛被春风拂过的枯萎的草儿、凋零的树儿，一切又鲜活起来，栩栩如生起来，花枝招展起来。

　　当年的那些来信，早就烧掉了。信中的内容，以为早就忘记了。甚至连信的主人公，好像不认识似的，好像就没有出现过似的，不存在似的，一切仅仅是一个梦似的。

　　然而，此刻，如千百个幸遇大赦的死刑犯冲出牢笼一般，如万千脱缰的野马啸叫草原一般，那些被刻意压着的一切，所有的一切，奔涌而出。

　　绳同志，做个谈心的朋友，好不好？

　　我是社会上很不稳定的一分子，我不会一辈子只做一种工作。我野心很大。我什么都想尝试。别人能做的，我为什么不能？我不把自己当成一个女孩子，也不把自己当成一个男孩子，我没有"性别"，让你见笑了。

　　再见！（能吗？）

　　每个人都有两个形象，一个是属于众人的，一个是属于自己的。如果这封信被我的同学、老师、母亲看到了，他们一定不会相信，不会相信，这是我写的——那个大大咧咧的，"少年不识想滋味"的小愉儿。

　　传言，你是我内心最隐秘的存在，最温馨的存在，最浪漫的存在，我不愿那些目光和猜测亵渎这份感情，你能理解的，是吗？

　　……

你不是要和那个在大城市上过大学，又分在大机关工作，既知书达理，又见多识广的校长儿子结婚吗？

你不是留在条件优越的襄城市，即使以后有了孩子，他们也能够在好的环境中接受好的教育吗？

你不是说不再来往了吗？

你不是说，梦醒了，难道我们还要沉溺在梦中吗？

而现在，不，不是现在，寄自 1995 年 11 月 16 日的二十多年前的这封信，到底是为什么呢？

——你能来看看我吗？

（五）

全程高速。从襄江站出高速的时候，导航显示距离望花湖镇还有 18 公里，还需 27 分钟。

放下车窗，一阵隐隐约约的荷香飘了进来。

车载 CD 里，正在播放着张江那首"你过得还好吗"的歌曲。

> 好久没有你的消息
> 思念一刻不曾停息
> 记忆已风干
> 离开你的那个秋天
> 落叶划过你的泪眼
>
> 好久没有你的消息
> 是否努力把我忘记
> 时间过太快

我只想让你明白
那些刻骨铭心都还在

你过得还好吗
偶尔会想我吗
想没想过重逢的一刹
会把我紧紧抱住吗
你过得还好吗
还会有一些期待吗
我还在你的世界里存在吗

好久没有你的消息
是否努力把我忘记
时间过太快
我只想让你明白
那些刻骨铭心都还在

你过得还好吗
偶尔会想我吗
想没想过重逢的一刹
会把我紧紧抱住吗
你过得还好吗
还会有一些期待吗
我还在你的世界里存在吗
我还会在你的世界里存在吗

193

（六）

一路上思绪万千，不得不在服务区逗留了不少时间。

早上七点从家中出发，五个半小时的车程，到望花湖镇的时候，已经下午四点多了。

街道干净整洁，人们友善热情。传言找一家小旅馆住下——小旅馆也有一个好听的名字，叫"听荷轩"。所有的一切都透着一股亲切、亲近感。

简单沐浴之后，传言信步向位于镇西的望花湖走去。

这就是小愉儿信中的望花湖吗？

这就是让自己心心念念的望花湖吗？

这就是在梦中无数次出现过的望花湖吗？

望花湖足有上万亩。正是初秋时节，湖里有人在采摘着莲蓬。水里边，一叠一叠的金黄在莲叶间跳跃，在涟漪间摇曳，满天的彩霞着了火似的，染红了整个天空。只见"棹动芙蓉落，船移白鹭飞"，今生却再不会有期盼了无数次的"笑入荷花去，佯羞不出来"的那个人。

无心品味王维"当轩对尊酒，四面芙蓉开"的观荷，甚至也无暇伤时悲秋，无暇触景生情，无暇感叹人生，传言只是机械地漫步在望花湖畔，眼里是"翻空白鸟时时见"，鼻嗅着"照水红蕖细细香"，心里却一直在想着那封信，那封 20 多年前的孤零零的那封信：

——你能来看看我吗？

不知不觉间，天已黑了，一钩弯月挂在东天。

传言在湖边找了一个地方坐了下来。湖里的人早已散去，除了偶尔一两声呢喃的秋虫，四周一片静寂。

小愉儿和校长的儿子没有结婚吗？

临近毕业的小愉儿忽然害怕一个人到千里之外了吗？

小愉儿的母亲出尔反尔，坚决反对她去找我吗？

望花湖镇初中是小愉儿从小就生活的地方吗？她毕业之后也回到这个地方教学了吗？她现在还在这里教学吗？

自己现在来会不会显得冒失？她的爱人心眼小吗？她会怎样向爱人介绍自己？会怎样让孩子称呼自己？

小愉儿曾经在信中说过茫茫人世没有一个可供祭拜的坟头，这句话是什么意思呢？

为什么就这孤零零的一封信、孤零零的一句话？

······

传言无意间发现距自己很近的地方竟有一个亭子，走近一看，上书"瑞莲亭"。亭柱上一副楹联：多情明月邀君共，无主荷花到处开。心里疑惑着，这不是四川眉山市三苏祠里面的亭子吗？这里居然也有一处。便想着附庸风雅，刚想到忘了谁写的那句"静坐莲池香满袖，晓行花径露沾衣"，正思量着是不是不伦不类，一阵优美的旋律传了过来：

> 荷花娃娃，小红脸儿；
>
> 撑着一把，小绿伞儿；
>
> 将头露出，伞外边儿；
>
> 它要亲亲，小雨点儿。

传言大喜过望，这不正是自己谱的那首曲子吗？随着熟悉的旋律，从荷叶深处划出一条小船，划船的是一个一二十岁的姑娘，穿着红衣裳，绿裤子，宛若天仙般地立在船头，水里边，一叠一叠的金黄在船周边跳跃，在涟漪间摇曳，满天的彩霞着了火似的，染红了整个天空。

那个姑娘向着岸边飞快地划过来，近了，近了，她跳上岸，捉住传言的双臂，惊喜地问道："传言，传言，你怎么才来？"突然她发现自己捉着的是一个肚子微凸的，满身油腻的中年人，她甚至发现眼前这个人还是一个要到省城肿瘤医院进一步检查，如果确诊有可能一年半载都活不过去的人，厌恶地把双手用自己的手帕反复擦了几遍，恼羞成怒地摔下手帕，转过身，倏地不见了。

传言羞愧至极，想喊，喊不出声，急出一头汗，醒了。

月已西天。

（七）

学校位于镇区西南部，与望花湖毗邻，作为乡镇初中，规模算是不小的了。

传言怀着忐忑的心情，礼貌地向学校的门卫问道："请问，童愉教师在吗？"

那个60多岁的门卫热切地看着传言，急切地问："是绳传言——老师吗？"

传言点了点头。

门卫老人一把抓住传言，好像生怕他跑了似的，拉着他就向校园里边走去，那速度一点不像一个年近七旬的老人。传言心里奇怪极了，他怎么知道我的名字呢？好像听见了传言心里的疑问，看门老人说："每隔几天，老校长都要问问你，把我的耳朵都快磨出茧子来了。这下好了，他可以安心到孩子那里享清福去了。"在校园的角落里，一个更老一点的老人正在侍弄着一个小菜园。离老远儿，门卫老人便邀功似地喊道："老校长，传言来了。"老校长猛地抬起头，惊喜地，却又表情复杂地看着传言："可把你盼来了。"

童伟是襄城市插队落户在望花湖农场的知青。在他们这个知青点，除了襄城市的几个知青，还有上海来的几个知青。童伟多才多艺，性格开朗，漂亮大方，是望花湖镇所有男青年的偶像。我比他们年长几岁，但由于我是望花湖初中的团支部书记，经常在一起联谊联欢搞活动，所以都十分熟悉。

后来，上面给了他们知青点一个大学生名额，童伟和一个上海知青通过初步推荐，正要进一步政审的时候，童伟却主动放弃，把名额让给了那个上海知青。后来又过了一段时间，人们发现童伟居然怀孕了。据说，知青点的负责人曾暗示她把孩子偷偷打掉，以免影响以后的进步；她的父母甚至以断绝关系来威逼她流产，以免耽误今后的人生，但她一根筋地非要生下这个孩子——虽然望花湖的人纯朴善良，但未婚生育毕竟是大事，此后，大学生推荐也好，招工也好，回城也好，都与童伟无缘。后来我当校长了，还是我找着组织，以学校缺老师为名，把她要到学校当了老师。而童伟的父母也真的与她断绝了关系，只剩下童伟与这个来历不明的孩子相依为命，而这个孩子，就是童愉。

童愉这孩子，从小就聪明，调皮，胆大，义气，别看是女孩，是学校里这一茬老师子弟的孩子王。别的校长都盼着假期能放松放松，休息休息，而我，越是假期越紧张，越是假期越操心，主要原因就是因为这群孩子，他们上天入地，腾云驾雾，直把学校折腾得乌烟瘴气。最可气的是童伟，对孩子百依百顺。一次，我们亲眼看着童愉爬到高高的大树顶端，树枝被她压得一弯一弯的，我的心都要跳出来了，可童伟居然没事人似的，笑眯眯地看着。我劝她孩子该管还是要管一管，可你猜她怎么说？她说刺猬说娃光，屎壳郎说娃香，黄鼠狼说娃凹嘟嘟的耐端详，我看我家小愉儿就不错。我心里说，就你孩子这天不怕地不怕的样子，有你哭的那一天。不过这孩子也是奇怪，闹是闹，学习成绩却一直好，从小学开始，在我们学校上初中也好，包括后来在县城上高中，成绩一直名列前茅，教过她的老师都说，再难理解的问题，这孩子是一点都透。

童愉真正变化在高一下学期。之所以记这么清楚，是因为前后差距太大。如果以前是浑天浑地的薛蟠，那后来就是聪明懂事的薛宝钗。最大变化就是看书，真真正正地手不释卷。到后来，连我们学校几个学识渊博的老师都自叹不如。不过，这孩子，想起一出是一出，时有惊人之举。高二分科的时候，不知是怎么想的，硬是放弃了占优势的理科，要学文科；学文科也行，后来高考临填志愿的时候，班主任老师都说了，她的成绩上个本科轻轻松松，而她却魔怔了般地坚持要报我们襄城师专，这些放在别的老师身上能气死的事情，在童伟老师那里都是一笑了之。

"小愉儿现在在哪儿？她和你的儿子结婚了吗？他们过得好吗？"

传言一肚子的问号，特别是关心着小愉现在的状况，趁老校长端起茶杯喝茶的机会，急切地问道。

"什么儿子？什么结婚？"校长一脸疑惑。

"她不是要和你的儿子——那个比她大四岁，和她青梅竹马，后来大学毕业分配在市政府办公室工作的您的儿子结婚的吗？您不是也找人向童愉的母亲提过亲的吗？"

"我的孩子是比她大四岁，大学毕业之后是分配在市政府办公室工作，而且，她俩也确实是青梅竹马，可是，我的孩子也是个女孩啊，何来提亲一说，又何来结婚一说？"老校长彻底震惊了。

传言吃惊的程度一点不亚于校长。他昨天晚上还曾经在脑海中划过一个念头，猜想会不会是校长的儿子甩了小愉，而女孩子脸皮薄，不好意思向传言明说，所以才会写了那封一句话的信来试探传言，现在看来根本不是那么一回事儿。"她——她原来说好——一毕业就——就到——到我——我那儿去的。说——说和——和她的母亲也——也说好了的，变卦的原因说是要和您的儿子结婚的。怎么会这样？"传言感觉思维都跟不上了，说话也结巴起来。

老校长终于听明白了，他向传言做了个用茶的姿势，叹了口气，继续说道：

小愉喜欢上千里之外的你，一开始她的母亲是坚决反对的，我没有见过她发过脾气，但那次，不料她会发那么大的脾气，那么痛不欲生——大概是担心女儿到你那里，一旦遇人不淑，举目无亲，就像她当年那样孤苦无依吧。不像在这里，最起码有我们这些同事，有小愉的同学、朋友。但她们娘俩都是一根筋，寻死觅活的。后来，还是我出面，小愉，大学毕业之前不允许和你见面；童伟，不干涉小愉大学毕业之后的决定。事后童伟向我解释，之所以坚决不允许小愉在大学毕业之前和你见面，就是怕小愉犯像当年她犯的错误——童伟当年是多么心高气傲，多么激情飞扬，一个未婚先孕，众叛亲离，自己也一辈子憋屈在学校这一方天地里，忍受了多少冷言冷语，个中的苦涩，外人恐怕是难察万一。

后来，小愉给童伟看了你发表在报刊上的文章。《青年导报》上你那清纯儒雅的形象，童伟一眼就喜欢上了；你那几句"凡人智语"，像"一个人可以走的路有许多条，一个人正在走的路却只有一条"，像"对小羊，我是青草；对恶狼，我是猎枪"，就像是说到了童伟的心坎里。你那几篇文章，童伟也是爱不释手，看了一遍又一遍。她点评着你的《雨》，点评着你的"《精心构思笔端寄情——小小说〈心中的丰碑〉读后感》"，点评着你的《翠翠》，她多次对我说，能写出这种文章的人，这么情深义重的人，这么正直正派的人，这么忧国忧民的人，怎么可能对愉儿不好呢！她甚至向我检讨，不该不相信愉儿的眼光，不该粗暴干涉孩子的决定。后来，小愉儿又给她看了你创作的歌曲《咏莲小调》，童伟简直喜欢坏了。她对小愉说，同意你们交往，支持你们交往。她还让小愉对你说，欢迎、邀请你来望花湖做客。但我们都知道，凭小愉的倔强劲，她既然承诺大学毕业之前不和你见面，她是不会让自己言而无信的。

老校长往茶杯里续了开水。传言仿佛呆了一般，听着校长往下讲——

小愉临近毕业的那年春天，童伟经常咳嗽，后来又发展到胸闷、胸痛，到镇卫生院开了不少药，不但没有痊愈，反而越来越厉害，我派了一个老师陪着她到市中心医院做了检查，居然是肺癌。童伟知道结果后倒是冷静，她第一个想法就是要瞒住女儿，让女儿分配到你那里之后，再公布病情，这样，大不了女儿来回跑着会辛苦点儿，但不至于耽误女儿的终身大事。可你也知道，学校这种地方，老师、学生、学生家长，人多嘴杂，不知怎么的，就传到愉儿那里。听说派遣证都已经填到你那里了，她硬是找着老师改了回来。童伟知道想要让她再改回去的时候，小愉儿本身就不同意，另外，也为时已晚。为此童伟哭了好几天，难受了很长时间。

局里征求童愉意见，要把她留在县城，但她义无反顾地回到了望花湖初中。后来，童伟咨询了几个医生，采取了保守疗法。童愉一边上课，一边照顾母亲，闲暇就是看书。这一时期，童愉好像就这三件事，高高兴兴给学生们上课，认真细致地照料母亲，无声无息地埋头看书，其他的一切，都被她屏蔽了，遮挡了，忽略了，掩盖了。也有很不错的孩子想和她处朋友，也有老师介绍了很优秀的男孩，甚至教育局局长让我为他在组织部工作的儿子当媒人，所有这些，都被愉儿一一谢绝。

传言的眼泪不知什么时候已流了出来。

他擦掉已流到了下巴的眼泪，继续听老校长往下讲。

童伟的病拖了近五年时间，走了。没了母亲的童愉突然之间六神无主了似的。那些年，除了陪母亲看病和购买必需的生活用品之外，愉儿是很少走出校门的；而送走母亲之后，可以说，除了上课和解决生活所需之外，愉儿很少走出家门。如果说高一的时候愉儿从呆霸王薛蟠变成了聪明伶俐的薛宝钗，那么，那一时期的愉儿，就是从聪明伶俐的薛宝钗变成了多愁善感的林黛玉。

传言已泣不成声。老校长继续说着——

我劝她多和年轻人来往，谈心，交朋友，多出去走走，看看，玩玩。后来，她向我请了几天假——自参加工作以来，除了陪母亲看病偶尔请过两次假外，这还是第一次。

几天以后，愉儿回来了。与此前那一阶段相比，又恢复到了薛宝钗的状态。

此后，好像铁了心要当老姑娘似的，说什么都可以，一说婚姻，一概免提。

我想，时间能忘掉一切的。再过一段时间，她应该会越来越淡忘你，越来越淡忘她的母亲。到时候，一切都会好起来的。人，不都是这么过来的吗？

就这样，又过了一年多时间。

一天，童愉来到我的办公室。

她把一个装着五万元现金的档案袋交给我，让我在学校成立一个专门救助女生的"童谣女童救助基金"。我吃惊地看着，既为她的基金名称，也为她的捐助行为——献爱心活动学校经常搞，但像她这样母亲常年患病，即使是保守治疗也不少花钱的家庭，五万元可以说是全部家当。拿出全部家当来奉献爱心，我的心不由揪紧了。看她一脸严肃，我也没有多问。只是提醒般地把她说的基金名字重复一遍，特别把"童谣"二字加上着重号。

她递给了我一张写有基金名称和捐赠人姓名的纸条。我要喊财务人员来给她办手续，她又递给我一个密封着的档案袋，说：不用，等他来了一并交给他。然后，她递给我一封辞职信。这一切发生得太过突然，我还没来得及多问，她已走出门去。

从那以后，我再也没有见过她，也没有听到关于她的任何消息。

老校长喝了一口茶，长长地舒了一口气，好似了却了一桩心事一般。

传言目瞪口呆。

——绳同志，做个谈心的朋友，好吗？

——我想你　我想你　我想你

——你要等着我呀！

——我们还是不要再来往了。

——你能来看看我吗？

……

老校长拿来了一张《中学生作文报》，指了指上面的一篇文章。

我的老师

我的老师不一般，也不二般，她就是我们八·三班的语文老师童愉。

童老师爱哭。

有一天，她给我们讲李商隐的《夜雨寄北》：君问归期未有期，巴山夜雨涨秋池。何当共剪西窗烛，却话巴山夜雨时。她带着我们逐字逐句地领悟诗中那种爱人之间荡气回肠的相思之情。然后，她情深意切地告诉我们，其实李商隐写这首诗的时候，他的妻子已经亡故了，他只是在这无尽的缠绵的夜雨中想到了自己的妻子，想象着她还在家中等着自己，盼着自己，然后，回去的时候，再一起相拥在窗前，整夜整夜地倾诉着对对方的思念、眷恋……

没有体会过相思之苦的我们眼泪都要流下来了。眼尖的同学说，童老师的眼泪早就流出来了，她装作在黑板上写字，其实是在擦眼泪。

童老师爱笑。

在一次作文课上，章老师意犹未尽地又提到"君问归期未有期"，让我们根据"你问我什么时候回来，我也不知道什么时候归来"这句句意展开联想。

我们班的大才子郑文铎说：《诗经》中有《君子于役》，"君子于役，不知其期，曷至哉？鸡栖于埘，日之夕矣，羊牛下来，君子于役，如之何勿思？""夫君啊，你去服兵役，不知道何时才能回来呀？夕阳西下，鸡也回圈休憩了，羊啊牛啊也下山回来了，你让我如何不思念你啊！"童老师笑着和同学们一起热烈鼓掌。音乐天才李晨乐站起来就唱："轻轻的，我将离开你，请将眼角的泪拭去，漫漫长夜里，未来日子里，亲爱的你别为我哭泣。……你问我何时归故里，我也轻声地问自己，不是在此时，不知在何时，我想大约会是在冬季。"雷动的掌声过后，童老师又引导我们在日常生活中找例子。调皮鬼刘昭撇着腔调说："你这次去打工，啥时候回来呀？""我也不知道呀，估计年下就回来了！"大家哄笑起来！都说这是通俗版的"君问归期未有期"。结果，我们班最调皮、最任性、最洒脱的女汉子冯景瑜喊道："死鬼，你啥时候回来——"哈哈哈哈，全班同学笑得东倒西歪，人仰马翻！笑得最厉害的，要属童老师——她早就捂着肚子，蹲在地上了。

童老师爱闹。

一次快下课的时候，童老师自豪地说：我还会说英语呢！然后，她叽里咕噜地说了一长串，直听得我们五体投地。我们班英语水平最高的王子晗愣是没听懂一句，迟迟疑疑地站起来，可怜巴巴地说："童老师，你能说慢一点吗？"童老师大手一挥，骄傲地说："当然可以。"然后，她拉长音调一字一句地对我们说，花生——剥了壳吃；水——喝了不渴；橘子——瓣一瓣吃；电视——看多了近视；上厕所——不拉屎憋死。她一本正经地说着，完全不顾及笑疼了肚子的我们。

童老师好像太阳，时时照耀着我们。她的哭、笑、闹，感染着我们班的每一个学生。我们很庆幸，能有她这样的老师。

老校长又递给我一个捐赠证书，里面写着：

绳传言
童　愉　同志：

感谢你们于 2002 年 6 月捐款伍万元。我们将遵照你们的意愿，成立"童谣女童救助基金"，所有款项全部用于女童救助工作。

谨以此证，永兹纪念！

襄江县望花湖镇初级中学

2002 年 6 月 16 日

小愉儿的母亲叫童伟，她本人叫童愉。

这个童谣，到底是谁？

老校长又递过了"童谣女童救助基金明细表"，上面详细列支了获救助女童的姓名、年龄、住址、救助原因，救助金额，救助时间以及经办人、审核人，明细表有好几张，足有上百人。

最后，老校长递给我一个密封的档案袋，档案袋上是那熟悉的字体，写着四个字——传言亲启。

（八）

传言：

望花湖大吗？美吗？和你想象中的一样吗？

我知道你会来的。

不过，时间，早把一切变得物是人非。

不是吗？难道不是吗？

现在，你从校长伯伯那里了解了事情的前因后果，你理解我，理解我当时的千般不舍与万般无奈，是吗？

母亲早就喜欢上你了——没有及时告诉你，主要是怕你"翘尾巴"。我和母亲那次大战之后，我也在反省自己。你，对于我来说，是世界上任何亲密、甜蜜的语言都难以描述的关系。但对于母亲呢？仅仅是千里之外一个完全陌生的人，一个母亲对女儿的万千牵念，使得她对你有所猜忌是完全正常的——这种猜忌不消除，即使我以后去了你那里，她还是会患得患失，心神不宁，而解决这个问题的唯一办法，就是让她了解你。你写给我的信，是我的心灵栖息的港湾，我曾经告诉过你，这些是我最温馨的存在，最浪漫的存在，最私密的存在，这是即使母亲也不能分享的。但是，你发表的文章，是人人皆可传阅的；你写的不是我俩专属情歌的歌曲，是人人皆可传唱的。我想，我就把这些内容，逐步地让她看。谁知，她是这么没出息，没定力，我仅仅是让她看了《青年导报》，曾经坚决反对的她就改弦更张开始喜欢上你。形象就不用说了，光你写的"凡人智语"，都像说到了她的心坎上似的，她一再感叹，说你年纪不大，怎么就说这么好——比如"一个人可以走的路有许多条，一个人正在走的路却只有一条"，母亲就重复了许多遍——我想，她大概是联想到了自己。后来，给她看《雨》的时候，她居然看哭了，她说文章通篇用轻松愉快的笔调，却在写着一个凄美的故事，只有作者重情义，才能把文章写得如此荡气回肠；给她看《精心构思 笔端寄情——小小说〈心中的丰碑〉读后》，她说，这水平，放在大学教中文都绰绰有余，你不知道，夸得我都有点嫉妒和吃醋了。不止这呢，她还说，能佩服"抠老儿屈明"的人，自己的心中就有一座丰碑。给她看《翠翠》的时候，她自豪地夸自己有先见之明，说"翠翠"是上篇评论的延伸和升华。我给她看你谱曲的《咏莲小调》，能歌善舞的母亲唱了一遍，又唱了一遍，又唱了一遍，她两眼放光，说曲调虽然简单，但悠扬动听，特别是升、降 5 的处理非常巧妙，是整个歌曲的点睛之笔，精华所在。你知道吗？这个得知我要和千里之外的你处朋友时肝肠寸断的曾经的坚定反对者，后来成了支持我和你交往的积极鼓动者。她热情地让我邀请你来望花湖做客，她甚至同意让我在确保安全的情况下去和你相见，她已经完完全全认可了你，认准了你，认定了你。

这是我最幸福的时期。我俩相识、相知、相交、相恋、相爱，终于就要相聚了，一千多个日日夜夜的相思之苦，转眼之间就要花好月圆了。过去我无数次地希望时间能一闪而过，而现在就好比等你的信是幸福，信越是快到的时候就越幸福一样；就好像读你的信是幸福，读到快结尾的时候就不忍心读完一样，我又希望时间能慢慢过，好把幸福拉长延长。你理解这份感情的，是吗？

我一遍遍地读着最后这一学期你写来的几封信。我读着《翠翠》，就在心里和你对话——我经常这样，一边读着你的信，一边和你说着话——你说，科学早已表明，母亲是人类进步的阶梯。母亲，在一个家庭中，是处于灵魂地位的，可以说，母亲兴，则家庭兴；母亲衰，则家庭衰。——你说得对，女孩是一个家庭的未来，往大了说，又何尝不是一个社会的未来，民族的未来，国家的未来？——你又说，将来如果我们条件许可的话，我们就建立一个什么机构，专门救助那些上不起学的女孩子，好吗？——你说什么？救助那些上不起学的女孩子？当然，为什么不呢？

我又看你的下一封信。普希金说：你最可爱。我说时来不及思索，而思索之后，我还是这样说。

而我要说：小愉儿，你最可爱。我说时来不及思索，而思索之后，我更要这样说。

——哼，就知道见样学样。晚一点我们相聚了，我也要见样学样地说：传言，你最可爱。我说时来不及思索，而思索之后，任何情况之后，我都会这样说。

然后，我"老羞成怒"地唱着你未经我同意就粗暴更改的"希望是你"：

太阳啊太阳

天天照着愉儿

多希望我是你我是你

太阳啊

月亮啊月亮

月月看着愉儿

多希望我是你我是你

月亮啊

风儿呀风儿

时时吹着愉儿

多希望我是你我是你

风儿呀

雨儿呀雨儿

常常淋着愉儿

多希望我是你我是你

雨儿呀

——我就按你擅自改过的歌词唱，这样，你的"阴谋"就得逞了，是吗？

我接着看你的下一封信：

荷花娃娃，小红脸儿；

撑着一把，小绿伞儿；

将头露出，伞外边儿；

它要亲亲，小雨点儿。

由最初的若隐若现，到后来的逐渐清晰，随着一阵优美的旋律，从荷叶深处划出一条小船，划船的是一个一二十岁的姑娘，穿着红衣裳，绿裤子，宛若天仙般地立在船头，水里边，一叠一叠的金黄在船周边跳跃，在涟漪间摇曳，满天的彩霞着了火似的，染红了整个天空。

那个姑娘看到了我，没有"笑入荷花去，佯羞不出来。"而是向我飞快地划过来，近了，近了，她跳上岸，双手急切地摇着我的双臂，惊喜地问道："传言，传言，你怎么来啦？"是啊，我怎么来了呢？我怎么来了呢？醒了，回想着梦中的一切，幸福的泪水盈满了我的眼眶。

读着你的来信，我幸福极了。

可以说，我是从幸福的最巅峰跌入痛苦的最深渊。

我无数次自责，我为什么要在你的梦中问："传言，传言，你怎么来啦呢？"我如果不这样问，就不会把你从梦中急醒，就能一直抓着你的手臂，一直摇着你的手臂，直到永远；或者，我任凭"笑入荷花去，佯羞不出来"，让你在岸上找我，我们就这么捉迷藏，一直躲下去，直到永远。

我无数次祈求，如果时间能停留在这一时刻，永远地停留在这一时候，即使要我忍受永生永世的相思之苦，也该有多好啊！

然而，时间它永无止息！

我知道了母亲罹患癌症的消息。

知道这一消息的第一念头是赶紧告诉你，由你陪我想办法，帮我拿主意——母亲和你，是我在这个世上最可信赖、最可依赖的两个人，她病了，需要人照顾，这种情况下，我依靠你，依赖你，这样做，难道不是理所当然的吗？

然后呢？

我分配到你那里去？就像原来我们憧憬的那样，恩恩爱爱的，甜甜蜜蜜的。——对此，我没有任何的猜疑，四年多的交往，可以毫不夸张地说，我们，是两个相似的灵魂彼此认出了对方，是两个挑剔的灵魂彼此认可了对方，是两个孤独的灵魂彼此温暖了对方，我们早已融为一体——我俩的言行中，难道不是有着对方的印记？我俩的灵魂中，难道没有对方的魂魄？可是，母亲呢，生病的母亲怎么办？我能抛下她去过我自己的幸福生活吗？抛下绝症中的母亲的生活，还是幸福的生活吗？而让我痛苦的生活是你忍心看到的吗？——我该怎么办？告诉了你，你又能怎么办？

把母亲带到你那里，我们一起照顾她？你不会有一点的嫌弃和不满，这一点我是坚信不疑的，你甚至会比我更细心，更耐心，更暖心，但是，让一个病重中的人抛弃她熟悉的生活圈子，到一个完全人地两生的环境中，然后，疾病缠身，终其一生，孤魂千里，为她原本就多舛的命运画上一个悲伤的结尾？对此，即使母亲愿意，我也不能这么自私——母亲的同事、朋友、学生、熟人大都在望花湖，一个病重的人更离不开亲情的慰藉——告诉了你，你又能怎么办？

我们继续交往，我回望花湖照顾她？然后呢？西坪县—永州市—省城—

襄城市—襄江县—望花湖。继而，望花湖镇—襄江县—襄城市—省城—永州市—西坪县，让你整日奔波在路上，长年累月，年复一年，让漫漫长路耗尽你的激情，耗尽你的热情，耗尽我俩的爱情？让疾病、磨难、困窘消弭掉你的才气、你的高傲、你的理想？还有，母亲健康和咱俩相聚是我最渴望的两件事情，可是，我怎能忍受这样的情况——只有母亲不在了，我俩才能团圆相聚；而母亲身体健康，我俩就得长相分离——我怎能忍受这种折磨，我怎能让这种情况存在？且不说这些感情上的困扰，从理智角度来看，已分回望花湖的我，在母亲去世之后，在跨市调动难于上青天的情况下，怎么可能再调到你身边？而回到你身边的人如果是一个没有了工作的人，会不会成为你的累赘？你不会当我是累赘，这是肯定的，可如我们这般骄傲的人，让我如何自处——告诉了你，你又能怎么办？

我原本是要给你百分之百爱情的，我不愿这份爱情里有一丁点的疾病、苦难、辛酸、憋屈，我不愿骄傲的你受一丁点的委屈。而现在，我怎么能忍心给你带来苦涩的爱情、酸楚的爱情、无奈的爱情？在这个过程中，你若有一丁点的厌烦，比让我死更令人痛苦和难以接受。

一个人，在最缺乏人生经验的时候，却往往要做着人生最重要的决定。

你说过的，人生可走的路有许多条，可正在走的路却只有一条。

而我根本——无路可走。

却必须要走。

哪怕是一条死路。

后来的信，聪明如你，应该能感受到我当时的心情。

知道母亲患病后给你写的第一封信，我选了王蒙的诗《有些话》——一些话我想对你说，始终没有说出，那就不说也罢……现在你知道了，其实我多想对你说呀，可是，说了之后呢？让你和我一起焦急万分，一起六神无主，一起彷徨无助？

在诗后的留言中，记得我写道：无间中，我用带槽的塑料尺子罩住了一只小小的飞虫。它在槽中左冲右突，企图寻找一条生路。是无意的，但肯定是下意识的——我，不就是这只急于找寻出路的小飞虫吗？

你的回信，是那首《向我走来》的歌曲——向着我走来，亲爱的，不要忌惮地畏首畏尾，不要无助地东张西望，不要犹豫地迟疑彷徨，我在这里，亲爱的，你只管向我走来……我流着泪，唱着，心中的苦没有一个人能够诉说。我哪里是畏首畏尾，我哪里是东张西望，我又哪里是迟疑彷徨——早日到你那里去，一直是我梦寐以求、朝思暮想、念念盼盼的事情啊！可是现在，怎么办？

给你写的第二封信，我写了《希望试验》，只要有一丝希望，即使一只老鼠，也会充满坚韧，充满力量，创造奇迹。可是，如果注定没有希望呢？我可以不顾反对冲破阻挠，我可以不求富贵浪迹天涯，我可以不怕危险刀山火海，可是，面对母亲的病情，我却没有一丝一毫的办法。我能怎样？你是我唯一的希望，可是，我如果告诉你，你，又能怎样？

给你写的第三封信，是我含着泪写的《会不会》——会不会为我，还牵肠挂肚；会不会把我，还放在心上；会不会想我，还泪流盈眶；会不会依然，爱我如故。我已经决定要舍弃我的最爱，做一个这个时候一个女儿应该做的事情——陪伴母亲。我找学校，在派遣证生效前夕把它改回了望花湖。你知道吗？就这一个举动，我亲手杀死了我自己——我就像一个不会游泳却不得不跃入水中的人一样，同时，把你也拖入深渊——我知道你会牵肠挂肚，我知道你会放心上，我知道你会泪流盈眶，我知道你会爱我如故，可我又怕你沉溺其中不能自拔，不愿自拔，不忍自拔。信尾的"传言，再谱一曲，再谱一曲，好吗"，是一个原本一辈子可以随时向你提此要求的人——此刻最复杂的心愿了。

给你写的第四封信，是日本电视剧《血疑》主题曲《我衷心地感谢你》——

你的痛苦这样深重
都是因我一身引起
我的苦果我来吞下
请求你能够原谅我

我还求你从今以后

完完全全把我遗忘

希望你珍惜自己

迈步走向阳光

秋风紧紧吹　树叶枯黄

一片一片凋零

分手时刻　令人心醉

一分一秒临近

我爱笑

我爱流泪

我爱闹又任性

只是自从和你在一起

温柔清泉滋润我心田

（我衷心地感谢你）

还有多少时候

我能得到你的爱

还有多少时候

我能活在你身边

我写着，哭着，把眼睛都哭肿了。

现在你明白我为什么会选这首歌曲了吧——有哪首歌能有这首歌曲更能表达我此时的心声？

给你写的第五封信，是摊牌。不是实话实说的摊牌，是让你死心，让你绝望，让你恨我的摊牌。只有这样，才能让你尽快忘记我，忘记这段感情，忘记这份记忆，好回归你正常的生活。我让自己成为世俗的、市侩的女人——你是小中专，我的男朋友是大学生；你在乡下，他在大机关；你有点才气，他不但知书达礼，还见多识广；跟着你只能是乡下那艰苦的环境，跟着他就能留在优越多了的城市；况且，即使以后有了孩子，我和他的孩子也能在好的环境中接受好的教育。

　　当然还有别的话，就像一支矛，怎么狠就怎么扎；就像一根棍，哪里弱就往哪里打。

　　我流着眼泪寄走了这封信。

　　我们交往这几年，你从 23 岁到 27 岁；我，从 17 岁到 21 岁，在这封信里，我彻底把自己活成了你痛恨的样子。

　　我相信，我成功了。

忘记你吧
忘记你吧
愿你一路欢歌
一路笑语

忘记你吧
忘记你吧
原你一生安康
一世繁华

请求你
请求你
让我忘记
忘记你

请求你
请求你
让我忘记
忘记你

这是你写给我的最后一封信。

这是你谱给我的最后一首曲。

这是我俩的绝唱。

我怎能不知道你的肚肠寸断？

我怎能不了解你的噬骨心寒？

传言，你一定恨透我了。

还有——失望。

对吗？

灵感，是思绪的高级存在形式，是思绪的"火花"、精华和魂魄。她，源于青春飞扬，始于激情澎湃，系于魂牵梦萦；她，虚无缥缈，可遇而不可求；她，冰清玉洁，可远观而不可亵玩。

当一个老师，站在讲台上，信手拈来，循循善诱，娓娓道来，旁征博引，循序渐进，曲径通幽，就好像音乐的起承转合，抑扬顿挫，高山流水，一泻千里，这种知识之美，会在一个懵懵懂懂的学生心目中留下多么美好的印记啊！

若能有幸促成一个学生"恍然大悟"的那一"悟"，"茅塞顿开"的那一"顿"，"醍醐灌顶"的那一"灌"，"四两拨千斤"的那一"拨"，作为一名老师，岂不令人心旷神怡乎？

他们是克莱登小学毕业的吗？我真为他们感到汗颜。自由，民主，公平，正义，难道不是我们中华民族孜孜以求的价值取向吗？

在抱怨的同时，有谁反思过自己是怎么做的吗？

社会风气，难道不是社会上每一分子共同作用下的风气吗？

有人会说，在社会的洪流中，个人充其量是一片随波逐流的树叶，你能改变洪流的走向吗？

树叶多了呢？

我梦中的情人啊

你要好好活着

耐住那百年孤独

其实我们一辈子都在

等一个人……

小愉儿，我愿意等你，多久都行，只是，在你学生阶段，我们还是原先那样的朋友相待，等你期间，我会守身如玉，至于其他的一切，都待你大学毕业之后再做安排，好吗？

我们就像两个未经开发的处女矿，里面充斥着大量未被雕琢的语言和自由放荡的思想；我们又像两个自私懵懂的小孩子，自吹自擂着，自叹自怜着，自怨自艾着，又相互吹捧着，相互安慰着；我们还像两个闯入迷宫的旅人，喜欢着、害怕着、好奇着、探索着；我们又如在暗夜中结伴而行的两个行者，互相壮胆，互相搀扶，互相指引，互相鼓励。

管他呢，大爷乐意！

你说呢，小愉儿？

我一遍遍地读着你的来信，一次次地泪如泉涌。

我亲手杀死了我的爱。

无数个夜晚，我辗转反侧，难以成眠；又无数次从睡梦中醒来，泪湿枕巾。

一天，夜半醒来，皎洁的月光洒在床前，"脆弱的我"又蠢蠢欲动了，她乞求着那个"冷酷的我"。"冷酷的我"不为所动，无动于衷。后来，"脆弱的我"愤怒了，她歇斯底里地对"冷酷的我"喊道：

为什么你武断地认为漫漫长路就会消耗尽传言的激情、热情、爱情，疾病、磨难、困窘就会消弭掉传言的才气、高傲和理想？为什么不会是相反？

你自私地自以为是地欺骗传言就是最佳的方案吗？难道让善良的理想主义的传言通过你对人性失望就是最好的办法吗？

既然两情相悦，为什么不能直言真相，共同面对？

于是，才有了那封信，那封"冷酷的我"允许"脆弱的我"发出的唯一的一封信——你能来看看我吗？

其实，寄去那封信，"冷酷的我"就后悔了——你能来看看我吗？然后呢？把你也拖入泥潭，心力交瘁？

时间一天天过去，一切如旧。

也许，你把信付之一炬？

也许，你把信一撕了之？

也许你调到其他学校，没有收到这封信？

也许，这封信中途丢失？

也许，压根儿就没有这封信？

我失望极了。

同时，也释然了。

无数次母亲和我谈到你，每每伤心落泪——抱怨她的病拖累了我，耽误了我们，为我感到惋惜，为我们感到遗憾。后来，随着病情的加重，她也主动谈起了她的过去，那些不为我知的往事——她那伤透了心的父母，以及那个不敢担当的上海知青。后来，母亲担心她去世之后我在这个世上孑然一身，一直以来刚强倔强的她甚至迟疑着是否找父母低头认错，是否和在大学任教的那个人主动联系，这样，在她去世之后，至少我还有其他的亲人。

我怎能让从不服输的她为了我去乞求亲情呢！我又怎会在意这些乞求来的所谓的亲情呢！

后来，母亲就去世了。

传言，我曾经和你说过，茫茫大地，竟然没有一个可供我祭拜的坟头，没有一个容我恤怀和思古的地方。

现在，茫茫大地，有了这个可供我祭拜的坟头，可容我恤怀和思古的地方。茫茫人世，却再也没有肝胆与共、心心想念的亲人。

除了你！

一个人需要的，不仅仅是一个异性，而是一个默契的灵魂，有着相同的爱憎、眼界和格局，以及一想起对方就发自心底的愉悦和幸福。

这些年，我拒绝了所有人的追求、示爱、求婚、提亲。不是因为他们不好，而是心里边住着一个人，就再也听不见敲门声了。

曾经沧海难为水，除却巫山不是云。

与你，琴瑟和鸣。

你之后，一切都是将就。

母亲走了之后，我的心彻底空了。

虽然知道一切都已时过境迁，却仍是忍不住想去看看你，看看你过得好不好。

这就是我在睡梦中走了无数次的路吗？

我站在校园里，午后的阳光照着那棵屹立千年的晋柏，它见证了多少酸甜苦辣，又埋葬了多少爱恨情仇啊！

学校一位老师和善地告诉我，你因为文章写得好，早就调到县委办工作了。校长室里踉跄着走出一个人，醉意朦胧的眼里布满血丝，满怀敌意地看着我——这个苍蝇的后代！

下班的人陆陆续续地走了出来。

我忐忑地在县委大门外等着你。

隔着栏杆，我看到你从县委大楼里面走了出来，还是那样儒雅，还是那样洒脱。

我微笑着走上前去。

设想了无数次的相见在我脑海中一一闪过。我多想与你相拥而泣，再一一诉说这些年来的委屈和辛酸。

距离你只有十几步远了。

我向你走着，紧张地观察着你的表情。

我看到你微笑着，张开双臂。

我的心都要跳出来了。

我正要奔过去，却看见你蹲了下去，然后，一个两三岁的小男孩蹦跳着扑进你的怀里。

你把他高高地举了起来。你笑着，他也笑着，一个同样笑着的女孩走到你们身边。

我默默地跟在身后，看着你们一家三口欢喜地说着，笑着，最后，走进了"府右小区"。

我有无数的疑问要向你问的。

你恨我吗？

你对我失望透了，是吗？

你是怎么走出痛苦的？

你的那个她对你好吗？

……

我有无数的话要向你说的。

我是骗你的，你要原谅我。

你要好好的。

你幸福，我才能安心。

你幸福，才是我最大的心愿。

……

交往以来梦想了无数次的相见——气壮山河的，惊天动地的，热情相拥的，泪流满面的，相互慰藉的……

却唯独没有想到，我俩的唯一一次见面会是这样的一种形式——不敢打扰，不敢相认，不敢上前，不敢说话……

时间，无情地改变着一切——我可以明目张胆地想你，却只能偷偷摸摸地来看你。

我怀揣着对你的爱，就像怀揣着赃物的窃贼一样，只能在没人的时候偷窥一眼。

我对你的思念，就像一个独自行走在暗夜的幽灵，长夜漫漫，长路漫漫，却不敢暴露在亮光之下，不敢显现在众人面前。

从你那里回来之后，我的心情好多了。

你已经从痛苦中走出来了，你过上了正常的幸福的生活——这不正是我心心念念、不胜渴求的吗？

还有最后一件事。

还记得我曾经和你说过，毕业之后我分配到你那里去，若条件许可的话，我们就在校园里开一小畦菜地，种上茄子、豆角、西红柿；开一小方池塘，种上几片藕，养上几尾鱼，就像白居易《草堂前新开一池，养鱼种荷，日有幽趣》里的那样，"红鲤二三寸，白莲八九枝"。我们再生两个孩子，当然是一个男孩，一个女孩。男孩要像你，女孩要像我。名字我都想好啦，只是先不告诉你。当时我还浪漫地想，长假呢，你就陪我回来看看我的母亲；短假呢，我就陪你回去看看你的家人。当时觉得再正常不过的想法如今竟成奢望——林语堂说："幸福人生，无非四件事，一是睡在自家床上；二是吃父母做的菜；三是听爱人讲情话；四是跟孩子做游戏。"如此幸福，在我，竟成绝望。扯远啦！

其实当时我想的，男孩随你姓，就叫绳子，喻示着千里姻缘一线牵，是绳子把我俩紧紧牵在一起，拴在一起；女孩呢，就随我姓，我俩都爱音乐，就叫童谣，温馨浪漫，轻歌曼舞。后来，你提到女孩是一个国家的未来，想为那些上不起学的女孩子们建一个基金。现在，我倾我所有，尽我所能，以我俩的名义，建立了"童谣女童救助基金。"

我俩的爱死了，我们的女儿却降生了。

茫茫人世，又有了我的亲人。

传言，现在你已经知道了，那封绝交信，只是为了让你早日忘掉我，早日走出这段感情，早日回归正常生活，其实，我最想对你说的是——

我一直都在爱着你

传言，其实

我一直都在爱着你

从未放手

从未怀疑

从未动摇

从未改变

然而　既然相爱　为何分手

既已分手　为何心痛

怪只怪　世事无常　命运多舛

爱而不得

锲而不舍

忘而不能

这不是我想要的生活

但这是我自找的结局

我的心事　　不可告人

我的心酸　　谁人知晓

如果有来生　我会一直不放手

再多苦痛　　我们一起去面对

如果有来生　我会一直不放手

再多磨难　　我们一起去经受

就像那草籽

随着春风

年年生根

年年发芽

获得重生

就像那鲜花

随着春风

岁岁开花

岁岁绽放

岁岁获得新生

传言，我啰嗦吗？

我原本是要和你说一辈子话的。

我原本就有无数的话要和你说的。

想起辛弃疾的那首词了吗？"欲语还休，欲语还休，却道天凉好个秋。"

那就天凉好个秋吧！

传言，你见到这封信的时候，不知我身在何处了。此生，怕是就此别过了。

母亲已经去了。你幸福地生活着。童谣，也安排好了。

释迦牟尼说过四句话：

第一，无论遇见谁，他都是在你生命中该出现的人。

第二，无论发生什么事，都是唯一会发生的事。

第三，不管事情开始于哪个时刻，都是对的时刻。

第四，已经结束了，就已经结束了。

村上春树曾经说过，爱情里有两种遗憾：一种是你曾经那么认真地爱过，最后发现那个人根本不值得你去爱；另一种是你没有好好去爱，失去了才发现，那是一个真正值得去爱的人。其实，我想说，还有一种更大的遗憾，那就是你曾经那么认真地爱过，他也同样深沉地爱着你，那个人也值得你好好去爱，可是，最终，你们却仍然没能爱成。

说什么都已没有意义。

是我告别望花湖的时候了。

也许，就圆曾经的三毛梦，浪迹天涯，四海为家。

也许，就找一处荒野小庵，青灯为伴，晨钟暮鼓。

也许，就到你的住所附近开一片小店，日出而作，日落而息。

也许，就跻身茫茫人世，灯红酒绿，挥洒一生。

一个人可以走的路有许多条，一个人正在走的路却只有一条。

这不是你说过的话吗？

谁知道呢？

走出去。

总有一条路在等着我——哪怕是死路！大不了是死路！

传言，把俄罗斯诗人茨维塔耶娃的这首诗送给你！

致一百年以后的你

一百年以后，亲爱的，

我们将在哪里相会

在古老的江南小巷，

还是在遥远的大西北

那时候，我仍将献给你一束诗歌的玫瑰

还是捧一把咸涩的雪，

我一百年不化的眼泪

一百年以后，亲爱的，

你是否还能认出我，

在旧世纪的群星中，

总也不肯坠落的那一颗

那时候，你是否还能分辨出我的光泽

然后呼唤我越过银河系，

飞临你的星座

一百年以后，

谁能轻轻拂去尘土坐下来，

好奇地读这些陈旧的诗歌

谁还能够去想象，

这是一场什么样的恋情

是从怎样深厚的土壤里开出的命运的花朵

一百年以后谁还能够理解：

爱着就是痛苦，

就是无休无尽的思念的长夜

就让这首诗作为这封信的结尾吧！

传言啊！

传言啊！

传言啊……

小愉儿

2002 年 6 月

（九）

童愉母亲的坟就在学校南边不远的一块地里。

传言在老校长的陪同下来到这里。如若不是命运的捉弄，这也是自己的母亲。她若健在，她的外孙现在已到了当年我们谈情说爱的年龄了。传言长跪不起，感慨着时光如梭，人生如梦。按照风俗，清明添坟。传言心想，明年清明节过来，一定把坟添得又高又大。

谢别老校长，回到"听荷轩"，心潮澎湃，思绪万千。

这几天太多的意想不到让传言应接不暇。

传言默默地在心里谋划着。

明天先到省肿瘤医院复检，若是良性，自然无事。若是恶性，有治愈可能，尽力而为；无治愈希望，不过多治疗，不垂死挣扎。

童谣女童救助基金，先续了五万元，手续就放在望花湖初中，等童愉回来的时候交给她。当然还有传言的手机号。

传言把小愉儿的信含泪又读了一遍，最后把目光定格在那首诗上——《我一直都在爱着你》。

这些年来，小愉一直杳无音信，为什么不把小愉的这首诗谱上曲子，利用强大的网络，传唱开来，这样，最起码让小愉知道，自己来到了望花湖，自己也在惦念着她，也一样——爱着她。

此念一出，阵阵旋律在传言的脑海中喷薄而出。

20 分钟，一气呵成。

我一直都在爱着你

1=C 4/4

```
1 7 6 - - | 1 7 6 - - | 4 5 6 6 - - | 4 5 3 - - |
传言      其实我    一直 都在       爱着 你

3 3 3 2 - - | 2 2 2 1 - - | 1 1 1 7· - | 7 7 #5 6 - - |
从未 放手    从未 怀疑    从未 动摇    从未 改变

1 1 - - - | 1 2 1 7 7 - | 6 #5 3 3 - - | 1 2 1 7 7 - - | 6 #5 6 6 - - |
然而      既然 相爱    为何 分手    既已分手        为何 心痛

1 2 1 3 - - | 3 4 3 2 - - | 2 3 2 1 - - | 7 #5 6 - - |
怪只 怪    时事 无常    命运 多  舛

1 1 1 1 - - |    7 7 7 7 - - |    6 6 #5 3 - - |
爱而 不得      弃而 不舍       忘而 不能

1 1 1 1 - - |    7 7 7 7 - - |    #5 6 #5 6 - - |
爱而 不得      弃而 不舍       忘而 不能

3 3 3 1 - - | 7 6 6 #5 3 - - | 3 3 3 3 - - | 1 2 1 7 3 - - |
这不 是我    想要的 生活      但这 是我    自找的 结局

6 6 5 5 - - | 4 5 6 3 - - | 3 3 3 2 - - | 2 3 4 3 - - |
我的 心事    不可 告人    我的 心酸    谁人 知晓

3 3 1 1 1 - - |    7 1 2 1 7 3 3 - |
如果 有来生      我会 一直不 放手

6 6 6 #5 6 - |    2 2 3 4 3 3 3 - |
再多 苦痛      我们 一起去 面对
```

223

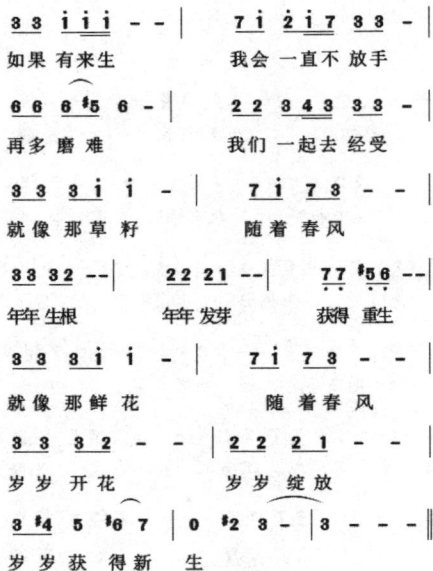

3 3 i i i - - ｜ 7 i 2 i 7 3 3 - ｜
如果 有来生　　　我会 一直不 放手

6 6 6 #5 6 - ｜ 2 2 3 4 3 3 - ｜
再多 磨难　　　我们 一起去 经受

3 3 3 i i - ｜ 7 i 7 3 - - ｜
就像 那草籽　　　随着 春风

3 3 3 2 - - ｜ 2 2 2 1 - - ｜ 7 7 #5 6 - - ｜
年年 生根　　　年年 发芽　　　获得 重生

3 3 3 i i - ｜ 7 i 7 3 - - ｜
就像 那鲜花　　　随着 春风

3 3 3 2 - - ｜ 2 2 2 1 - - ｜
岁岁 开花　　　岁岁 绽放

3 #4 5 #6 7 ｜ 0 #2 3 - ｜ 3 - - - ‖
岁岁 获 得新　生

（十）

传言他们几个喝疯了。开着庸俗的玩笑，说着自以为幽默风趣的无聊话题，一个个满身酒气，污言秽语。

干净漂亮的老板娘提了一壶开水放了下来，不卑不亢的样子。

醉眼蒙胧的传言不经意间瞄了一眼老板娘，心里"嘭"的一声，又是那个鲁莽的卸车人把装满粮食的麻袋从高高的车上掼到地下，差点震飞了传言手中的酒杯。

这不是小愉吗？

传言悲哀地想，小愉儿会怎样看自己呢？

这还是那个爱好文学、胸怀千秋的人吗？

这还是那个伤春悲秋、多愁善感的人吗？

这还是那个忧国忧民、家国天下的人吗？

这还是那个一身正气、嫉恶如仇的人吗？

她不远千里来到我的身边，却不料我早已活成了自己厌恶的那种人。

她一定对我失望透了。

传言从梦中醒了过来。

外面，天已泛白。

（十一）

传言驱车向高速口驶去。

初升的太阳在望花湖洒下万道金光。一阵阵荷香沁人心脾。

小愉啊，我曾经以为你是我今生最大的背叛。

却不料，你是我此生最大的遗憾。

我一定要找到你。

然后，问一声——小愉儿，你好吗？